A LIBERTAÇÃO DA BELA

Volume III da trilogia erótica
da *Bela Adormecida*

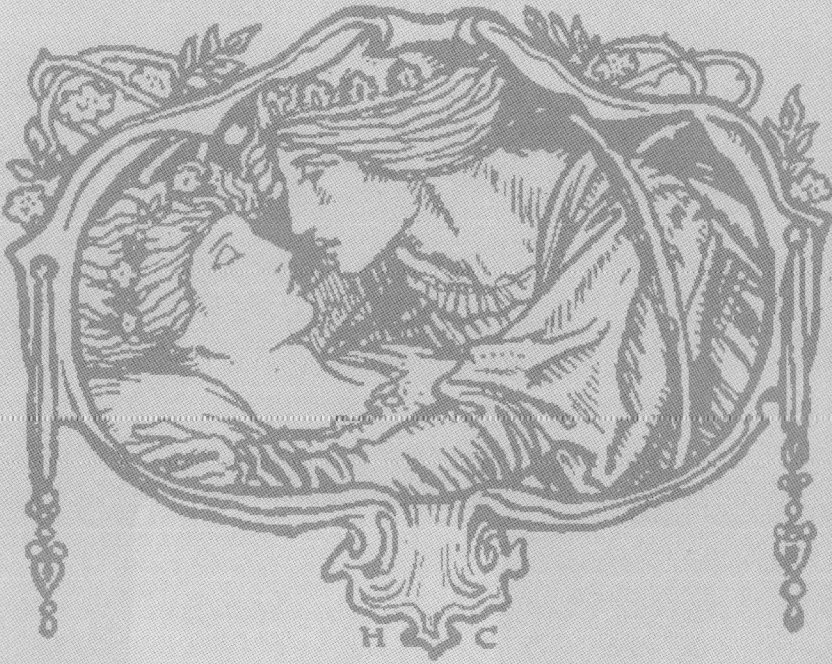
H C

ANNE RICE
Escreve como A. N. ROQUELAURE

A LIBERTAÇÃO DA BELA

TRADUÇÃO Maria Beatriz Branquinho da Costa

Rocco

Título original
BEAUTY'S RELEASE

Copyright © A. N. Roquelaure, 1985
Todos os direitos reservados.

Nenhuma parte desta obra pode ser reproduzida ou transmitida por qualquer forma ou meio eletrônico ou mecânico, inclusive fotocópia, gravação ou sistema de armazenagem e recuperação de informação, sem a permissão escrita do editor.

Esta é uma obra de ficção. Nomes, personagens, lugares e incidentes são produtos da imaginação da autora, foram usados de forma fictícia, e qualquer semelhança com pessoas reais, vivas ou não, acontecimentos ou locais é mera coincidência.

Direitos para a língua portuguesa reservados
com exclusividade para o Brasil à
EDITORA ROCCO LTDA.
Av. Presidente Wilson, 231 – 8º andar
20030-021 – Rio de Janeiro – RJ
Tel.: (21) 3525-2000 – Fax: (21) 3525-2001
rocco@rocco.com.br | www.rocco.com.br

Printed in Brazil Impresso no Brasil

Preparação de originais: Fátima Fadel

Diagramação: FA Editoração Eletrônica

CIP-Brasil. Catalogação na fonte.
Sindicato Nacional dos Editores de Livros, RJ.

R381L	Rice, Anne, 1941-
	A libertação da Bela / Anne Rice escreve como A. N. Roquelaure; tradução de Maria Beatriz Branquinho da Costa. – Rio de Janeiro: Rocco, 2012. (Trilogia erótica da Bela Adormecida; III)
	Tradução de: Beauty's Release Sequência de: A punição da Bela ISBN 978-85-325-2736-3
	1. Ficção erótica americana. I. Da Costa, Branquinho, Maria. II. Título. III. Série.
	CDD – 813
11-8144	CDU – 821.111(73)-3

SUMÁRIO

7	A HISTÓRIA ATÉ AQUI
13	PRISIONEIROS NO MAR
25	LEMBRANÇAS DO CASTELO E DA VILA
42	PELA CIDADE E PARA DENTRO DO PALÁCIO
66	EXAME NO JARDIM
79	SENHOR MISTERIOSO
87	OS RITUAIS DE PURIFICAÇÃO
94	O PRIMEIRO TESTE DE OBEDIÊNCIA
105	PELO AMOR DO SENHOR
116	A VOYEUSE
126	UMA AULA DE SUBMISSÃO
140	COSTUMES MISTERIOSOS
157	O JARDIM DOS PRAZERES MASCULINOS
170	A GRANDE PRESENÇA REAL
182	OS APOSENTOS REAIS
198	OUTRAS AULAS SECRETAS
220	NOS BRAÇOS DO DESTINO
227	DECISÃO PARA LEXIUS
232	REVELAÇÕES NO MAR
251	O JULGAMENTO DA RAINHA
265	PRIMEIRO DIA ENTRE OS CAVALOS
294	A VIDA NA CORTE EM TODA A SUA GLÓRIA
310	A VIDA ENTRE OS CAVALOS
338	HORA DA VERDADE

A HISTÓRIA ATÉ AQUI

Em *Os desejos da Bela Adormecida*

Após seu sono centenário, a Bela Adormecida abriu os olhos com o beijo do príncipe, apenas para se ver despida de suas roupas e com seu coração, assim como com seu corpo, sob o domínio de seu libertador. De uma só vez, Bela foi declarada escrava sexual nua do príncipe e levada para o seu reino.

Com o consentimento cheio de gratidão de seus pais e tomada de desejo pelo príncipe, Bela foi então conduzida à corte da rainha Eleanor, mãe do príncipe, para ser mais uma entre as centenas de príncipes e princesas nus que os serviam, distrações da corte até o momento em que deveriam ser recompensados e enviados de volta aos seus reinos.

Inebriada pela severidade do salão de treinamento, do salão das punições, pelas provações da senda dos arreios e por sua própria paixão crescente pelo príncipe, Bela se estabeleceu como a favorita do príncipe e deleite de sua por vezes senhora, a adorável jovem lady Juliana.

Mesmo assim, ela não conseguia ignorar seu encantamento secreto e proibido pelo sensual escravo da rainha, príncipe Alexi, e depois pelo escravo desobediente, príncipe Tristan.

Após ver o príncipe Tristan entre aqueles que caíram em desgraça no castelo, Bela, no que pareceu um momento de inexplicável rebeldia, atraiu para si a mesma punição destinada a Tristan: ser expulsa da voluptuosa corte, rumo à degradação do trabalho pesado numa vila próxima.

Em *A punição da Bela*

Vendido na praça de leilões da vila ao amanhecer, Tristan logo se descobriu amarrado e arreado à carruagem de um belo e jovem senhor, Nicolas, o cronista da rainha. E Bela, obrigada a trabalhar na pensão da senhora Lockley, tornou-se a distração do capitão da guarda, o mais importante hóspede da pensão.

Mas com o passar dos dias de sua separação e venda, Bela e Tristan foram ambos seduzidos pela implacável disciplina da vila. Os doces terrores da praça das punições públicas, a loja das punições, a fazenda e o estábulo e a noite dos soldados na pensão os excitavam tanto quanto os atemorizavam, fazendo com que se esquecessem totalmente de quem realmente eram.

Mesmo o severo julgamento do escravo fugitivo, príncipe Laurent, seu corpo atado à cruz da punição para exibição, apenas serviu para provocá-los.

E, conforme Bela se glorificava em castigos finalmente condizentes a seu espírito, Tristan se apaixonou perdidamente por seu novo senhor.

Apesar de todas as intempéries, os dois se encontraram e um confessou ao outro sua felicidade desavergonhada. Porém, logo depois um bando de poderosos soldados inimigos atacou a vila, sequestrando Bela e Tristan, entre outros escravos – inclusive o príncipe Laurent –, para levá-los por mar à terra de um novo senhor, o sultão.

Algumas horas após o ataque, os príncipes e princesas capturados souberam que não seriam resgatados. Em virtude de um acordo entre seus soberanos, foram condenados a servir no palácio do sultão até a hora em que seriam devolvidos em segurança à rainha para julgamento posterior.

Mantidos em grandes gaiolas de ouro penduradas no navio do sultão, os escravos aceitaram seu novo destino.

Conforme continua nossa história, é noite no silencioso navio e a longa viagem se aproxima de seu fim.

E o príncipe Laurent está sozinho com seus pensamentos sobre a sua escravidão...

A LIBERTAÇÃO DA BELA

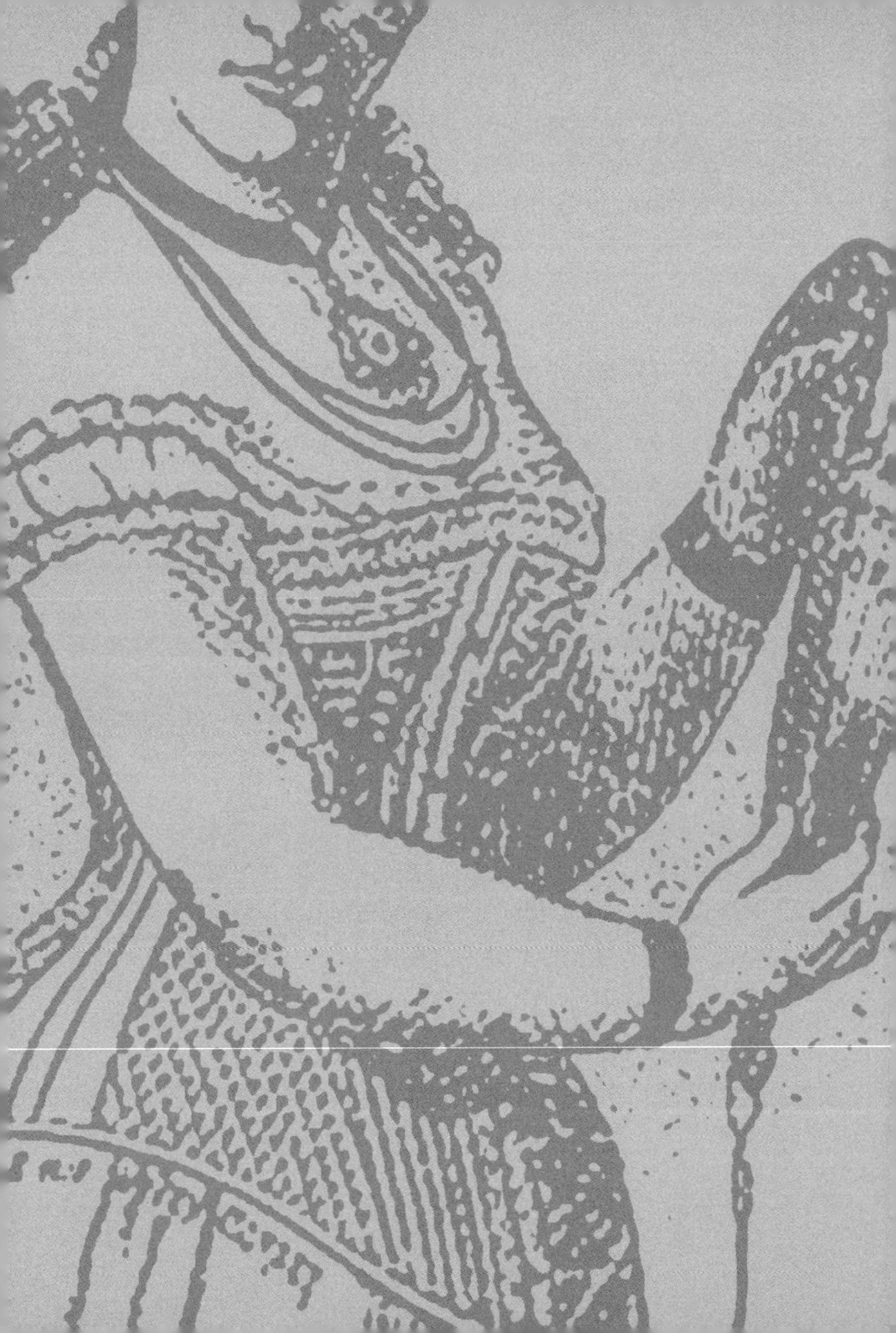

PRISIONEIROS NO MAR
(LAURENT)

Anoitecera.

Mas algo mudou. Tão logo abri meus olhos, soube que estávamos nos aproximando da terra firme. Mesmo no silêncio sombrio da cabine, eu podia sentir o cheiro das coisas vivas no continente.

E então a jornada está chegando ao fim, pensei. E finalmente saberemos o que nos aguarda nesse novo cativeiro, em que estamos destinados a estar ainda mais baixos e mais abjetos do que antes.

Estava tão aliviado quanto assustado, tão curioso quanto cheio de temor.

E pela luz da única lanterna noturna, vi Tristan deitado, porém desperto, seu rosto tenso enquanto perscrutava pela escuridão. Ele também sabia que a viagem estava quase acabando.

Entretanto, as princesas nuas ainda dormiam, parecendo bestas exóticas em suas gaiolas de ouro. A pequena e provocante Bela era uma chama amarela em meio à escuridão, o cabelo ondulado e negro de Rosalynd cobria suas costas alvas até a curva de suas pequenas e roliças nádegas. E acima, a alta Elena, de estrutura óssea delicada, dormia de costas para baixo, seu liso cabelo castanho desembaraçado sobre o travesseiro.

Carnes encantadoras, essas três, nossas delicadas amigas prisioneiras: os pequenos e bem desenvolvidos braços e pernas de Bela implorando para serem apertados enquanto ela permanecia aninhada em seus lençóis. A cabeça de Elena jogada para trás no total abandono do sono, suas longas pernas esbeltas bem abertas, um joelho contra as barras da gaiola. Rosalynd se virou quando olhei para ela, seus grandes seios caindo gentilmente para a frente, os mamilos cor-de-rosa escuros e eretos.

E à minha mais distante direita, Dmitri, de cabelos negros, competindo com o loiro Tristan em beleza muscular, seu rosto estranhamente frio em repouso, apesar de, durante o dia, frequentemente ser o mais gentil e conformado dentre todos nós. Nós, príncipes, tão enjaulados quanto as mulheres, provavelmente não parecíamos mais humanos nem menos exóticos.

E cada um de nós usava uma malha rígida e pequena coberta de ouro entre as pernas, que nos impedia o mais breve exame de nossos próprios órgãos famintos.

Acabamos conhecendo bem uns aos outros durante as longas noites no mar, enquanto nossos guardas não estavam perto o bastante para ouvir nossos sussurros. E em nossas horas silenciosas de reflexão e sonho, talvez tenhamos conhecido melhor a nós mesmos.

– Você sente isso, Laurent? – sussurrou Tristan. – Estamos perto da costa.

Tristan era o mais ansioso, o que mais lamentava o senhor que deixara para trás, Nicolas, e ainda por cima observava tudo à sua volta.

– Sim – respondi sob minha respiração, com uma rápida olhada para ele. Um lampejo de seu olho azul. – Não falta muito.

– Eu só espero...

– Sim? – disse de novo. – O que há para se esperar, Tristan?

– ... que eles não nos separem.

Não respondi. Me reclinei para trás e fechei os olhos. De que adiantava falar sobre isso quando em breve tudo seria revelado? E não podíamos fazer nada para alterar o que quer que fosse.

– O que quer que aconteça – comentei sonhadoramente –, estou feliz que a viagem tenha acabado. Estou feliz por logo termos algum uso novamente.

Depois dos testes iniciais de nossa paixão, não fomos mais usados por nossos captores. E ao longo de quinze dias fomos torturados por nossos próprios desejos, os assistentes pueris apenas sorrindo gentilmente para nós e rapidamente atando nossas mãos quando ousávamos tocar os revestimentos da malha que aprisionava nossas partes íntimas.

Todos sofríamos da mesma forma, parecia, sem nada que nos distraísse no cativeiro do navio a não ser a visão da nudez dos demais.

E eu não podia evitar me perguntar se esses jovens cuidadores, tão atenciosos em todos os detalhes, percebiam o quão implacavelmente fôramos educados nos apetites da carne, como nossos senhores e senhoras na corte da rainha nos ensinaram a desejar até mesmo o estalo do cinto para aliviar o fogo dentro de nós.

Nem a metade de um dia da antiga servidão se passou sem um meticuloso uso de nosso corpo, e até mesmo o mais obediente de nós recebera constantes castigos severos. E aqueles enviados do castelo à penitência da vila tampouco conheceram um breve descanso.

Mas aqueles eram mundos diferentes, como eu e Tristan frequentemente concluíamos durante nossas conversas noturnas sussurradas. Tanto na vila quanto no castelo, era esperado apenas que disséssemos, se tanto, "Sim, meu senhor" ou "Sim, minha senhora". E recebemos ordens expressas e fôramos enviados de vez em quando para fazer serviços desacompanhados. Tristan até mesmo tivera longas conversas com seu querido senhor, Nicolas.

Mas fôramos avisados mesmo antes de deixar os domínios da rainha que esses serviçais do sultão nos tratariam como se fôssemos animais mudos. Mesmo que conseguíssemos compreender seu estranho idioma estrangeiro, nunca falariam conosco. E na terra do sultão, qualquer vil escravo do prazer que falasse mereceria imediata e severa punição.

Os avisos se provaram verdadeiros. Durante toda a viagem, fomos afagados, acariciados, apertados e conduzidos em gentil e condescendente silêncio.

Quando, por desespero e tédio, a princesa Elena falou alto, implorando para que a tirassem da gaiola, foi rapidamente amordaçada, seus tornozelos e pulsos atados às suas pequenas costas, seu corpo, que se contorcia, suspenso no teto da cabine. E lá permaneceu, os assistentes a olhando com o semblante fechado, chocados e ultrajados, até que ela desistira de seus protestos em vão e abafados.

E depois fora trazida para baixo com extrema gentileza e cuidado. Os lábios silenciosos dela foram beijados, seus doloridos pulsos e tornozelos receberam óleos até que as marcas vermelhas das amarras de couro tivessem desaparecido.

Os jovens meninos com robes de seda até mesmo pentearam os cabelos castanhos de Elena, macios e cheios de brilho, e massagearam suas nádegas e costas com seus dedos fortes, como se irascíveis bestinhas como nós devessem ser amainadas em suas maneiras. É claro, pararam tão logo perceberam que a suave sombra de pelos castanhos ondulados entre as pernas de Elena estavam úmidos, e que ela não podia evitar mover os quadris contra a seda do colchão, tão excitada que estava pelo toque deles.

Com pequenos gestos de repreensão e meneando as cabeças, eles a fizeram se ajoelhar, segurando seus pulsos novamente enquanto encaixavam em sua pequena vagina a inflexível cobertura de metal, com as correntes que circulavam suas coxas apertadas firmemente. Então fora instalada novamente em sua gaiola, braços e pernas atados às barras com grossas fitas de cetim.

Ainda assim, essa demonstração de paixão não os enfurecera. Pelo contrário, acariciaram o sexo úmido dela antes de cobri-lo, sorrindo para ela como se para aprovar seu calor, sua necessidade. Do mesmo jeito, todo o lamento do mundo não despertara a piedade neles.

E o restante de nós apenas observara em um silêncio libidinoso, nossos próprios órgãos famintos pulsando em vão. Eu queria escalar a gaiola dela e arrancar o pequeno escudo de malha de ouro e apunhalar com meu pênis o pequeno e úmido ninho feito para ele. Queria abrir a sua boca com a minha língua. Queria espremer seus seios com minhas mãos, sugar os pequenos mamilos cor de coral, e vê-la corada pelo prazer vibrante enquanto eu a conduzia até o fim. Mas esses eram sonhos dolorosos. Elena e eu podíamos apenas olhar um para o outro, enquanto acalentávamos em silêncio a esperança de que cedo ou tarde nos seria permitido o êxtase dos braços um do outro.

A delicada e pequena Bela era ainda mais intrigante, e a robusta Rosalynd, com seus grandes olhos pesarosos, absolutamente voluptuosa, mas era Elena quem tinha toda essa inteligência e desdém sombrio pelo que ocorrera conosco. Durante nossas conversas sussurradas, rira de nosso destino, jogando seus pesados cabelos sobre o ombro ao falar.

– Quem já teve três alternativas tão maravilhosas, Laurent? – perguntou. – O palácio do sultão, a vila, o castelo. Estou dizendo, em qualquer um deles posso encontrar prazeres para me satisfazer.

– Mas, querida, você não sabe como será no palácio do sultão – respondi. – A rainha tinha centenas de escravos nus. Na vila havia centenas em serviço. E se o sultão tiver ainda mais do que isso... escravos de todos os reinos do Leste e do Oeste, tantos escravos que pode usá-los como descanso de pés?

– Você acha que ele tem? – perguntou Elena excitadamente. Seu sorriso se tornou charmosamente insolente. Que lábios úmidos, e que lindos dentes. – Então temos que achar um jeito de nos destacarmos, Laurent. – Ela apoiou o queixo na mão. – Não quero ser apenas mais uma entre mil príncipes e princesinhas sofredores. Temos que nos certificar de que o sultão saiba quem somos.

— Ideias perigosas, meu amor — respondi —, quando não podemos nem falar com ninguém e ninguém pode falar com a gente, quando somos mimados e punidos como simples bestinhas.

— Vamos achar um jeito, Laurent — disse ela, com uma piscadela maliciosa. — Você já deixou que alguma coisa te assustasse antes? Você fugiu só para saber como seria ser capturado, não foi?

— Você é muito perspicaz, Elena. O que te faz pensar que não fugi por medo?

— Sei que não foi por isso. Ninguém nunca fugiu do palácio da rainha por medo. Sempre é motivado pelo espírito de aventura. Comigo foi assim, sabe. Esse foi o motivo pelo qual fui sentenciada à vila.

— E valeu a pena, minha querida? — perguntei. Ah, se eu pelo menos pudesse beijá-la, fazer com que ela despejasse sua impetuosidade em minha boca, beliscar seus pequenos mamilos. Era uma enorme crueldade eu nunca ter sequer chegado perto dela durante nossos dias no castelo.

— Sim, valeu a pena — respondeu Elena, pensativa. Ela estava na vila havia um ano quando o ataque aconteceu, uma escrava de fazenda do lorde Mayor, trabalhando em seus jardins, procurando por ervas daninhas no gramado com os dentes, de quatro, o jardineiro um homem corpulento e severo que sempre tinha um chicote nas mãos.

– Mas eu estava pronta para algo diferente – disse Elena, virando-se de costas, deixando que suas pernas se separassem, como sempre fazia. Eu não conseguia parar de olhar para os espessos pelos castanhos de seu sexo sob a proteção entrelaçada de ouro. – E então os soldados do sultão vieram, como se eu os tivesse convocado com minha imaginação. Lembre-se, Laurent, temos que fazer alguma coisa para nos destacarmos dos demais.

Eu ri sozinho. Gostava de seu entusiasmo.

Mas naquele momento eu gostava de todos eles: Tristan, uma encantadora mistura de força e carência, que suportava seu sofrimento em silêncio; e Dmitri e Rosalynd, ambos contritos e dedicados a agradar, como se tivessem nascidos escravos, em vez de na realeza.

Porém, Dmitri não conseguia controlar sua agitação ou sua luxúria, não conseguia se manter quieto para receber a punição ou ser usado, embora sua mente estivesse repleta de nada além de bons pensamentos a respeito de amor e submissão. Passara sua curta sentença na vila exposto no pelourinho na praça das punições públicas, aguardando suas chicotadas na plataforma giratória pública. E Rosalynd também não conhecia algo parecido com controle ao menos que estivesse acorrentada. Ambos esperavam que a vila purgasse seus medos, permitisse a eles servir com a elegância que admiravam nos outros.

Quanto a Bela, bem, perto de Elena, era a mais encantadora, a escrava mais incomum. Ela parecia fria, ainda que fosse inegavelmente doce, atenciosa e rebelde. De vez em quando, durante as noites escuras no mar, a flagrava olhando para mim por entre as barras de sua gaiola com uma enigmática expressão em seu pequeno e forte rosto, seus lábios se afastando facilmente em um sorriso quando eu devolvia o olhar.

Quando Tristan chorava, ela dizia suavemente em sua defesa:

– Ele amava seu senhor. – E encolhia os ombros como se achasse isso triste, mas incompreensível.

– E você não amava ninguém? – perguntei a ela uma noite.

– Não, não de verdade – respondeu. – Apenas outros escravos uma vez ou outra... – E veio o olhar provocante que fez com que meu pau despertasse na mesma hora. Havia algo de selvagem nela, algo intocado, em toda a sua aparente fragilidade.

Entretanto, de vez em quando, parecia incomodada em sua resistência.

– O que significaria amá-los? – perguntara uma vez, quase como se conversasse consigo mesma. – O que significaria entregar completamente meu coração? As punições, eu amo. Mas amar um dos senhores ou das senhoras... – De repente, pareceu assustada.

– Isso a perturba – respondi, demonstrando compreender. As noites no mar tinham seus efeitos sobre todos nós. O isolamento tinha seu efeito em todos nós.

– Sim. Desejo algo que ainda não encontrei – sussurrou. – Nego, mas desejo isso. Talvez seja porque não encontrei um senhor ou uma senhora apropriados.

– O príncipe real foi quem trouxe você para o reino. Com certeza você o considerou um senhor verdadeiramente magnífico.

– Não, de forma alguma – respondeu Bela distraidamente. – Mal me lembro dele. Ele não me despertava nenhum interesse, sabe. O que aconteceria se eu fosse subordinada a alguém que me interessasse? – E seus olhos exibiram um brilho estranho, como se vislumbrassem pela primeira vez todo um novo reino de possibilidades.

– Não posso lhe dar essa resposta – disse, sentindo-se subitamente perdido. Até aquele momento eu estivera certo de que amara minha senhora, lady Elvera. Mas agora já não tinha tanta certeza. Talvez Bela falasse de um amor melhor e mais profundo do que eu jamais conhecera.

O fato era: *Bela me interessava*. Ela, que se deitava fora de meu alcance em sua cama de seda, seus membros despidos tão perfeitos quanto uma escultura na semiescuridão, seus olhos cheios de segredos revelados pela metade.

Ainda assim, todos nós, apesar de nossas diferenças, nossas conversas sobre amor, éramos verdadeiros escravos. Isso era certo.

Fôramos expostos e inalteravelmente transformados por nossa servidão. Não importavam nossos temores e conflitos, não éramos aqueles seres constrangidos, pasmados de antes. Nadávamos, cada um em seu próprio ritmo, na deslumbrante corrente do tormento erótico.

E deitado, ao refletir, procurava entender as importantes diferenças entre a vida do castelo e a vida na vila, e tentar adivinhar o que esse novo cativeiro no sultanato nos prometia.

LEMBRANÇAS
DO CASTELO E DA VILA
(LAURENT)

Por um ano, fui um bom servo no castelo, propriedade da severa lady Elvera, que todos os dias mandava me açoitar, indiferentemente, enquanto tomava seu café da manhã. Era uma mulher orgulhosa e quieta com cabelos negros como as penas de um corvo e olhos acinzentados como ardósia, que dedicava suas horas a delicados bordados. Eu beijava seus chinelos depois do açoitamento, em agradecimento, esperando pela menor migalha de demonstração de agrado que fosse – de que suportara bem os golpes ou de que ainda me considerava bonito. Raramente pronunciou alguma palavra. Raramente ergueu a vista de sua agulha.

Às tardes, ela fazia seu trabalho nos jardins, e lá eu fazia sexo com princesas para entretê-la. Primeiro eu tinha que capturar minha bela presa, o que significava uma difícil caça em meio aos canteiros, e então a princesinha corada tinha que ser carregada e deitada aos pés de minha senhora para inspeção, após a qual minha performance de fato começava e tinha que ser desempenhada com perfeição.

É claro, eu amava esses momentos – bombear meu calor no corpo tímido e trêmulo debaixo do meu, até mesmo se fosse a mais frívola princesa excitada pela perseguição e pela captura, e ambos queimando sob a vigilância constante de minha senhora enquanto continuava sua costura.

Uma pena que eu nunca tenha coberto Bela durante esse tempo. Bela fora a favorita do príncipe real até cair em desgraça e ser enviada à vila. Apenas lady Juliana teve permissão de compartilhá-la. Mas a vira na senda dos arreios e desejara tê-la arfando sob o meu corpo. Tornara-se uma escrava muito finamente ambientada; mesmo nos primeiros dias, sua forma ao marchar ao lado do cavalo de lady Juliana era impecável. Seu cabelo era dourado como trigo ao cair ao redor de sua face em forma de coração; seus olhos azuis brilhavam de orgulho inflamado e paixão indisfarçável. Mesmo a grande rainha tinha ciúmes dela.

Entretanto, recordando tudo isso agora, não duvidei nem por um momento de Bela quando disse não ter amado aqueles que reivindicavam sua afeição. Naquela época, eu poderia ter enxergado, se tivesse olhado direito, que seu coração não estava acorrentado.

Mas qual fora, em particular, a melhor parte de minha vida nos salões do castelo? Meu coração estava acorrentado. Porém, essencialmente, o que me mantinha preso ali?

Eu era um príncipe, embora destinado a servir – um bem-nascido temporariamente privado de seus privilégios e obrigado a passar por testes únicos e difíceis para o corpo e a alma. Sim, essa era a natureza da humilhação: de que eu seria privilegiado novamente depois que tudo tivesse acabado, de que eu era igual àqueles que apreciavam minha nudez e me castigavam severamente pela menor demonstração de vontade ou de orgulho.

Nunca fora tão claro para mim do que quando príncipes visitantes, de outras terras, se maravilharam com esse costume de manter escravos para o prazer da realeza. Como me fustigara ser apresentado a esses hóspedes.

– Mas como você os obriga a servir? – perguntavam, tão atônitos quanto encantados. Nunca se sabia se ansiavam por servir ou por comandar. Será que todos os seres têm ambas inclinações em um conflito entre elas?

A inevitável resposta às suas tímidas perguntas era uma mera demonstração de nosso bom treinamento; deveríamos nos ajoelhar diante deles, oferecendo nosso órgão à sua avaliação, nossas nádegas empinadas para o açoite.

— É um jogo de prazer — respondia minha senhora, indiferentemente. — E esse aqui, Laurent, um príncipe de belíssimas maneiras, me impressiona especialmente. Um dia governará um reino próspero. — Ela beliscava lentamente meus mamilos, e erguia meu pênis e testículos em sua mão aberta para exibi-los aos hóspedes maravilhados.

— Mas, ainda assim, por que ele não luta ou tenta resistir? — perguntava o visitante, provavelmente disfarçando seus sentimentos mais profundos.

— Pense nisso — respondia minha senhora. — Ele é inteiramente desprovido de quaisquer acessórios que façam dele um homem aos olhos do mundo lá fora. É poupado somente o melhor para expor os acessórios carnais que fazem dele um homem para meus serviços. Imagine a si mesmo tão despido, tão indefeso, tão completamente subjugado. Você provavelmente preferiria servir a se arriscar a uma variedade de corretivos ainda mais ignominiosos.

Algum dos recém-chegados deixou de pedir um escravo para si mesmo até o cair da noite?

Com a face corada e tremendo, rastejei para obedecer às muitas ordens dadas em uma voz sem prática e que não me era familiar. E esses eram lordes que um dia eu receberia em minha própria corte. Nós nos lembraríamos desses momentos? Alguém se atreveria a mencioná-los?

E assim era com todos os príncipes e princesas escravos nus do castelo. Nada além da mais alta qualidade para essa completa degradação.

– Acho que Laurent servirá por mais três anos, pelo menos – dizia lady Elvera desatentamente. Como era remota, eternamente distraída. – Mas é a rainha quem decide. Lamentarei quando ele se for. Acho que o tamanho dele é o que mais me atrai. Ele é mais alto do que os outros, tem ossos maiores, e ainda assim tem um rosto nobre, você não acha?

Ela estalava os dedos para que eu me aproximasse, e então corria seu polegar pela minha bochecha.

– E o órgão – dizia – é extremamente grosso, mas não é longo em demasia. Isso é importante. Como as princesinhas se contorcem sob ele. Simplesmente preciso ter um príncipe forte. Diga-me, Laurent, como devo puni-lo de alguma maneira nova, algum jeito em que eu não tenha pensado ainda?

Sim, um príncipe forte temporariamente subjugado, um filho de monarca, com todas as suas capacidades disponíveis para uso, mandado para cá, destinado para ser um pupilo do prazer e da dor.

Mas incorrer na ira da corte e ser enviado à vila? Isso era um suplício. E que eu mal experimentara, embora o que acabei descobrindo tenha sido a real quintessência disso.

Apenas dois dias antes da minha captura pelos ladrões do sultão, fugi de lady Elvera e do castelo. E não sei por que fiz isso.

Certamente eu adorava a senhora. Adorava. Não há dúvidas quanto a isso. Admirava seu domínio arrogante, seus silêncios eternos. Ela poderia ter me agradado ainda mais se tivesse me chicoteado ela mesma mais frequentemente, em vez de ordenar que outros príncipes o fizessem.

Mesmo ao me ceder aos hóspedes ou aos outros lordes e ladies, havia uma alegria especial em retornar para ela, em ser levado para a sua cama, em me ser permitido lamber o fino triângulo de pelos negros entre suas coxas brancas quando ela se sentava contra o travesseiro, cabelos soltos, olhos indiferentes e estreitados. Fora um desafio derreter seu coração glacial, conseguir que jogasse a cabeça para trás e finalmente gritar de prazer como a mais lasciva princesinha no jardim.

Ainda assim, fugi. E isso me acometeu de repente, o impulso – de que deveria me atrever a fazer isso, apenas levantar e correr em direção à floresta, para deixar que me perseguissem. É claro que me encontrariam. Nunca duvidei disso. Eles sempre encontram os fugitivos.

Talvez eu tenha vivido tempo demais com medo de fazer tal coisa, de ser capturado pelos soldados e enviado aos trabalhos na vila. Aquilo subitamente me tentava, como o salto de um enorme penhasco.

E superei todos os meus outros defeitos dessa vez; alcançara uma perfeição quase enfadonha. Nunca me esquivei do açoite. Aprendera tanto a precisar dele que sentia minha carne tremular e se aquecer à mera visão do chicote. E eu sempre pegava as princesinhas rapidamente na perseguição do jardim, erguendo-as bem alto pelos pulsos e carregando-as sobre o meu ombro, seus seios quentes produzindo sons graves ao bater contra as minhas costas. Fora um desafio interessante dominar duas ou três em uma única tarde com a mesma energia.

Mas essa questão de fugir... Talvez eu quisesse conhecer meus senhores e senhoras melhor! Porque, quando me tornasse seu fugitivo capturado, sentiria a força deles até o tutano de meus ossos. Sentiria tudo que fossem capazes de me fazer sentir, completamente.

Seja qual fosse a razão, esperei até que a senhora adormecesse na cadeira do jardim. Então, me levantei e corri para a parede do jardim e a escalei. Não era um golpe para chamar atenção. Faria disso uma tentativa de fuga sem igual. E, sem olhar para trás, fugi pelos campos ceifados em direção à floresta.

Mesmo assim, nunca me senti tão nu, tão completamente escravo quanto nesses momentos, quando eu parecia me rebelar.

Cada folha, cada lâmina mais alta de grama tocavam minha carne exposta. Uma nova vergonha me tomou enquanto eu vagava por entre as árvores escuras, rastejando ao passar pelas torres de vigilância da vila.

Ao cair da noite, senti que minha pele nua brilhava como uma luz, que a floresta não me esconderia. Eu pertencia ao intrincado mundo de poder e submissão e tentei erroneamente escapar de suas obrigações. E a floresta sabia disso. Espinhos arranhavam minhas panturrilhas. Meu pau se enrijecia ao mínimo ruído durante a difícil fuga.

E, ah, o horror final e a excitação da captura, conforme os soldados me localizavam na escuridão e me impulsionavam adiante com gritos até me cercarem.

Mãos rudes agarraram meus braços e pernas. Fui carregado muito próximo ao chão por quatro dos homens, minha cabeça pendendo e meus membros esticados, meramente um animal que oferecera bom divertimento, trazido até um campo à luz de tochas em meio a saudações, ofensas e gargalhadas.

E no rápido momento de justiça ao qual ninguém escapa, tudo foi esclarecido a fundo. Eu não era mais um príncipe bem-nascido. Era uma coisa teimosa e mansa cujo destino era ser chicoteado e violentado repetidamente pelos soldados cheios de disposição até que o capitão da guarda aparecesse e ordenasse que me atassem à espessa madeira da cruz da punição.

E foi durante esse suplício que vi a princesa Bela novamente. Ela já tinha sido enviada à vila e escolhida pelo capitão da guarda como seu brinquedinho. Ajoelhada na sujeira do campo, era a única mulher lá. Sua pele, fresca e branca como leite, estava rosada e era tudo de mais deleitável para que a poeira se grudasse. Ela engrandecera tudo que me aconteceu com seu olhar intenso.

E sem dúvida eu ainda a fascinava: era um fugitivo de verdade, e o único de nós no navio do sultão que merecera a cruz da punição.

Nos primeiros dias no castelo, presenciei a chegada de um grupo de tais fugitivos. Vi quando foram embarcados na carroça para serem levados à vila, suas pernas bem abertas nas barras da cruz, suas cabeças curvadas no topo da cruz para que olhassem diretamente para o céu, as bocas abertas e esticadas pela tira de couro que mantinha suas cabeças na posição. Fiquei apavorado por eles, maravilhado que mesmo nessa situação de desgraça seus pênis estivessem duros como a madeira à qual seus corpos estavam amarrados.

E então, fui condenado como um deles. Me transferi para a mesma cena, para ser amarrado da mesma forma excruciante, olhos voltados para o céu, meus braços dobrados por trás da áspera estaca, minhas coxas abertas bem separadas e doloridas, meu pênis ereto de uma maneira que nunca vira nenhum outro.

E Bela era uma dos milhares de testemunhas.

Ao longo das ruas da vila, fui alardeado pela lenta batida do tambor às multidões que eu podia ouvir, não ver, cada volta das rodas da carroça movendo o falo de madeira enterrado em meu ânus.

Fora tão delicioso quanto extremo, a maior de todas as degradações. Senti-me deleitado em cada segundo dessa situação, até mesmo quando o capitão da guarda chicoteou minhas costas nuas, minhas pernas abertas, minha barriga despida. E como fora divinamente fácil implorar por meio de incontroláveis gemidos e contorções, sabendo perfeitamente que eles nunca seriam considerados. Como excitara minha alma saber que não havia a menor esperança de misericórdia para mim.

Sim, naqueles momentos, eu estava consciente de todo o poder de meus captores, mas também conhecia minha própria força – que nós, os despojados de todos os nossos privilégios, ainda podemos incitar e guiar aqueles que nos punem para novos reinos de calor e cuidados cheios de amor.

Não havia, agora, desejo de agradar, nenhuma paixão para realizar. Apenas um abandono divino e angustiante. Remexi vergonhosamente minhas nádegas no falo que saía da cruz para dentro de mim, recebendo os golpes rápidos do chicote de couro do capitão como beijos. Lutei e chorei tudo o que tinha em meu coração a ser lamentado, sem nenhuma partícula de dignidade.

A única falha no magnífico esquema, suponho, era que eu não via meus torturadores, a não ser que se posicionassem direto sobre mim, o que raramente acontecia.

E à noite, quando fui erguido na praça da vila, e podia ouvi-los reunidos na plataforma abaixo de mim – senti-los beliscando minhas nádegas feridas, surrando meu pênis –, desejei poder ver o contentamento e a alegria em suas faces, sua total superioridade em relação ao mais indigno entre os mais indignos que me tornara.

Gostei de ser condenado. Gostei de ser essa repulsiva e assustadora exibição de loucura e sofrimento, mesmo quando tremia com os sons que pressagiavam um novo açoite, mesmo enquanto as lágrimas rolavam incontrolavelmente pelo meu rosto.

Era uma experiência infinitamente mais rica do que ser o brinquedinho trêmulo e de face cor de escarlate de lady Elvera. Melhor até mesmo que o doce esporte de montar em princesas no jardim.

E, finalmente, havia recompensas especiais pelo meu doloroso ângulo de visão também. O jovem soldado, depois de me açoitar ao bater das nove horas, subiu na escada ao meu lado, olhou-me bem fundo nos olhos e beijou minha boca amordaçada.

Fui incapaz de demonstrar o quanto eu o adorava, incapaz mesmo de fechar meus lábios em volta da grossa tira de couro que me amordaçava e mantinha minha cabeça no lugar. Mas ele apertara meu queixo e chupara meu lábio inferior, correndo sua língua para dentro de minha boca por baixo do couro, e então prometeu, em um sussurro, que eu seria muito bem açoitado novamente à meia-noite; ele mesmo cuidaria disso. Gostava da tarefa de açoitar maus escravos.

– Você tem uma bela tapeçaria de listras cor-de-rosa em seu peito e em sua barriga – disse. – Mas vai ficar ainda mais bonito. E então haverá a plataforma giratória pública esperando por você ao nascer do sol, quando será desamarrado e forçado a se ajoelhar, e o mestre açoitador da vila trabalhará em você para a diversão da plateia da manhã. Como eles vão amar um grande e forte príncipe feito você.

Ele me beijou de novo, chupando meu lábio inferior, passando a língua pelos meus dentes. Deixei meu peso cair sobre a madeira, contra as amarras, meu pau uma haste de apetite requintado.

Tentei de todas as maneiras não faladas que conhecia demonstrar meu amor por ele, suas palavras, sua afeição.

Como tudo aquilo era estranho, provavelmente ele não entendeu. Mas não importava. Não importava se eu fosse amordaçado para sempre, e nunca pudesse falar a ninguém. O que importava era que eu tinha achado meu lugar perfeito e isso estava acima de qualquer coisa. Eu deveria ser um símbolo da pior punição. Se ao menos meu pênis ferido e inchado tivesse uma folga por um instante, apenas um instante...

E como se lesse meus pensamentos, ele disse:

– Agora tenho um presentinho para você. Afinal, queremos manter esse belo órgão em boa forma, e isso não é alcançado por meio da preguiça. – E ouvi, perto dele, uma risada feminina. – Ela é uma das adoráveis garotas da vila – disse, tirando meu cabelo de cima dos olhos. – Você gostaria de dar uma olhada nela primeiro?

Aaaah, sim, tentei responder. E vi o rosto dela em cima de mim – cachos vermelhos quicando, doces olhos azuis, bochechas coradas e lábios que vieram me beijar.

– Vê como ela é bonita? – perguntou o soldado em meu ouvido. E a ela, ele disse: – Pode prosseguir, querida.

Senti as pernas dela se enganchando nas minhas, suas anáguas engomadas fazendo cócegas em minha carne, sua genitália pequena e molhada se esfregando contra o meu pau, e então a pequena e peluda vulva se abrindo enquanto, bem apertada, ela se posicionava sobre mim. Eu gemia mais alto do que parecia possível gemer. E o jovem soldado sorriu acima de mim e baixou a cabeça novamente para me conceder seus beijos molhados e sugadores.

Ah, que adorável parzinho. Eu estava derrotadamente inútil devido às correias de couro. Mas ela manteve o ritmo por nós dois, a cruz pesada sacudindo, meu pênis entrando em erupção dentro dela.

Não vi nada depois disso, nem mesmo o céu.

Lembro-me vagamente do jovem soldado se aproximar dizendo que era meia-noite, hora do meu próximo açoite bem-dado. E que se eu fosse um bom menino dali para a frente, e meu pênis se mantivesse ereto para prestar atenção a cada chicotada, ele arranjaria outra garota da vila para mim na noite seguinte. Ele era da opinião de que um fugitivo punido deveria frequentemente receber uma visita feminina, o que só tornava seu sofrimento ainda pior.

Sorri de gratidão sob a mordaça de couro preto. Sim, qualquer coisa para piorar o sofrimento. E como eu poderia ser um bom menino? Me contraindo, lutando e emitindo sons que demonstrassem meu sofrimento, impulsionando meu pau faminto no ar vazio? Estava mais do que disposto a tudo isso. Desejava saber por quanto tempo seria exibido. Desejava permanecer assim para sempre, um símbolo permanente de infâmia, merecedor apenas de escárnio.

***

De vez em quando pensava, enquanto o chicote lambia meus mamilos e minha barriga, na imagem de lady Elvera quando eles me trouxeram até os portões do castelo na cruz.

Olhando para cima, eu a vi com a rainha na janela aberta. E chorei desesperadamente, minhas lágrimas transbordando. Ela estava tão linda!

E saber que ela me daria somente o que havia de pior agora me fazia idolatrá-la.

— Levem-no daqui – dissera minha senhora, com um ar quase entediado, sua voz soando pelo pátio vazio. – E certifiquem-se de que seja bem açoitado e vendido a um bom e cruel senhor ou senhora.

Sim, era um jogo de disciplina, com novas regras, nas quais descobri uma submissão profunda como jamais sonhara.

— Laurent, testemunharei pessoalmente sua venda – disse ela enquanto eu era levado. – Quero ter certeza de que você receberá tarefas absolutamente árduas e enfadonhas.

Amor, amor de fato por lady Elvera, relevara tudo isso. Mas as conjeturações de Bela a bordo do navio me confundiram.

A paixão por lady Elvera fora tudo o que o amor pode ser? Ou fora meramente o amor que se pode sentir por qualquer senhora talentosa? Havia mais a ser aprendido na severa prova de dor inflamada e sublime? Talvez Bela fosse mais criteriosa, mais honesta... mais exigente.

Mesmo com Tristan, alguém poderia pensar que o amor de seu senhor fora conseguido muito rápido, muito livremente. Teria Nicolas, o cronista da rainha, realmente merecido tal sentimento? Quando Tristan falava desse homem, ressaltava qualquer qualidade em especial? O que se absorvia dos lamentos de Tristan era o fato de que o homem conquistara seu amor com momentos de notável intimidade. Eu me perguntava se, com Bela, tal privilégio seria, por si só, o bastante.

Ainda na vila, enquanto eu era esticado e torcido na cruz da punição, o chicote cumprindo sua tarefa, me sentia confuso ao pensar em lady Elvera, agora perdida para mim. Mas também era confuso pensar na atrevida princesinha Bela no acampamento dos soldados, que me fitara com franco espanto. Estaria ela ciente de meu segredo? De que eu quisera aquilo? Será que ela mesma se atreveria a tais coisas? No castelo, disseram que ela atraíra para si mesma a punição na vila. Sim, eu gostava muito dela, mesmo então, corajosa e suave queridinha.

Mas minha vida como um fugitivo punido terminou mesmo antes de começar. Nunca cheguei a ver a praça do leilão.

Durante momentos daquele último açoite da meia-noite aconteceu o ataque à vila. Os soldados do sultão trovejaram pelas pequenas ruas de pedras arredondadas.

Minha mordaça de couro e amarras foram cortadas, e meu corpo dolorido foi jogado em cima de um cavalo acelerado antes mesmo que eu pudesse olhar meu captor.

Então a prisão do navio, esta pequena cabine pendurada nas tendas cheias de joias e lanternas de metal.

E o óleo dourado fora esfregado em minha pele ralada, o perfume passado conforme meu cabelo era penteado, e a firme cobertura de malha fora acorrentada sobre o meu pênis e meus testículos, de forma que eu não pudesse tocá-los. E o confinamento na gaiola. E as tímidas e respeitosas perguntas dos outros escravos prisioneiros: por que eu tinha fugido e como suportei a cruz da punição?

E o eco do aviso do emissário da rainha antes que deixássemos seu reino:

– No palácio do sultão... vocês não mais serão tratados como seres racionais... Serão treinados como animais valiosos, e nunca devem, que Deus os ajude, tentar falar ou manifestar mais do que a mais simples compreensão.

E eu imaginava agora, enquanto vagávamos pelo oceano, se nessa estranha terra os diversos tormentos do castelo e da vila poderiam, de alguma forma, se reconciliar.

Fôramos abjetos por comando real, e então abjetos por condenação real. Agora, em um mundo estranho, longe daqueles que conheciam nossa história ou nossa posição social, seríamos abjetos por nossa natureza.

Abri meus olhos, vendo novamente uma pequena lanterna noturna pendurada em seu gancho de metal em meio às tendas drapejadas do teto. Algo havia mudado. Tínhamos ancorado.

E havia muito movimento em cima de nós. Toda a tripulação parecia ter despertado. E os passos se aproximavam...

PELA CIDADE
E PARA DENTRO DO PALÁCIO
(BELA)

Bela abriu os olhos. Não estava dormindo, e sabia, sem ter que olhar pela janela, que era manhã. O ar na cabine estava incomumente quente.

Uma hora atrás ouvira Tristan e Laurent sussurrando no escuro, e soubera que o navio ancorara. E se sentira apenas ligeiramente temerosa.

Depois disso, entrara e saíra de breves sonhos eróticos, seu corpo todo despertando como paisagem sob o sol nascente. Estava ansiosa para desembarcar, ansiosa para saber toda a extensão do que estava por acontecer a ela, para ser ameaçada de maneiras que ela pudesse entender.

Agora, ao ver os magros, belos e pequenos serviçais jorrando para dentro do ambiente, soube, com certeza, que tinham chegado ao sultanato. Tudo seria compreendido em breve.

Os preciosos meninos – não podiam ter mais do que catorze ou quinze, apesar de sua altura – sempre se apresentavam ricamente vestidos, mas esta manhã usavam robes bordados de seda, e as suas faixas apertadas na cintura eram feitas de um luxuoso tecido listrado, os cabelos negros deles brilhavam com óleo, e seus rostos inocentes estavam sombrios, com um incomum ar de ansiedade.

De uma só vez, os outros cativos reais foram despertados, e cada escravo foi tirado da gaiola e levado à mesa apropriada para sua arrumação e preparação.

Bela, vestida em seda, se alongou, desfrutando sua repentina libertação do confinamento, os músculos de suas pernas formigavam. Olhou para Tristan e, então, para Laurent. Tristan ainda sofria muito. Laurent, como sempre, parecia vagamente entretido. Mas agora não havia tempo para sequer dizer adeus. Ela rezava para que não fossem separados, para que descobrissem juntos o que quer que acontecesse, e para que, de alguma forma, o novo cativeiro deles permitisse momentos em que pudessem conversar.

Os serviçais esfregaram um óleo com pigmentos dourados na pele de Bela, dedos fortes trabalhavam bem em suas coxas e nádegas. Seus longos cabelos foram erguidos e escovados com uma poeira dourada, e então foi posicionada de costas para baixo gentilmente.

Dedos habilidosos abriram sua boca. Seus dentes foram polidos com um tecido macio. Ouro de textura maleável foi aplicado aos lábios de Bela. E então tinta dourada foi espalhada em seus cílios e sobrancelhas.

A não ser pelo primeiro dia de jornada, nem ela nem qualquer outro dos escravos foram tão minuciosamente decorados. E seu corpo fervia com sensações familiares.

Ela pensou confusamente em seu divinamente rude capitão da guarda, nos elegantes mas remotamente recordados torturadores da corte da rainha, e se sentiu desesperada para pertencer a alguém novamente, ser punida por alguém, ser tão possuída quanto castigada.

Valia qualquer humilhação, isso, ser possuída por alguém. Em retrospecto, parecia que ela fora apenas uma flor que desabrochara completamente quando foi totalmente violada pelos desejos de outra pessoa, que no sofrimento imposto por outra pessoa ela descobrira a si mesma.

Mas ela tinha um novo sonho, que se aprofundava lentamente, uma chama em sua mente que começara durante o tempo no mar, e que confidenciara somente a Laurent: o sonho de que encontraria, de alguma forma, o que não encontrara até então; alguém a quem de fato amaria.

Na vila, contara a Tristan que não desejava isso, que ambicionava rigidez e severidade. Mas a verdade era que o amor de Tristan por seu senhor a afetara profundamente. As palavras dele a influenciaram, mesmo enquanto ela expunha suas contradições.

E então vieram essas solitárias noites no mar, de desejos ardentes e irrealizados, de muita ponderação sobre todas as reviravoltas do destino e do acaso. E se sentira estranhamente frágil pensando sobre o amor, sobre dar sua alma secreta a um senhor ou senhora, mais do que nunca, perturbada.

O criado passou uma tinta dourada em seus pelos pubianos, esticando cada cacho para fazê-lo encaracolar. Bela mal podia manter os quadris parados. Então viu um punhado de lindas pérolas erguidas para sua inspeção. E foram aplicadas a seus pelos pubianos, fixadas na pele com uma substância adesiva poderosa. Decorações muito adoráveis. Ela sorriu.

Bela fechou seus olhos por um segundo, seu sexo doendo em seu vazio. Então olhou para Laurent, notando que seu rosto assumira um aspecto oriental com a tinta dourada, seus mamilos lindamente eretos como seu grosso pênis. E seu corpo estava sendo ornamentado, condizente com seu tamanho e sua força, com grandes esmeraldas em vez de pérolas.

Laurent sorria para o pequeno menino que fazia o trabalho, como se em sua mente o despisse de suas roupas chiques. Mas então se virou para Bela e, erguendo languidamente a mão aos lábios, soprou-lhe um beijinho, que passara despercebido pelos demais.

Ele piscou para Bela, que sentiu o desejo ardente queimando dentro de si. Ele era tão bonito, Laurent.

Oh, por favor, não permita que nos separem, rezou Bela. Não porque ela tenha pensado alguma vez em possuir Laurent... isso também seria interessante... mas porque ficaria perdida sem os outros, perdida...

E então aquilo se abateu sobre ela com toda a força: não tinha ideia do que aconteceria a ela no sultanato, e absolutamente nenhum controle sobre isso. A caminho da vila, ela sabia. Já tinham contado. Até mesmo como seria ir para o castelo, ela fazia uma ideia. O príncipe real a preparara. Mas isso estava além de sua imaginação, esse lugar. E por debaixo de toda aquela tinta dourada se tornava cada vez mais pálida.

Os criados gesticulavam para que os escravos se levantassem. Havia os sinais usuais, exagerados e urgentes, para que ficassem calados, parados, que obedecessem, conforme se postavam em um círculo, um de frente para o outro.

E Bela sentiu suas mãos erguidas e unidas atrás de suas costas como se fosse um serzinho sem sentidos que nunca poderia fazer tal coisa sozinho. Seu criado tocou a nuca dela e então beijou suavemente sua bochecha, enquanto ela baixava a cabeça complacentemente.

Ainda assim, podia ver os outros claramente. As genitálias de Tristan também haviam sido decoradas com pérolas, e ele brilhava dos pés à cabeça, seus cachos dourados ainda mais dourados do que sua pele polida.

E olhando para Dmitri e Rosalynd, viu que ambos haviam sido decorados com rubis vermelhos. Os cabelos negros deles formavam um contraste magnífico com suas peles polidas. Os enormes olhos azuis de Rosalynd pareciam sonolentos sob a borda de cílios pintados. O tórax largo de Dmitri estava retesado como o de uma estátua, embora suas coxas extremamente musculosas tremessem incontrolavelmente.

Bela subitamente se retraiu quando seu criado acrescentou um pouco mais de tinta dourada em cada um de seus mamilos. Ela não podia tirar os olhos de seus pequenos dedos amarronzados, fascinada pelo cuidado com que ele trabalhava, e a forma como seus próprios mamilos se enrijeceram intoleravelmente. Sentia cada uma das pérolas grudada em sua pele. Cada hora de inanição no mar aguçara seus desejos silenciosos.

Mas os captores tinham outro pequeno agrado reservado para eles. Ela observava furtivamente, sua cabeça ainda abaixada, enquanto os criados retiravam de seus bolsos fundos e ocultos novos e assustadores brinquedinhos – pares de grampos de ouro com longas correntes de delicados porém fortes elos atadas a eles.

Os grampos, Bela conhecia e temia, claro. Mas as correntes – elas realmente a deixaram agitada. Eram como rédeas, e tinham pequenos cabos de couro.

Seu criado tocou nos lábios de Bela para que ficasse quieta, e então acariciou rapidamente seu mamilo direito, arrumando uma boa porção do peito em um pequeno grampo em forma de concha antes de fechar seus colchetes. O grampo era enfeitado com uma pequena quantidade de pelos brancos, mas sua pressão era firme. E toda a pele de Bela pareceu de repente sentir o tormento perturbador. Quando o outro grampo estava posicionado tão firmemente quanto o primeiro, o criado juntou os cabos das longas correntes em suas mãos e deu um puxão. Era o que Bela mais temia. Foi trazida para a frente bruscamente, arquejando.

O criado fechou o semblante, bem decepcionado com o som vindo da boca aberta, e espancou os lábios dela com seus dedos firmemente. Ela abaixou mais a cabeça, assombrada com as duas pequenas e frágeis correntes dominando essas partes inexplicavelmente sensíveis dela. Pareciam controlá-la completamente.

Observou, sentindo o coração se contrair, a mão do criado se apertar novamente e as correntes serem puxadas, fazendo com que ela fosse trazida para a frente mais uma vez pelos mamilos. Ele gemeu dessa vez, mas não se atreveu a abrir os lábios, e por isso recebeu dele um beijo de aprovação, o desejo se avolumando dolorosamente dentro dela.

Mas não podemos ser guiados em terra dessa forma, pensou. Podia ver Laurent, no lado oposto, usando grampos da mesma forma que ela, e corando furiosamente conforme seu criado puxava as correntinhas detestáveis e o fazia dar um passo à frente. Laurent parecia mais indefeso do que na cruz da punição, na vila.

Por um momento, todo o deleite advindo da crueldade dos castigos na vila voltaram a ela. E ela sentiu mais agudamente essa delicada restrição, o novo tipo de servidão.

Viu o pequeno criado de Laurent beijar sua bochecha em aprovação. Laurent não arquejara ou se lamentara. Mas o pau dele balançava incontrolavelmente. Tristan estava no mesmo estado claramente miserável, e, ainda assim, se mantinha, como sempre, majestosamente quieto.

Os mamilos de Bela pulsavam como se estivessem sendo chicoteados. A cascata de desejo percorreu seus membros, fazendo com que dançasse um pouco sem mover os pés, sua cabeça subitamente iluminada com sonhos de um amor novo e especial.

Mas os deveres dos rapazes a distraíram. Retiravam das paredes suas longas, rijas tiras de couro; e essas, como todos os outros objetos nesse reino, eram pesadamente incrustadas de joias, o que fazia delas pesados instrumentos de punição, embora, como tiras de madeira de uma árvore nova, fossem bastante flexíveis.

Ela sentiu a leve picada em suas panturrilhas, e a pequena rédea dupla foi puxada. Deveria se mover atrás de Tristan, que fora posicionado na direção da porta. Os outros provavelmente se alinhariam atrás dela.

E subitamente, pela primeira vez em uma quinzena, deixariam a prisão do navio. As portas foram abertas, o criado de Tristan o conduziu pelas escadas, com a tira de couro brincando nas panturrilhas de Tristan para fazê-lo marchar, e a luz do sol que entrava forte vinda do deque era momentaneamente cegante. Veio um grande rebuliço – o som de multidões, de gritos distantes, de um número incerto de pessoas.

Bela subiu rápido as escadas de madeira, que estava morna sob seus pés, o puxão em seus mamilos fazendo-a gemer de novo. Que preciosa destreza, parecia, ser levada tão facilmente por instrumentos tão refinados. Como essas criaturas entendiam bem seus cativos.

Ela mal podia suportar a visão das nádegas firmes e fortes de Tristan à sua frente. Pareceu ter ouvido Laurent gemer atrás dela. Temeu por Elena, Dmitri e Rosalynd.

Mas emergiu no deque e podia ver, em ambos os lados, a multidão de homens em seus longos robes e turbantes. E além do céu aberto, e altos edifícios de tijolos de barro de uma cidade. Estavam no meio de um porto muito cheio, de fato, por todos os lados havia mastros de outras embarcações. O barulho, como a própria luz, era atordoante.

Oh, não permita que sejamos levados até terra firme dessa forma, pensou novamente. Mas foi obrigada a se apressar atrás de Tristan ao longo do deque e descer uma prancha para desembarque simples e inclinada. O ar salgado do mar foi de repente misturado ao calor e à poeira, o cheiro de animais e esterco e cordas de cânhamo, e a areia do deserto.

A areia, na verdade, cobria as pedras em que, de uma hora para outra, ela se viu em cima. E não podia evitar erguer a cabeça para ver as enormes multidões sendo mantidas pelos homens de turbantes do navio, centenas e centenas de rostos sombrios examinando-a e os demais prisioneiros. Havia camelos e asnos carregados de mercadorias, homens de todas as idades em robes de linho, a maioria com suas cabeças cobertas ou por turbantes ou por longas e fluidas toucas do deserto.

Por um momento a coragem de Bela se foi completamente. Não era a vila da rainha, isso. Não, era algo de longe bem mais real, tanto quanto era estrangeiro.

E ainda sua alma cresceu quando os pequenos grampos foram puxados de novo, quando viu homens exageradamente vestidos aparecendo em grupos de quatro, cada grupo carregando nos ombros as longas e ricas hastes de uma liteira aberta e cheia de almofadas.

Imediatamente, umas dessas almofadas foi baixada diante dela. E seus mamilos foram puxados novamente pelos perversos cabinhos ao mesmo tempo em que a tira de couro batia em seus joelhos. Ela entendeu. Ajoelhou-se na almofada, com seu rico formato vermelho e dourado atordoando-a levemente. E se sentiu novamente puxada em seus calcanhares, suas pernas bem abertas, sua cabeça baixada novamente por uma mão morna posicionada firmemente em seu pescoço.

Isso é insuportável, pensou, gemendo tão suavemente quanto podia, sermos carregados ao longo da cidade. Por que não somos levados secretamente à Sua Alteza, o sultão? Não somos escravos reais?

Mas ela sabia a resposta. Viu em todas as faces sombrias que se apertavam por todos os lados.

Somos apenas escravos aqui. Nenhuma realeza nos acompanha agora. Somos meramente caros e bonitos, como as outras mercadorias trazidas a bordo do navio. Como a rainha permitiu que isso nos acontecesse?

Seu frágil senso de ultraje, entretanto, foi logo desfeito como se pelo calor de sua própria carne nua. Seu criado forçou-a a abrir ainda mais os joelhos, e estender suas nádegas sobre os calcanhares enquanto lutava para se manter totalmente dócil.

Sim, pensou, seu coração palpitando, sua pele respirando em meio à admiração da multidão, uma posição muito boa. Eles podiam ver meu sexo. Podem ver cada parte secreta minha. Ainda assim, lutava contra outro breve instinto de temor. E as correias de ouro foram rapidamente atadas a um gancho dourado na frente da almofada, o que fez com que se esticassem, mantendo seus mamilos em um estado de amarga tensão.

O coração de Bela batia muito rápido. Seu pequeno criado a assustara ainda mais com todos os seus gestos desesperados para que permanecesse em silêncio, para que fosse boa. Estava agindo de forma irritada ao tocar os braços dela. Não, ela não devia movê-los. Sabia disso. Será que já havia tentado com tanta garra se manter imóvel? Quando sua genitália tinha convulsões como uma boca arquejando por ar, a multidão conseguia ver?

A liteira foi erguida cuidadosamente nos ombros dos carregadores de turbante. Ela quase sentiu vertigem pela consciência de sua exposição. Mas a confortava um pouco ver Tristan se ajoelhando em sua almofada logo à frente, lembrando a ela que não estava sozinha ali.

A multidão barulhenta abriu caminho. A pequena procissão se deslocou pelo enorme espaço aberto que se estendia diante do porto.

Tomada por um senso de decoro, Bela não se atreveu a mover um músculo. Mesmo assim, podia ver tudo à sua volta, o grande bazar – comerciantes com seus utensílios claros de cerâmica se espalhavam por tapetes multicoloridos; rolos de seda e linho em estacas; produtos em couro e em latão, e ornamentos de prata e de ouro; gaiolas de pássaros inquietos e cacarejantes; e comida cozinhando em fogueiras artesanais sob toldos empoeirados.

Mesmo assim, todo o mercado voltou sua atenção cheia de burburinhos aos cativos que eram carregados. Alguns se postavam mudos ao lado de seus camelos, apenas observando. E alguns – os jovens garotos de cabeça raspada, parecia – correram acompanhando Bela, levantando a vista para ela e apontando e falando rapidamente.

O criado estava à sua esquerda, e com sua longa tira de couro fez algum pequeno ajuste nos longos cabelos de Bela, e de vez em quando admoestava ferozmente a multidão, afastando-a.

Bela tentou não ver nada além dos altos edifícios de tijolos de barro se aproximando cada vez mais.

Ela estava sendo levada por uma ladeira, mas seus carregadores ergueram o nível da liteira. E ela lutou para se manter em perfeita forma, embora seu peito estivesse pesado e sendo puxado pelos perversos grampinhos, as longas correntes de ouro que se apegavam aos seus mamilos tremendo à luz do sol.

Estavam em uma rua íngreme, e em ambos os lados podia ver janelas se abrindo, pessoas apontando e olhando, e a multidão se estendia ao longo das paredes, seus gritos tornando-se repentinamente mais altos conforme ecoavam nas pedras. Os criados os afastaram com comandos rígidos.

Ah, o que será que sentem quando olham para nós?, pensou Bela. Seu sexo nu pulsava entre as suas pernas. Parecia se sentir desgraçadamente aberto. Somos como bestas, não somos? E essas pessoas miseráveis não imaginam, nem por um momento, que tal destino possa recair sobre elas, pobres como devem ser. Elas desejam poder nos possuir, somente.

A tinta dourada se enrijeceu em sua pele, particularmente em seus mamilos grampeados.

E por mais que ela tentasse, não conseguia manter seus quadris completamente imóveis. Seu sexo pareceu se agitar pelo desejo e mover todo o seu corpo por causa dele. Os olhares da multidão a tocaram, mexiam com ela, faziam com que seu vazio lhe causasse dor.

Mas eles alcançaram o fim da rua. A multidão levava até um espaço aberto onde mais milhares de gente permaneciam observando. O som de vozes vinha em ondas. Bela não conseguia sequer ver o fim da multidão, enquanto centenas de pessoas se empurravam para olhar de perto a procissão. Sentiu seu coração bater com mais força ainda ao ver as grandes abóbadas douradas de um palácio surgindo diante dela.

O sol a cegou. Ele refletia em paredes de mármore branco, arcos dos mouros, portas gigantescas folheadas a ouro, torres altíssimas tão delicadas que faziam os sombrios e toscos castelos de pedra europeus parecer, de alguma forma, malfeitos e vulgares.

O cortejo virou bruscamente à esquerda. E, por um instante, Bela olhou para Laurent atrás dela, depois para Elena, seus longos cabelos castanhos balançando-se à brisa, e as sombrias, imóveis figuras de Dmitri e Rosalynd. Todos obedientes, todos quietos em suas liteiras cheias de almofadas.

Os jovens meninos na multidão pareciam estar mais frenéticos. Saudavam e corriam para cima e para baixo, como se a proximidade do palácio estimulasse de alguma forma a excitação.

Bela viu que o cortejo seguira por uma entrada lateral, e guardas de turbante com grandes cimitarras penduradas em seus cintos conduziram a multidão para fora enquanto um par de pesadas portas era aberto.

Ah, que silêncio abençoado, pensou Bela. Viu Tristan ser carregado por baixo do arco, e imediatamente o seguiu.

Não entraram em um pátio, como ela esperara. Em vez disso, estavam em um corredor largo, cujas paredes eram cobertas por intrincados mosaicos. Mesmo o teto acima era uma tapeçaria em pedra com padrões de flores e espirais. Os carregadores subitamente pararam. As portas lá atrás, já distantes, foram fechadas. E todos mergulharam na escuridão.

Apenas nesse momento Bela notou as tochas nas paredes, as lamparinas em seus pequenos nichos. Um enorme grupo de meninos de rosto sombrio, vestidos exatamente como os criados do navio, analisava silenciosamente os novos escravos.

A liteira de Bela foi baixada. Ao mesmo tempo, seu criado puxou as correias e a impulsionou para a frente, fazendo com que se ajoelhasse no mármore. Os carregadores e as liteiras rapidamente desapareceram por portas que Bela mal olhara. E foi empurrada para cima das próprias mãos, o pé de seu criado firme em sua nuca enquanto forçava sua testa direto contra o chão de mármore.

Bela tremeu. Sentiu uma forma diferente de agir em seu criado. E, conforme o pé pressionava com mais força, quase furiosamente, seu pescoço, ela imediatamente beijou o chão frio, sobrepujada por um sofrimento devido ao fato de não saber o que era desejado dela.

Mas isso pareceu apaziguar o garoto. Ela sentiu um tapinha de aprovação em suas nádegas.

Agora sua cabeça estava sendo erguida. E ela viu que Tristan estava de quatro na frente dela, a visão de suas nádegas bem torneadas provocando-a ainda mais.

Entretanto, conforme observava em um silêncio perplexo, as correntes de pequenos elos dourados que se prendiam a seus mamilos pelos grampos foram passadas por entre as pernas de Tristan e sob sua barriga.

Por quê?, ela se perguntava, mesmo quando os grampos a beliscaram com firmeza renovada.

Mas imediatamente descobriu a resposta. Sentiu um par de correntes sendo passado entre suas próprias coxas, provocando seus lábios. E agora uma mão firme apertava seu queixo e abria sua boca, onde foram inseridos os cabos de couro como um freio que deveria manter entre os dentes com a firmeza de costume.

Percebeu que eram os cabos que puxavam as rédeas de Laurent, e que ela o puxaria pelas malditas correntinhas da mesma forma como Tristan a puxaria. E se sua cabeça se movesse ligeiramente de qualquer maneira involuntária, contribuiria para o suplício de Laurent tanto quanto Tristan para o seu ao puxar as correntes dadas a ele.

Porém, era o espetáculo daquilo que a envergonhava verdadeiramente.

Estamos acorrentados uns aos outros como animaizinhos levados ao mercado, pensou Bela. Estava bem mais confusa pelas correntes batendo em suas coxas e nos seus lábios vaginais, raspando no seu ventre.

Seus monstrinhos, pensou, olhando para o robe de seda de seu criado. Ele bagunçava o cabelo dela, forçando-a a uma posição mais convexa de forma que suas nádegas se empinassem mais. Bela sentiu os dentes de um pente passando pelos delicados pelos em volta do ânus, e sua face foi inundada por um rubor quente e ardente.

E Tristan, ele tinha que mover a cabeça, fazendo com que seus mamilos pulsassem tanto?

Ouviu um dos criados bater palmas. A tira de couro atingiu as panturrilhas de Tristan e as solas de seus pés despidos. Ele se moveu para a frente, e ela imediatamente se apressou atrás dele.

Quando levantou a cabeça só um pouquinho para ver as paredes e o teto, a tira atingiu sua nunca. Então açoitou as solas de seus pés, da mesma forma como Tristan era chicoteado. As correntes foram puxadas em seus mamilos como se tivessem vida própria.

E ainda as tiras a açoitavam mais rápido e mais alto, apressando todos os escravos. Um chinelo golpeou suas nádegas. Sim, eles devem correr. E, conforme Tristan ganhava velocidade, o mesmo acontecia com ela, lembrando-a, em uma espécie de torpor, como uma vez correra na senda dos arreios da rainha.

Sim, mais rápido, pensou Bela. E mantenha sua cabeça apropriadamente abaixada. E como você pôde pensar que entraria no palácio do sultão de qualquer outro jeito?

As multidões no lado de fora podiam olhar boquiabertas para os escravos, como provavelmente fizeram com a maioria dos prisioneiros depreciados. Mas essa era a única posição adequada a escravos sexuais em um palácio tão magnífico.

A cada pedacinho de chão que percorria, Bela se sentia mais abjeta, seu peito se aquecendo mais e mais ao lhe faltar ar. Seu coração, como nunca, batendo muito rápido e fazendo muito barulho.

O salão parecia aumentar, se tornar mais alto. O grupo de criados os ladeava. Ainda assim, Bela podia ver portais arqueados à esquerda e à direita, e salas cavernosas azulejadas com os mesmos mármores lindamente coloridos.

A grandeza e a solidez do lugar exerceram sua inevitável influência sobre ela. Lágrimas ardiam em seus olhos. Bela se sentiu pequena, completamente insignificante.

E, ainda assim, havia algo de absolutamente maravilhoso no sentimento. Ela não era nada além de uma coisa pequenininha nesse vasto mundo, embora parecesse ter encontrado um lugar adequado para si mesma, mais certamente do que no castelo e até mesmo na vila.

Seus mamilos pulsavam constantemente no aperto dos grampos enfeitados com pelos, e lampejos ocasionais da luz do sol a distraíam.

Sentiu um aperto na garganta, uma fraqueza generalizada. O odor de incenso, de cedro, de perfumes orientais, de repente, a envolveu. E Bela percebeu que era tudo muito quieto nesse mundo de riqueza e esplendor; e o único som era o dos escravos se apressando ao longo do lugar e das tiras de couro que os lambiam. Nem os criados emitiam qualquer som, a não ser que o canto de seus robes de seda fosse um som. O silêncio parecia uma extensão do palácio, um prolongamento da força dramática que os devorava.

Contudo, conforme adentravam cada vez mais profundamente no labirinto e a escolta de criados se deixou ficar para trás um pouco – restando apenas um pequeno torturador com seu chicote ocupado –, e o cortejo prosseguiu contornando cantos e percorrendo salões ainda maiores, Bela começou a ver pelo canto do olho alguns tipos estranhos de esculturas dispostas em nichos para enfeitar o corredor.

E, subitamente, percebeu que não eram estátuas. Eram escravos vivos posicionados nos nichos.

Por fim, Bela teve que dar uma boa olhada, e lutando para não perder o ritmo de deslocamento do grupo, voltava a vista para a direita e a esquerda, para essas pobres criaturas.

Sim, homens e mulheres se intercalando em ambos os lados do salão, posicionados silenciosamente nos nichos. E cada figura fora amarrada firmemente do pescoço ao dedo do pé com linho dourado, exceto pela cabeça, mantida erguida por um suporte bem ornamentado, e pelos órgãos sexuais nus, expostos em uma afortunada glória.

Bela olhou para baixo, tentando recuperar o fôlego. Mas não conseguia evitar levantar a vista de novo, imediatamente. E o espetáculo se tornou cada vez mais claro. Os homens foram amarrados com as pernas juntas, as genitálias projetadas para a frente, e as mulheres, com as pernas separadas, cada perna completamente envolvida pelo linho e o sexo aberto.

Todos se mantinham imóveis, seus longos e dourados suportes de pescoço presos à parede atrás por uma barra que parecia mantê-los seguramente. E alguns aparentemente dormiam, os olhos fechados, enquanto outros olhavam com atenção para o chão, apesar de seus rostos ligeiramente erguidos.

Muitos tinham a pele escura, como a dos criados – e expunham os luxuriantes cílios negros das pessoas do deserto. Quase nenhum era bonito como Tristan e Bela. Todos haviam sido cobertos de dourado.

E em um pânico silencioso, Bela se lembrou das palavras do emissário da rainha, que falara com eles no navio antes de partirem de sua terra soberana: "Embora o sultão tenha muitos escravos de sua própria terra, vocês, príncipes e princesas cativos, são uma iguaria muito especial e uma grande curiosidade."

Então certamente não seremos amarrados e posicionados em nichos com esses escravos, pensou Bela, perdidos em meio a dúzias e dúzias de outros, usados como mera decoração de corredor.

Mas ela podia enxergar a verdadeira realidade. Esse sultão possuía um número tão vasto de escravos que absolutamente qualquer coisa poderia acontecer a Bela e seus companheiros prisioneiros.

Conforme se apressara no percurso, os joelhos e mãos ferindo-se um pouco por causa do atrito com o mármore, continuou a estudar as figuras.

Podia notar que os braços foram cruzados atrás das costas de cada um, e que os mamilos dourados também estavam expostos e, em algumas ocasiões, grampeados, e que cada figura tinha seu cabelo penteado para trás, a fim de exibir as orelhas, que ostentavam joias como enfeites.

Como as orelhas pareciam delicadas – como os próprios órgãos!

Uma onda de terror percorreu Bela. E ela encolheu os ombros ao pensar no que Tristan estava sentindo – Tristan, que precisava tanto amar um senhor. E quanto a Laurent? Como ele interpretaria isso depois do espetáculo singular da cruz da punição na vila?

Novamente, um brusco puxão nas rédeas. Seus mamilos coçavam. E o chicote de repente brincava entre suas pernas, golpeando seu ânus e os lábios de sua vagina.

Seu demoniozinho, pensou. Ainda assim, enquanto as ardentes sensações de formigamento a atravessavam, arqueou as costas, forçando as nádegas para cima, e rastejou com movimentos ainda mais ágeis.

Se aproximavam de um par de portas. E com um choque, ela viu que um escravo estava afixado a uma delas e uma escrava à outra. E esses dois não estavam envolvidos por tecido, mas completamente nus. Faixas douradas mantinham a testa, as pernas, a cintura, o pescoço, os tornozelos e os pulsos presos contra a porta, com os joelhos muito abertos, as solas dos pés uma contra a outra. Os braços presos esticados por cima da cabeça, com as palmas das mãos viradas para fora. E as faces estavam imóveis, olhos voltados para baixo, bocas repletas de cachos de uva e folhagem, pintados de dourado como a pele dos escravos, de forma que as criaturas pareciam muito com esculturas.

Mas as portas foram abertas. Os escravos passaram em um segundo por esses dois silenciosos sentinelas.

E o ritmo diminuiu quando Bela se viu em um imenso pátio, cheio de palmeiras em vasos e canteiros cujas bordas eram feitas em mármores das mais variadas cores.

A luz do sol salpicava os azulejos diante dela. O perfume das flores de repente a revigorou. Olhou para botões de todos os matizes, e por um paralisante instante viu que o vasto jardim estava repleto de escravos pintados de dourado e engaiolados, como outras belas criaturas fixadas em posições dramáticas em cima de pedestais de mármore.

Fizeram com que Bela parasse. Os cabos foram retirados de sua boca. E ela viu seu criado apanhar os cabos dela e se posicionar à sua frente. O chicote brincou entre suas coxas, forçando suas pernas a se separarem um pouco. Então uma mão acariciou suavemente seu cabelo. Ela viu Tristan à sua esquerda e Laurent à sua direita, e percebeu que os escravos haviam sido dispostos em um grande círculo.

Mas de uma só vez o grande grupo de criados começou a gargalhar e a falar como se estivessem libertos de algum silêncio imposto. Eles voltaram a atenção aos escravos, mãos apontando, gesticulando.

O chinelo estava no pescoço de Bela novamente, e forçou sua cabeça para baixo até que seus lábios tocassem o mármore. Ela podia ver pelo canto do olho que Laurent e os outros estavam abaixados na mesma posição degradante.

Em uma enxurrada de cores do arco-íris os robes de seda dos criados os cercaram. A confusão gerada por sua conversa era pior do que o barulho da multidão nas ruas. Bela ajoelhava-se tremendo ao sentir mãos em suas costas e em seu cabelo, o chicote abrindo ainda mais suas pernas. Os garotos com robe de seda se posicionaram entre ela e Tristan, entre ela e Laurent.

De repente, um silêncio se abateu e fez com que finalmente a compostura frágil de Bela se despedaçasse.

Os criados se retiraram como se tivessem sido varridos para o lado. E não havia som algum exceto a tagarelice cantada dos pássaros e o tilintar de sinos de vento.

Então Bela ouviu o suave som de pés calçados com sandálias se aproximando.

EXAME NO JARDIM
(BELA)

Não foi um homem quem entrou no jardim, mas um trio. Dois deles se mantiveram afastados em deferência ao terceiro, que avançou lentamente e sozinho.

No silêncio tenso, Bela viu os pés dele e a barra de seu robe conforme ele se movia ao redor do círculo. Tecido de muita riqueza, e sandálias de veludo com as pontas curvadas para cima, cada uma com um rubi pendurado. Se movia a passos lentos, como se analisasse cada um meticulosamente.

Bela segurou a respiração quando ele se aproximou dela. Semicerrou os olhos levemente quando o dedo da sandália cor de vinho tocou sua bochecha, e então descansou sobre a sua nuca, e então seguiu a linha de sua coluna até o fim.

Ela estremeceu, incapaz de se controlar, seu gemido roou alto e impertinente aos seus próprios ouvidos. Mas não houve reprimenda.

Ela pensou ter ouvido uma risadinha. E então uma sentença pronunciada gentilmente fez com que lágrimas voltassem a brotar em seus olhos. Como aquela voz era tranquilizante, incomumente musical. Talvez a linguagem inteligível tenha feito com que parecesse mais lírica. Ainda assim, ela desejou entender seu significado.

É claro, não foram direcionadas a ela. As palavras foram ditas a um dos dois outros homens, contudo, a voz mexeu com ela, quase a seduziu.

Sentiu, repentinamente, as correntes sendo puxadas com força. Seus mamilos enrijeceram com um formigamento que esticou os tentáculos até sua virilha instantaneamente.

Ergueu-se, ainda de joelhos, incerta, assustada, e então foi puxada até se levantar, os mamilos queimando, a face ardendo.

Por um momento a imensidão do jardim a impressionou. Os escravos atados, os botões extravagantes, o céu azul acima deles chocantemente claro, a grande aglomeração de criados a observando. E então o homem que estava diante dela.

O que ela devia fazer com as mãos? Ela as pôs atrás do pescoço, e continuou olhando fixamente para o chão azulejado, com apenas a mais vaga imagem do senhor que a encarara.

Ele era muito mais alto do que os pequenos garotos – na verdade, era um gigante esbelto disfarçado de homem, de proporções elegantes, e parecia mais velho por toda a aura de comando que o envolvia. E fora ele mesmo quem puxara as correntes – e ainda segurava os cabos.

Quase instantaneamente os passou da mão direita para a esquerda. E com a mão direita, estapeou o lado de baixo dos seios de Bela, que se assustou. Ela se sentiu vibrar com o desejo para ser tocada, estapeada de novo, por uma violência ainda mais aniquiladora.

E no momento de tentar retomar sua sagacidade, olhou rápido para o escuro cabelo ondulado, que não chegava até os ombros, e seus olhos, tão escuros que pareciam mergulhados em tinta, como contas grandes e brilhantes no lugar das íris.

Como essas pessoas do deserto conseguem ser lindas, pensou Bela. E seus sonhos no cativeiro do navio de repente voltaram para perturbá-la. Amá-lo? Amar esse homem que é um servo como os outros?

Ainda assim, a sua face queimava devido ao medo e à agitação. Parecia, de repente, uma face impossível. Era quase inocente.

As reverberantes bofetadas voltaram, e ela deu um passo atrás antes que pudesse se deter. Seus seios estavam inundados de calor. De uma vez, seu pequeno criado bateu em suas pernas desobedientes com o chicote. Ela se firmou, lamentando a falha.

A voz falou novamente e foi de forma mais leve do que antes, melodiosa e quase carinhosa. Mas pôs os pequenos criados em frenética atividade.

Bela sentiu os dedos suaves e sedosos em seus calcanhares e pulsos, e antes que percebesse o que estava acontecendo, foi erguida, suas pernas erguidas em ângulos retos em relação ao corpo e muito abertas pelos criados que a seguravam, seus braços forçados para cima, sua cabeça e suas costas firmemente suportadas.

Ela estremeceu espasmodicamente, suas coxas doeram, seu sexo brutalmente exposto. E então sentiu outro par de mãos erguer sua cabeça, e encarou direto os olhos do misterioso senhor gigante, que sorria radiantemente para ela.

Ah, ele era lindo demais. Instantaneamente, ela desviou o olhar, com as pálpebras trêmulas. Os olhos dele eram inclinados para cima nas laterais, o que lhe dava um ar levemente demoníaco, e sua boca era larga e extremamente beijável. Mas, apesar de toda a inocência em seu semblante, a ferocidade de espírito parecia emanar dele. Bela sentiu uma ameaça nele. Podia percebê-la em seu toque. E, com suas pernas mantidas separadas como estavam, passou a um estado de pânico silencioso.

Como se para confirmar seu poder, o senhor rapidamente deu um tapa na cara dela, fazendo com que ela choramingasse antes que pudesse evitar. A mão se ergueu novamente, dessa vez esbofeteando sua bochecha direita, e depois a esquerda, até que de repente ela chorava audivelmente.

O que foi que fiz?, perguntou-se Bela. E em meio a uma névoa de lágrimas notou curiosidade no rosto dele. Ele a estudava. Não era inocência. Bela o julgara errado. Era meramente fascínio pelo que estava fazendo que ardia nele.

Então é um teste, ela tentou dizer a si mesma. Mas como eu sou aprovada ou reprovada? E, encolhendo os ombros, viu as mãos se levantando novamente.

Ele inclinou a cabeça dela para trás e abriu a boca de Bela. Calafrios percorreram seu corpo. Ela se sentiu convulsionar por inteiro nas mãos dos criados. Os dedos sondadores tocaram seus cílios, sua sobrancelha. Secaram suas lágrimas, que transbordavam por seu rosto enquanto ela olhava fixamente para o céu azul acima.

E então sentiu as mãos em seu sexo exposto. Os dedos penetraram sua vagina, e quando foi aberta de forma praticamente impossível, seus quadris se impulsionaram para a frente, envergonhando-a.

Parecia poder explodir em um orgasmo, que não conseguiria contê-lo. Mas isso era proibido? Girou a cabeça de um lado para outro, lutando para manter o controle sobre si mesma. Mas os dedos eram tão gentis, tão suaves e, ainda assim, tão firmes ao abri-la. Se tocassem em seu clitóris, estaria perdida, incapaz de se conter.

Porém, misericordiosamente, eles a soltaram, puxando seus pelos pubianos, e só brevemente juntaram seus lábios e os beliscaram.

Atordoada, ela curvou a cabeça, a visão de sua nudez a enervando completamente. Viu o novo senhor se virar e estalar os dedos. E por entre o emaranhado de seus cabelos, viu Elena sendo erguida instantaneamente pelos criados como ela havia sido.

Elena lutou para manter a compostura, seu sexo rosado molhado e exposto por baixo da coroa de pelos castanhos, os longos e delicados músculos de suas coxas se contorcendo. Bela observou aterrorizada enquanto o senhor executava o mesmo exame.

A altura de Elena, os seios empinados arfavam enquanto o senhor brincava com sua boca, seus dentes. Mas quando vieram os tapas, Elena se manteve completamente em silêncio. E a expressão no rosto do senhor confundiu Bela.

Como ele parecia apaixonadamente interessado, tendo plenamente a intenção de fazer o que fazia. Nem sequer o cruel senhor dos candidatos no castelo parecera tão dedicado como esse. E seu charme era considerável. O rico robe de veludo era de alfaiataria bem-feita, que caía perfeitamente em suas costas e ombros. Suas mãos tinham uma graça encantadora nos movimentos quando ele abriu a boca pubiana vermelha de Elena e a pobre princesa balançou os quadris desgraçadamente.

À visão do sexo de Elena cada vez mais preenchido, molhado e obviamente faminto, a longa fome de Bela no mar fez com que ela se sentisse desesperada. E quando o senhor sorriu e acariciou o longo cabelo de Elena, tirando-o de sua testa, examinando seus olhos, Bela se descobriu furiosamente ciumenta.

Não, seria pavoroso amar qualquer um deles, pensou. Ela não conseguia dar seu coração. Tentou não olhar mais. Suas próprias pernas pulsaram, os criados as seguraram mais firme do que nunca. E seu próprio sexo intumesceu-se insuportavelmente.

Mas havia mais espetáculos para ela. O senhor voltou para Tristan. E agora ele estava sendo erguido no ar, suas pernas muito abertas, da mesma forma. Pelo canto do olho, Bela viu que os pequenos criados lutavam para suportar o peso de Tristan, e a bonita face dele ruborizava de humilhação conforme seu órgão duro, projetado para a frente, era examinado de perto pelo senhor.

Os dedos do senhor brincaram com o prepúcio, com a ponta brilhante, espremendo até obter uma única gota de umidade cintilante. Bela podia sentir a tensão nos membros de Tristan. Mas não se atreveu a levantar a vista para olhar seu rosto novamente quando o senhor esticou a mão para examiná-lo.

Em um borrão, ela viu o rosto do senhor, os enormes olhos de tinta negra, e os cabelos penteados para trás para revelar uma pequena argola de ouro que perfurava o lóbulo de sua orelha.

Ela o ouviu batendo em Tristan, e fechou os olhos bem apertados quando o escravo finalmente gemeu, os tapas parecendo ressoar pelo jardim.

Abriu novamente os olhos quando o senhor deu uma risada suave para si mesmo ao passar na frente dela. E ela viu a mão dele se levantar quase distraidamente para apertar levemente seu seio esquerdo. As lágrimas brotaram nos seus olhos, sua mente lutando para entender a conclusão a que esses exames levariam, para afastar o fato de que ele a traíra mais do que qualquer criatura que a requisitara até então.

Agora, à sua direita e ligeiramente em frente a ela, era Laurent quem era erguido para o escrutínio do senhor. E, conforme o enorme príncipe era levantado, ela ouviu um rápido acesso verbal do senhor que fez com que todos os criados gargalhassem imediatamente. Ninguém precisava traduzir para ela. Laurent era muito poderosamente constituído, seu órgão era excepcionalmente esplêndido.

E ela via que, no momento, estava totalmente ereto, bem treinado como era, e a visão das coxas extremamente musculosas escancaradas trouxe de volta a ela delirantes memórias da cruz da punição. Ela tentou não olhar para o enorme saco escrotal, mas não conseguia evitar.

E parecia que o senhor fora levado por esses dotes superiores a um novo excitamento. Ele golpeou Laurent com força com a parte de trás da mão várias vezes sucessivas, em uma velocidade impressionante. O enorme torso se contorceu, com os criados lutando para mantê-lo parado.

E então o senhor removeu os grampos, deixando-os cair no chão, e pressionou ambos os mamilos de Laurent enquanto ele gemia muito alto.

Mas algo mais estava acontecendo. Bela viu. Laurent olhara direto para o senhor. Fizera isso mais do que uma vez. Os olhos deles se encontraram. E agora, enquanto seus mamilos eram apertados novamente, pelo que parecia, com muita força, o príncipe encarava o senhor.

Não, Laurent, pensou Bela desesperadamente. Não os tente. Não haverá a glória da cruz da punição aqui. Só esses corredores e um miserável esquecimento. Entretanto, foi absolutamente fascinante para ela o fato de Laurent ser tão corajoso.

O senhor o contornou e os garotos que o seguravam. Pegou o chicote de couro de um dos outros e espancou os mamilos de Laurent inúmeras vezes. Laurent não conseguia se manter quieto, embora tivesse virado a cabeça. Seu pescoço estava tensionado, seus membros tremendo.

E o senhor tão curioso, tão atento a seu teste como nunca. Fez um gesto para um dos outros. E, enquanto Bela observava, uma longa luva de couro dourada foi trazida para o senhor.

Era belamente trabalhada em intrincados padrões por todo o comprimento do couro ao longo do braço até os punhos largos, toda cintilando como se tivesse sido coberta por um bálsamo ou unguento.

Enquanto o senhor vestia a luva em sua mão e braço, até o cotovelo, Bela se sentiu inundada por calor e excitamento. Os olhos do senhor eram quase infantis em sua diligência, a boca irresistível ao sorrir, a graciosidade de seu corpo ao se aproximar de Laurent, agora em êxtase.

Ele levou a mão esquerda até a parte de trás de cabeça de Laurent, segurando-a, seus dedos enroscados nos cabelos de Laurent enquanto o príncipe olhava para cima. E com a mão enluvada, a direita, lentamente enfiou os dedos entre as pernas abertas de Laurent, dois deles penetrando o corpo dele primeiro, enquanto Bela olhava descaradamente.

A respiração de Laurent ficou rouca e rápida. Seu rosto escureceu. Os dedos desapareceram dentro de seu ânus, e agora aparentemente a mão toda entrava nele.

Os criados, em todos os lados, se moveram um pouco. E Bela podia ver que Tristan e Elena observavam com igual atenção.

Nesse meio-tempo, o senhor enxergava somente Laurent. Olhava direto para o rosto do escravo, que exibia um misto de prazer e dor enquanto a mão se movia cada vez mais profundamente para dentro de seu corpo. Estava na altura do pulso, e os membros de Laurent não mais tremiam:

estavam paralisados. Um longo e assobiado suspiro passou por entre os seus dentes.

O senhor ergueu o queixo de Laurent com o polegar da mão esquerda. Se abaixou até que seu rosto estivesse muito próximo ao de Laurent. E em um longo e tenso silêncio, o braço se impulsionou para cima, para dentro de Laurent, enquanto o príncipe parecia em êxtase, seu pênis na mesma posição e rijo, o líquido claro escapando dele em gotículas.

Todo o corpo de Bela se tensionou e relaxou, e novamente ela se sentiu à beira de um orgasmo. Ao tentar impedi-lo, viu-se mole e fraca, e todas as mãos que a seguravam estavam, de fato, fazendo amor com ela, a acariciando.

O senhor trouxe seu braço direito para a frente, sem retirar a mão de Laurent. E ao fazer isso, projetou a pélvis do príncipe, revelando ainda mais as enormes bolas, e o cintilante couro dourado, enquanto a luva alargava o anel rosado do ânus de forma impossível.

Um grito repentino veio de Laurent. Um rouco engasgo que pareceu um lamento por misericórdia. E o senhor o segurou imóvel, os lábios deles quase se tocando. A mão esquerda do senhor soltou a cabeça de Laurent e se moveu pelo rosto dele, separando seus lábios com um dedo. E então as lágrimas rolaram dos olhos de Laurent.

E muito rápido, o senhor recolheu o braço e tirou a luva, deixando-a de lado, enquanto Laurent jazia suportado pelos garotos, sua cabeça abaixada, seu rosto ruborizado.

O senhor fez alguns rápidos comentários, e novamente os criados riram em concordância. Um deles recolocou os grampos de mamilos, e Laurent exibiu uma expressão de dor, como uma careta. O senhor imediatamente ordenou, por meio de gestos, que Laurent fosse posto no chão, e as correntes dos cabos de Laurent foram subitamente presas a uma argola de ouro na parte de trás da sandália do senhor.

Ah, não, esse monstro não pode tirá-lo de nós, pensou Bela. Mas essa era apenas a mera superfície de seus pensamentos. Ela estava apavorada por ser Laurent – e apenas Laurent – o escolhido do senhor.

Mas estavam todos sendo abaixados. E de repente Bela estava de quatro, o pescoço pressionado para baixo pela suave sola de veludo da sandália, e percebeu que Tristan e Elena estavam ao seu lado e todos os três eram puxados adiante por suas correntes de mamilo e açoitados pelos chicotes conforme se retiravam do jardim.

Ela viu a barra do robe do senhor à sua direita, e atrás dele a figura de Laurent lutando para acompanhar seus passos largos, as correntes em seus mamilos ancorando-o ao pé do senhor, seus cabelos castanhos ocultando misericordiosamente seu rosto.

Onde estavam Dmitri e Rosalynd? Por que foram descartados? Poderia um dos outros homens que vieram com o senhor ter ficado com eles?

Ela não tinha como saber. E o corredor parecia não ter fim.

Mas Bela não se importava verdadeiramente com Dmitri e Rosalynd. Tudo o que importava realmente para ela era que estava com Tristan, Laurent e Elena. E, é claro, o fato de que ele, esse misterioso senhor, essa alta e impossivelmente elegante criatura, se movia junto dela.

Seu robe todo bordado roçava o ombro de Bela conforme o senhor seguia adiante, Laurent se esforçando para acompanhá-lo.

Os chicotes lamberam suas nádegas, seu púbis, enquanto ela se apressava atrás deles.

Finalmente, chegaram a outro par de portas, e os chicotes os conduziram até o interior de uma larga câmara iluminada à lamparina. Foi obrigada a parar pela firme pressão de uma sandália em seu pescoço mais uma vez, e então percebeu que todos os criados tinham saído e a porta fora fechada atrás deles.

O único som era o da respiração ansiosa dos príncipes e princesas. O senhor passou por Bela no caminho para a porta. Um ferrolho fora passado, uma chave virada. Silêncio.

Então ouviu a melodiosa voz outra vez, suave e baixa, e dessa vez ela falava, em sílabas charmosamente acentuadas, o idioma de Bela.

— Bem, meus queridos, todos devem vir até aqui e ajoelhar à minha frente. Tenho muito a dizer a vocês.

SENHOR MISTERIOSO
(BELA)

Era um choque confuso ter a palavra dirigida a eles. De uma só vez o grupo de escravos obedeceu, se aproximando para se ajoelhar na frente do senhor, as correntes de ouro se arrastando no chão. Mesmo Laurent estava livre da sandália do senhor e se posicionou junto aos demais.

Tão logo estavam todos quietos, ajoelhados, com as mãos fechadas na nuca, o senhor disse:

– Olhem para mim.

Bela não hesitou. Levantou os olhos para o rosto dele e o considerou tão atraente e desconcertante neste momento quanto fora no jardim. Era um rosto mais bem-proporcionado do que ela havia percebido, a boca carnuda e agradável de formas adoráveis, o nariz comprido e delicado, os olhos bem espaçados e radiantemente dominantes. Mas, novamente, era a aura que o envolvia que a atraía.

Ao olhar de um dos cativos para outro, Bela podia sentir a excitação correndo pelo pequeno grupo, sentir seu próprio júbilo repentino.

Ah, sim, uma criatura esplêndida, pensou Bela. E memórias do príncipe real, que trouxera Bela até a terra da rainha e de seu grosseiro capitão da guarda na vila foram subitamente ameaçadas de se dissolverem completamente.

– Preciosos escravos – disse ele, os olhos fixos nela por um breve, eletrizante segundo. – Vocês sabem onde estão e por que estão aqui. Os soldados os trouxeram à força para que servissem seu senhor. – A voz tão harmoniosa, a face tão imediatamente terna. – E vocês sabem que sempre servirão em silêncio. Vocês são criaturinhas estúpidas aos olhos dos criados que os atendem. Mas eu, o mordomo do sultão, não alimento ilusões de que a sensualidade oblitera a mais elevada razão.

É claro que não, pensou Bela. Mas não se atreveu a dar voz a seus pensamentos. Seu interesse no homem crescia rápida e perigosamente.

– Estes poucos escravos que escolho – disse ele, os olhos viajando novamente –, estes que escolho para aperfeiçoar e oferecer à corte do sultão são sempre notificados de minhas metas e minhas demandas, e dos riscos de me contrariar. Mas somente na privacidade desta câmara. Nesta câmara quero que meus métodos sejam compreendidos. Que minhas expectativas sejam completamente esclarecidas.

Ele se aproximou, postando-se na frente de Bela, e sua mão se esticou até o seio dela, espremendo-o como fizera antes, apenas um pouco forte demais, o tremor quente alcançando o sexo dela imediatamente. Com a outra mão, ele acariciou um dos lados do rosto de Laurent, passando o polegar pelo lábio enquanto Bela se virava para observar, totalmente esquecida de si mesma.

– Você não fará isso, princesa – disse ele –, e lhe deu um tapa forte. Ela baixou a cabeça, seu rosto ardendo. – Você continuará olhando para mim até que eu ordene algo diferente.

As lágrimas de Bela surgiram de uma só vez. Como podia ter sido tão tola?

Mas não havia raiva na voz dele, apenas uma suave indulgência. Afetuosamente, ergueu o queixo dela. Ela o encarou por entre as lágrimas.

– Você sabe o que quero de você, Bela? Responda-me.

– Não, senhor – respondeu Bela rapidamente, desconhecendo a própria voz.

– Que você seja perfeita, para mim! – disse gentilmente, a voz parecendo tão cheia de razão, tão lógica. – É o que quero de todos vocês. Que sejam sem igual neste vasto universo de escravos no qual poderiam se perder como um punhado de diamantes no oceano. Que brilhem em virtude não meramente de sua obediência, mas devido à sua intensa e peculiar paixão. Vocês se destacarão das massas de escravos que os cercam. Seduzirão seus senhores e senhoras por um brilho que irá lançar os outros ao eclipse! Vocês me entenderam?

Bela lutou para não se afogar em ansiedade, seus olhos nos dele, como se não pudesse desviar o olhar mesmo que quisesse. Mas nunca sentira um desejo tão sobrepujante de obedecer. A urgência na voz dele era totalmente diferente do tom daqueles que a educaram no castelo ou dos que a castigaram na vila. Sentiu que perdia a própria forma de sua personalidade. Derretia lentamente.

— E vocês farão isso para mim — disse ele, sua voz se tornando ainda mais suave, mais persuasiva, mais ressonante. — Farão isso tanto para mim quanto para seus senhores da realeza. Porque desejo isso de vocês. — Ele fechou a mão em torno da garganta de Bela. — Deixe-me ouvir você falar de novo, pequenina. Em minhas câmaras, você falará comigo para dizer que deseja me satisfazer.

— Sim, senhor — respondeu Bela. E sua voz novamente pareceu estranha a ela própria, cheia de sentimentos que não conhecera verdadeiramente antes. Os dedos quentes acariciaram sua garganta, pareceram acarinhar as palavras enquanto ela falava, atraí-las para fora dela e dar forma ao seu tom.

— Vejam bem, há centenas de criados – disse ele, estreitando os olhos ao desviar a vista dela para os outros, a mão ainda a apertando. – Centenas encarregados de preparar pequenas e suculentas perdizes para o nosso senhor, o sultão, ou jovens e musculosos gamos e veados para que ele se distraia. Mas eu, Lexius, sou o único mordomo-chefe dos criados. E tenho que escolher e apresentar os melhores brinquedinhos.

Mesmo isso não fora dito com raiva ou urgência.

Mas ao olhar novamente para Bela, seus olhos se abriram com intensidade. O semblante de fúria a apavorara. Mas os dedos gentis massagearam sua nuca, o polegar acariciando sua garganta na frente.

— Sim, senhor – sussurrou Bela subitamente.

— Sim, absolutamente, meu amorzinho – acrescentou ele, fazendo coro com ela. Mas então ele se tornou austero, e sua voz, baixa, como se para ordenar mais respeito simplesmente pronunciando as palavras.

— Está absolutamente fora de questão vocês não se distinguirem, que depois de um olhar sobre vocês as grandes luminárias dessa casa não os alcancem para apertar vocês como frutas maduras, que não me cumprimentem por seu encanto, seu calor, sua silenciosa e devoradora paixão.

As lágrimas de Bela rolaram por suas bochechas.

Ele retirou a mão lentamente. De repente, Bela se sentiu fria, abandonada. Um pequeno soluço ficou preso em sua garganta, mas ele o ouvira.

Amorosa, quase tristemente, ele sorriu para ela. Seu rosto estava sombrio e estranhamente vulnerável.

– Divina princesinha – sussurrou. – Estamos perdidos se eles não nos notarem, você percebe?

– Sim, senhor – sussurrou Bela. Ela teria feito qualquer coisa para que ele a tocasse novamente, a segurasse.

E o rico tom oculto de tristeza nele a surpreendeu, encantou. Ah, se ela pudesse ao menos beijar seus pés.

E, num impulso repentino, ela beijou. Se abaixou no mármore e tocou as sandálias com seus lábios. Fez isso repetidas vezes. E imaginava que a palavra "perdidos" tinha a enchido de prazer.

Quando ela se ergueu novamente, fechando as mãos atrás do pescoço, baixou os olhos em resignação. Seria esbofeteada pelo que fizera. A sala – seu mármore branco, suas portas douradas – era como muitas facetas da luz. Por que esse homem tinha tamanho efeito sobre ela? Por quê...

"Perdidos." A palavra assentou seu eco musical em sua alma.

Os dedos longos e morenos do senhor se esticaram e tocaram seus lábios. E ela o viu sorrindo.

– Vocês me acharão difícil, me acharão impossivelmente difícil – disse ele gentilmente. – Mas agora vocês sabem por quê. Entendem agora. Vocês pertencem a Lexius, o mordomo-chefe. Não devem falhar com ele. Digam. Todos vocês.

Ele recebeu a resposta em coro:

– Sim, senhor.

Bela ouviu mesmo a voz de Laurent, o fugitivo, respondendo exatamente como ordenado.

– E agora devo contar a vocês outra verdade, pequeninos – disse ele. – Vocês podem pertencer ao altíssimo senhor, à sultana, às belas e virtuosas esposas reais do harém... – Ele parou, como se para permitir que suas palavras se estabelecessem. – Mas pertencem tão verdadeiramente quanto a mim, quanto a qualquer um! E me divirto em cada punição que imponho. De fato. É minha natureza, assim como é a de vocês servir. Minha natureza, no que diz respeito a escravos, é comer do mesmíssimo prato que meus senhores. Digam-me que me entenderam.

– Sim, senhor!

As palavras saíram de Bela como uma explosão de ar. Ela estava atordoada com tudo o que ele lhe dissera.

Ela o observou atentamente enquanto ele se virava agora para Elena, e sua alma encolheu, embora não tivesse virado a cabeça nem por um milímetro ou tirado seu olhar constante dele. Ainda assim, podia ver que ele amassava os belos seios de Elena. Como Bela invejou aqueles seios empinados e salientes. Mamilos da cor de um damasco. E doeu ainda mais nela que Elena tenha gemido de um jeito tão enfeitiçante.

– Sim, sim, exatamente – disse o senhor, a voz tão intimista quanto fora com Bela. – Vocês vão se contorcer ao toque de todos os seus senhores e senhoras. Abrirão mão de sua alma para aqueles que simplesmente olhem para vocês. Vocês queimarão como luzes na escuridão.

Novamente o coro:

– Sim, senhor.

– Vocês viram o enorme número de escravos que formam os ornamentos desta casa?

– Sim, senhor – responderam todos.

– Vocês se distinguirão do rebanho dourado por meio da paixão, da obediência, pondo em sua silenciosa conformidade um ensurdecedor trovão de sentimento!

– Sim, senhor.

– Mas agora devemos começar. Vocês serão apropriadamente purificados. E então imediatamente postos para trabalhar. A corte sabe que chegaram novos escravos. Vocês são aguardados. E seus lábios estão, mais uma vez, selados. Nem sob a punição mais severa devem emitir um som com os lábios separados. A menos que sejam ordenados a agir de outra forma, vocês engatinharão sobre as mãos de joelhos, as nádegas empinadas e a testa perto do chão, quase o tocando.

Ele percorreu a silenciosa fila. Acariciou e examinou cada escravo novamente, ficando por um tempo na frente de Laurent. Então, com um gesto abrupto, mandou que Laurent fosse até a porta. Laurent engatinhou, como fora mandado, sua testa quase encostando no chão. E o senhor tocou no ferrolho com o chicote. Laurent, na mesma hora, o deslizou para trás.

O senhor puxou uma corda de sino próxima.

OS RITUAIS DE PURIFICAÇÃO
(BELA)

De uma só vez, os jovens criados apareceram e silenciosamente assumiram o controle dos escravos, rapidamente forçando-os a engatinhar ao longo de outro portal até uma larga e aquecida sala de banhos.

Em meio a delicadas plantas tropicais floridas e palmeiras preguiçosas, Bela viu vapor saindo das piscinas rasas no chão de mármore e sentiu a fragrância de ervas e perfumes picantes.

Mas ela era conduzida por todas essas piscinas até uma pequena câmara privada. E lá fizeram com que se ajoelhasse com as pernas muito afastadas sobre uma bacia funda e arredondada no chão, na qual a água corria rápido de fontes escondidas e escorria pelo ralo abaixo continuamente.

Sua testa foi novamente baixada até o chão, suas mãos cruzadas na nuca. O ar estava quente e úmido à sua volta.

E imediatamente a água morna e suaves esfregões começaram a trabalhar nela.

Foi tudo feito com mais rapidez do que o banho no castelo. Em instantes, perfumes e óleos foram passados em seu corpo, seu sexo pulsava em expectativa enquanto toalhas macias a acariciavam.

Mas não haviam mandado que ela se levantasse. Pelo contrário, ordenaram que não se mexesse com um firme tapinha em sua cabeça, e ouviu sons estranhos acima dela.

Então sentiu um pequeno tubo de metal sendo introduzido em sua vagina. Imediatamente seus fluidos jorraram perante a muito aguardada sensação de ser penetrada, não importava o quão estranhamente. Mas sabia que era meramente um procedimento de limpeza – fora feito outras vezes – e recebeu alegremente o jato de água que subitamente jorrou dentro dela com deliciosa pressão.

Mas o que a surpreendeu foi o toque desconhecido de dedos em seu ânus. Estavam passando óleo lá, e seu corpo ficou tenso, mesmo com o desejo nela aumentando duas vezes mais. Mãos seguraram as solas de seus pés para mantê-la firmemente posicionada. Ouviu os criados rindo suavemente e comentando um com o outro.

Então algo pequeno e duro penetrou seu ânus, forçando passagem mais e mais fundo. Ela arfou brevemente, os lábios juntos e bem apertados. Seus músculos se contraíram para combater aquela pequena invasão, o que só serviu para novas ondas de prazer passarem por seu corpo. O jorro de água em sua vagina parara. E o que aconteceu em seguida foi inconfundível: um jato de água morna era bombeado em seu reto. E não saiu dela como aconteceu antes. Preencheu-a com força cada vez maior, e uma mão forte fechou suas nádegas como uma ordem para não deixar que a água saísse.

Toda uma nova região de seu corpo parecia ter despertado, uma parte dela que nunca fora punida ou sequer realmente examinada. A força do jorro aumentava mais e mais. Sua mente protestou: ela não podia ser invadida desse último jeito, não podia ficar tão indefesa.

Sentiu que explodiria se não relaxasse. Queria expelir a pequena mangueira e a água. Mas não se atrevia, não conseguia. Era seu destino e o aceitou. Era parte de seu reino de prazeres e maneiras mais refinados. E como ousaria se opor? Começou a se lamentar suavemente, dividida entre um novo prazer e uma nova sensação de violação.

Porém, a parte mais angustiante e sofrida ainda estava por vir, e ela a temia. Justamente quando pensou não poder mais suportar, que estava cheia a ponto de quase transbordar, foi erguida pelos braços, e suas pernas, ainda mais separadas, a mangueirinha em seu ânus tapando-o e a atormentando.

Os criados sorriram para ela ao erguerem seus braços. E ela ergueu a vista cheia de medo e timidez, temendo a vergonha completa da súbita e inevitável liberação. Então a mangueirinha foi retirada, suas nádegas separadas, e seus intestinos rapidamente esvaziados.

Fechou os olhos, espremendo-os. Sentiu água morna caindo em suas partes privadas, na frente e atrás, ouviu o jorro forte na bacia. Foi tomada por algo parecido com vergonha. Mas não era. Toda privacidade e poder de escolha foram tirados dela. Nem sequer esse ato poderia ser somente dela, pelo que entendeu. E os calafrios que percorriam seu corpo a cada espasmo jogaram-na em uma delirante sensação de desamparo. Rendeu-se àqueles que a comandavam, seu corpo mole e sem oferecer nenhuma resistência. Flexionou os músculos para colaborar com a limpeza dos intestinos, completá-la.

Sim, para ser purificada, pensou. E experimentou um grande e inegável alívio, a percepção da autopurificação de seu corpo se tornando agradável conforme estremecia.

A água continuava a jorrar sobre ela, sobre suas nádegas, sua barriga, até a bacia, levando embora toda a sobra. E ela dissolvia em um êxtase absoluto que parecia formar um clímax por si só. Mas não era. Estava além de seu alcance, o clímax. E conforme sentiu sua boca se abrir em uma arfada baixa, balançava-se para a frente e para trás, no limite, seu corpo suplicando silenciosamente e em vão àqueles que a erguiam. Todas as amarras invisíveis haviam deixado de seu espírito. Suas forças se esvaíram e dependia completamente dos criados para segurá-la.

Com uma carícia, tiraram o cabelo de sua testa. A água morna a banhava repetidas vezes.

E então ela viu, ao ousar abrir os olhos, que o senhor, em pessoa, estava lá. Estava de pé no portal do recinto e sorria para ela. Ele se aproximou e a pegou no colo, nesse momento de indescritível fraqueza.

Ela o encarou, perplexa por ser ele a erguê-la enquanto os outros a cobriam com toalhas de novo.

Sentiu-se indefesa como nunca, e pareceu uma recompensa impossível que ele a tirasse da pequena câmara. Se ao menos pudesse abraçá-lo, encontrar o pênis debaixo de seu robe, ao menos... O júbilo de estar perto dele evoluiu rapidamente para dor.

Por favor, estamos famintos, quis dizer. Mas se limitou a baixar a vista recatadamente, sentindo os dedos dele em seu braço. Era a velha Bela assumindo sua mente, não era? A nova Bela queria apenas dizer a palavra "senhor".

E pensar que há alguns momentos considerava amá-lo. Porque ela já o amava. Respirou a fragrância de sua pele, quase ouviu seu coração bater ao virá-la e direcioná-la para a frente. Os dedos dele apertaram o pescoço de Bela tão firmemente quanto antes.

Aonde ele a estava levando?

Os outros não estavam mais lá. Foi pousada em uma das mesas. Teve estremecimentos de felicidade e descrença quando ele mesmo começou a esfregar mais óleo perfumado dentro dela. Mas dessa vez não haveria uma cobertura de tinta dourada. O óleo fazia com que sua pele despida brilhasse. E ele beliscou as bochechas dela com ambas as mãos para dar-lhes cor enquanto ela descansava apoiada em seus calcanhares, seus olhos úmidos pelo vapor e por suas lágrimas, observando-o sonhadoramente.

Ele pareceu profundamente absorvido em seu trabalho, suas escuras sobrancelhas franzidas, a boca semiaberta. E, quando colocou os grampos atados a correntes de ouro em seus mamilos, pressionou-os com força por um instante com um breve torcer dos lábios que a fez sentir todo o gesto mais profundamente. Ela arqueou as costas e respirou fundo. E ele beijou a testa dela, deixando que seus lábios se demorassem, que seu cabelo roçasse na bochecha de Bela.

Lexius, ela pensou. Era um nome bonito.

Quando ele penteou os cabelos de Bela, foi quase com raiva, com gestos selvagens, e calafrios a consumiam. Ele o penteou para cima e o enrolou no topo da cabeça. E ela deu uma olhada rápida nas presilhas de pérolas que ele usara para prendê-lo. O pescoço de Bela estava à mostra agora, assim como o resto de seu corpo.

Enquanto ele colocava pérolas nos lóbulos das suas orelhas, Bela estudava a pele escura de seu rosto, o erguer e cair de seus cílios igualmente escuros. Ele se parecia com algo finamente polido, suas unhas cuidadas para parecer vidro, seus dentes perfeitos. E como ele a manejava primorosamente e, ainda assim, gentilmente.

Tudo terminou muito rápido, entretanto, não o bastante. Quanto tempo ela se contorceria, sonhando com um orgasmo? Ela gemeu, porque deveria haver algum tipo de descarga, e quando ele a pôs no chão seu corpo doeu como parecia nunca ter doído antes.

Gentilmente, ele puxou as correias. Ela se curvou, a testa no chão, ao rastejar para a frente, e sua sensação era a de que nunca fora tão completamente escravizada.

Se tivesse qualquer habilidade restante para pensar, ao segui-lo para fora da sala de banhos, pensou que não mais conseguia se lembrar dos tempos em que usava roupas, andava e falava com aqueles que agiam e comandavam outros. Sua nudez e vulnerabilidade eram naturais a ela, mais ainda nesses espaçosos salões de mármore do que em qualquer outro lugar, e ela sabia, sem dúvida, que amaria totalmente seu senhor.

Poderia dizer que fora um gesto de vontade, que depois de conversar com Tristan simplesmente decidira que seria assim. Mas havia muita coisa singular nesse homem, mesmo no modo delicado que ele mesmo cuidara dela. E o lugar por si só era como mágica para ela. E ela que pensara amar a severidade da vila!

Por que deveria ele cedê-la agora? Dá-la a outros? Porém, era inapropriado questionar...

Conforme percorriam o corredor juntos, ouviu pela primeira vez a suave respiração e os suspiros dos escravos que decoravam os nichos em ambos os lados. Parecia um coro mudo de perfeita devoção.

E uma confusão em todo o senso de tempo e espaço se abateu sobre Bela.

O PRIMEIRO TESTE
DE OBEDIÊNCIA
(BELA)

Quando pararam em frente à porta, ela ousou beijar a sandália dele. E por isso ele a recompensou com um toque em seu cabelo e um sussurro quase inaudível em sua respiração:

– Queridinha, você me agrada muito. Mas agora vem o primeiro teste real. Tenha certeza de ofuscar aqueles diante de você.

O coração de Bela parou por um segundo. E quando ela o ouviu bater na porta, segurou também a respiração.

Em um instante, a porta se abriu. Dois servos receberam a ela e seu senhor. E novamente ela se deslocava ao longo de um chão polido, e um som fraco vindo de longe a distraiu.

Vozes de mulheres, risadas. Vinham em ondas. Subitamente sua alma congelou.

Seu senhor a parara com um ligeiro puxar das correias. Conversava agradavelmente com os dois homens. Como aquilo tudo parecia civilizado. E como se ela não tivesse se ajoelhado lá, havia grampos em seus mamilos, seu cabelo estava preso para cima para expor seu pescoço nu e sua face queimava.

E quantos escravos semelhantes esses homens haviam visto? O que era mais uma sem nome, que se destacava apenas, talvez, pelo incomum cabelo louro?

Mas a breve conversa chegara ao fim. O senhor deu um puxão nas correias novamente e conduziu Bela até uma parede, onde de repente ela viu, diante de si, uma pequena abertura.

Era uma passagem que não poderia ser atravessada a não ser engatinhando, e no final longínquo ela podia ver a clara luz do sol. As risadas femininas e conversas ecoavam alto pela passagem.

Ela recuou, assustada com a passagem e com as vozes. Era o harém. Tinha que ser. Como ele tinha chamado o lugar, "o harém das belas e virtuosas esposas reais"? E ela deveria entrar nesse caminho, sozinha, sem seu senhor? Como uma pequena besta libertada em uma arena?

Por que ele escolhera isso para ela? De repente, sentiu-se paralisada pelo medo. Temia as mulheres mais do que jamais poderia explicar. Afinal, não eram princesas de sua própria classe, ou senhoras dedicadas que a tratariam severamente caso preciso fosse. Não tinha a menor ideia do que realmente eram, exceto de que eram diferentes de qualquer coisa que jamais conhecera. O que fariam a ela, o que esperariam dela?

Parecia a mais horrenda das humilhações cederem-na a elas – mulheres mantidas veladas e reclusas para o prazer de seu marido. Ainda assim, pareciam mais perigosas do que os homens do palácio. Ela não podia imaginar.

Bela recuou ainda mais e ouviu os dois homens rindo acima dela. O senhor se abaixou e pôs os dois macios puxadores de suas correias na sua boca. Ajustou a cabeça de Bela, ajeitou um cabelinho que estava solto e beliscou suas bochechas.

Ela tentou não chorar.

E então, com firmeza e confiança, empurrou as nádegas de Bela para a frente, a mão dele muito forte e quente contra as finas camadas de calor deixadas pela frágil e delicada tanga, e ela obedeceu com dificuldade, soluçando silenciosamente com a pequena mordaça formada pelos puxadores em seus dentes.

Não havia escolha. Ele não dissera o que se esperava dela? E, uma vez que entrasse na passagem, não poderia voltar. Seria o mesmo que cair em desgraça total.

Mas justamente quando sua coragem falhou novamente, quando uma saraivada particularmente alta ressoou pela passagem, ela sentiu os lábios dele contra sua bochecha. Ele mesmo estava ajoelhado ao seu lado. Deslizou as mãos por baixo dos seus seios, juntando-os gentilmente em seus longos dedos. E sussurrou em seu ouvido:

– Não me decepcione, querida.

E abandonando o calor de seu toque, ela entrou de uma vez na abertura. Suas bochechas ardiam de humilhação conforme percebia que carregava suas próprias correias na boca, que estava rastejando, por vontade própria, nessa passagem oca de pedra polida – polida por outras mãos e joelhos, certamente –, que ela devia sair dali daquela maneira abjeta.

Mas ela se movia cada vez mais rápido na direção da luz e das vozes. E havia uma espécie de leve esperança nela de que, não importava o quão horrível isso pudesse ser, a paixão que sentia pudesse, de alguma forma, ser uma vantagem. Seu sexo se intumescia, palpitava com vida. Se ao menos não houvesse tantos... Em que momento fora entregue a tantos?

Em segundos emergiu na luz.

Ela se arrastou para o chão e adentrou o atordoante círculo de conversa e risadas.

Por todos os lados, pés descalços se aproximaram dela. E os longos véus que caíam em volta deles eram diáfanos e tremulantes, a luz do sol explodia em tornozeleiras douradas, e anéis de dedos dos pés eram enfeitados com esmeraldas e rubis.

Bela ficou de cócoras, temerosa pela comoção, o frenesi, mas instantaneamente uma dúzia de pequenas mãos a seguraram e a ergueram até que ficasse de pé. Por toda a sua volta havia mulheres deslumbrantes. Ela vislumbrou rostos morenos, de pele azeitonada, com olhos pintados com kajal, tranças caindo sobre os ombros nus. As pantalonas estufadas que usavam eram quase transparentes, apenas a parte mais baixa da genitália coberta por um tecido mais grosso e escuro. E os corpetes de seda pesada apenas cobriam ligeiramente seus seios fartos e mamilos escuros. Mas as partes mais atraentes de suas vestimentas eram faixas que pareciam aprisionar suas finas cinturas, e reinar em toda a sensualidade que ardia lentamente por debaixo daqueles trajes diáfanos.

Tinham braços lindamente torneados, enfeitados por braceletes em forma de cobra, e havia anéis nos dedos das mãos e dos pés, e aqui, uma pedra preciosa brilhante incrustada na delicada curva da narina.

Como eram adoráveis aquelas criaturas com olhar selvagem – a contrapartida dos homens esguios e graciosos. Mas isso fazia com que parecessem mais traiçoeiras e assustadoras para Bela. Pareciam selvagemente libidinosas comparadas às mulheres cheias de drapeados da Europa. Aparentemente estavam prontas para dormir, e ainda assim Bela se sentiu pura e perturbadoramente nua enquanto se postava diante de sua misericórdia.

Elas a cercaram.

Os seus pulsos estavam amarrados atrás das costas, sua cabeça virada para essa direção, as pernas erguidas e muito separadas, enquanto acordes repetidos de gargalhadas e guinchos a ensurdeciam.

E por todos os lugares que olhava via os grandes olhos negros, cílios espessos, longos cachos se desenrolando nos ombros seminus.

Mas não houve tempo nem sequer para que ela se reorientasse. Contraiu-se e tremeu enquanto cutucavam suas orelhas, tocavam seus seios, sua barriga.

Ela arfava e soluçava baixinho conforme o grupo a apressava adiante, suas longas pantalonas pinicando suas pernas, até o centro da sala, onde a luz do sol se derramava sobre pilhas de almofadas de seda e espreguiçadeiras baixas e acolchoadas.

Era um luxuoso refúgio de prazer, este recinto. Por que precisavam atormentá-la?

Mas imediatamente foi jogada de costas em uma dessas espreguiçadeiras, os braços esticados acima dela. E as mulheres se reuniram, de joelhos, rodeando-a. Mais uma vez, suas pernas foram separadas e uma almofada foi posicionada embaixo de suas nádegas, de modo a erguê-la para um exame.

Bela estava tão indefesa quanto estivera nas mãos dos criados antes, mas as faces femininas que a analisavam exibiam um excesso de júbilo selvagem. Palavras excitadas voavam de um lado a outro. Dedos acariciavam seus seios. Ela olhou para cima com expectativa, acometida pelo pânico, incapaz de se proteger.

E quando suas pernas foram viradas, os joelhos completamente esticados, sentiu dedos cutucando seu sexo, mais uma vez o abrindo, expandindo.

Lutou para se manter quieta, mas seu sexo torturado estava transbordando. Ao pressionar os quadris contra a almofada escarlate, as mulheres se limitaram a aumentar o volume de suas risadas estridentes. Não conseguia contar as mãos que dominavam suas partes mais íntimas, cada toque de dedos a enlouquecendo cada vez mais. Longos cabelos caíam sobre seus seios desnudos, sua barriga.

E parecia que até mesmo as vozes suaves e líricas a acariciavam e aumentavam seu sofrimento.

Mas por que elas a olhavam com tanta atenção, perguntou-se. Será que nunca haviam visto uma genitália feminina antes? Será que nunca viram seus próprios órgãos? Não havia sentido em tentar entender. Aquelas que não conseguiam olhar mais de perto se levantavam e se apoiavam nos ombros das demais.

E enquanto se contorcia nas mãos que a seguravam, viu que alguém havia posicionado um espelho diante de seu sexo, e o reflexo de suas partes privadas e secretas a chocou.

Mas agora uma das mulheres forçava passagem por entre as demais, e, ao manusear os lábios vaginais de Bela, afastou-os com força. Bela se contorceu e arqueou as costas. Sentiu que estava sendo virada do avesso. E gemeu enquanto os dedos beliscavam seu clitóris, abrindo o pequeno monte de carne que o cobria. Não conseguiria se controlar por muito mais tempo. Soluçou, e seus quadris se ergueram acima da seda do travesseiro e permaneceram suspensos devido à tensão que ela sentia.

O amontoado de mulheres pareceu se aquietar mais e mais, fascinado. De repente, uma das esposas pegou o seio esquerdo de Bela em sua mão, removeu o pequeno grampo dourado, esfregou as marcas deixadas na pele e então brincou rudemente com o mamilo.

Bela fechou os olhos. Não sentia mais o peso de seu corpo. Tornara-se pura sensação. Mexeu braços e pernas nas mãos que a seguravam, mas não era, de fato, um movimento. Era pura sensibilidade.

Sentiu os cabelos da mulher caindo eu seu peito nu. Então outra mulher removeu o grampo de seu mamilo direito, e ela sentiu dedos brincalhões a examinando ali também.

Enquanto isso, a mão que abrira sua vagina continuava a investigar, a sentir debaixo de seu clitóris, a puxá-lo.

Os fluidos explodiam lá dentro, e quando os sentiu escorrendo, Bela percebeu dedos quentes examinando a mistura.

Subitamente, uma boca molhada se fechou em seu seio esquerdo. E outra no direito. E ambas as mulheres chupavam com força enquanto os dedos beliscavam de leve seus lábios vaginais. E Bela não tinha consciência de mais nada a não ser do desejo muito prazeroso se desenrolando em direção ao tão aguardado orgasmo.

Finalmente alcançou o auge, seu rosto e seios queimando, e sentiu os quadris se enrijecerem no ar, sua vagina convulsionando no vazio, ansiando pelos dedos que acariciavam seu clitóris enquanto o sentia se tornar cada vez mais rijo.

Gemeu – um longo e rouco gemido. E o gozo continuava, as bocas a sugando, os dedos a acariciando.

Parecia flutuar eternamente sobre um mar de ternura, um oceano de delicada violação. E ao ousar soluçar, inconsciente, no momento, do comando para que permanecesse em silêncio, sentiu uma boca se fechar na dela, seus gemidos tomados por ela.

"Sim, sim", disse, sem que fosse necessário pronunciar palavra alguma, com todo o seu corpo, a língua da mulher em sua boca, seus seios explodindo ao serem mordidos e lambidos, seus quadris erguidos como se quisessem engolir os dedos que a exploravam.

E quando explodiu em mil ondas se propagando, sentiu-se envolvida pelos braços mais gentis, beijada pelos lábios mais afáveis, os longos e delicados cachos cobrindo-a.

Respirou fundo e sussurrou em um tom audível:

– Sim, sim, eu amo você, amo todas vocês.

Mas a boca ainda a beijava, e ninguém ouviu essas palavras; elas, como os demais, eram meras reverberações gloriosas e sensuais.

Mas suas senhoras não estavam satisfeitas. Não permitiriam que descansasse.

Tiraram as presilhas de seus cabelos e a ergueram.

– Para onde estão me levando? – perguntou, sem conseguir se conter. Levantou o olhar, tentando freneticamente apanhar os lábios que tinham acabado de se retirar de sua boca. Mas viu apenas rostos sorridentes.

Foi carregada ao longo do aposento, seu corpo ainda em choque e latejante, seus seios desejando tanto serem chupados novamente que doíam.

E no momento seguinte, descobriu a resposta para sua pergunta. Uma estátua de bronze finamente esculpida brilhava no centro do jardim: a escultura de um deus, ao que parecia, com os joelhos dobrados e braços esticados dos lados, e a cabeça jogada para trás, gargalhando. De seu lombo nu despontava um pênis, e Bela entendeu que elas pretendiam empalá-la com ele.

Quase deixou escapar uma risada de felicidade. Sentiu-se encaixada no membro duro, liso e quente devido ao sol, dúzias de pequenas mãos a segurando. Sentiu o pênis entrar em sua vagina molhada, sua pernas se enroscando às coxas de bronze, seus braços erguidos para envolver o pescoço da divindade. O pau a preencheu, golpeando a entrada de seu útero, o que fez com que uma nova contração de prazer percorresse seu corpo. Forçou seu peso para baixo, sua vulva grudada contra o bronze, e se remexeu no pênis, o orgasmo surgindo novamente.

– Sim, sim – gritou, vendo por todos os lados os rostos absortos delas. Jogou sua cabeça para trás. E abriu sua boca, faminta. Na mesma hora, responderam como se entendessem. Os lábios encontraram sua boca, seus seios, os cachos novamente fazendo cócegas nela, e Bela se lançou em seus braços, longe do deus, apenas suas genitálias seladas nas dele, precisando apenas de seu pênis enquanto elas a chupavam.

O orgasmo foi ofuscante, obliterante. Suas mãos seguravam firmemente braços macios e sedosos e pescoços quentes e delicados. Seus dedos estavam emaranhados em cabelos longos e bem cuidados. Ela estava sufocada de carne e de felicidade.

No final, quando ela não podia mais aguentar e foi removida do deus, foi pousada em almofadas de seda, seu corpo úmido e febril, sua visão turva, as criaturas do harém ronronando e cochichando enquanto continuavam a beijá-la e acariciá-la.

PELO AMOR DO SENHOR
(LAURENT)

Tristan e eu assistimos à purgação de Bela e Elena. E pensei: Eles não podem fazer isso conosco. Mas fizeram.

Quando rasparam os pelos de nosso rosto e pernas, levaram-nos juntos à sala de banhos. Bela já tinha sido levada pelo senhor.

E Tristan e eu soubemos o que estava por vir. Mas me perguntava se eles sentiam mais prazer em nos torturar do que às mulheres. Fizeram com que nos ajoelhássemos um de frente para o outro e posicionássemos os braços um em volta do outro, como se gostassem dessa imagem. Como se não fosse necessário nos separar, por uma questão de indulgência. Não permitiram que nossos pênis se tocassem. Quando tentamos, nos açoitaram com aqueles humilhantes chicotinhos que não fariam mal nem a um mosquito. Tudo que os chicotes faziam era me lembrar de como era ser realmente chicoteado.

Ainda assim, ajudavam a manter o desejo aceso, como se envolver Tristan não fosse o bastante.

Por cima do ombro de Tristan, observei o criado baixar um tubinho de metal e inserir a extremidade dele em seu ânus. E, ao mesmo tempo, senti o bocal me penetrar. Tristan se tensionou, seus intestinos sendo preenchidos tanto quanto os meus, e me agarrei a ele, tentando mantê-lo firme.

Queria dizer a ele que já haviam feito aquilo em mim, uma vez, no castelo, por vontade de um convidado real, antes de uma noite dos jogos mais humilhantes, e, embora fosse aflitivo, não era tão terrível. Mas é claro que não ousei sequer sussurrar em seu ouvido. Apenas o abracei e esperei, a água morna jorrando dentro de mim, os criados ocupados nos limpando como se essa outra coisa, essa limpeza de nossas entranhas, não estivesse acontecendo.

Fiz carinho no pescoço de Tristan e o beijei embaixo da orelha, quando o pior momento chegou, em que as mangueiras foram retiradas, e fomos esvaziados. Todo o corpo dele se enrijeceu contra o meu, mas ele beijava meu pescoço também, mordicando de leve minha pele, e nossos paus se roçavam e acariciavam um ao outro.

Mas os criados estavam tão ocupados banhando nossas nádegas com água morna e limpando o que saíra que, por um momento, não viram o que estávamos fazendo. Pressionei Tristan contra mim, sentindo sua barriga contra a minha, seus pênis se entumescendo, e quase gozei, sem me importar mais com o que qualquer um deles quisesse de nós.

Mas nos separaram. Nos apartaram à força e nos seguraram longe um do outro enquanto a limpeza continuava e a água fluía sobre nós. E eu estava completamente enfraquecido, pertencendo a eles por dentro e por fora, pertencendo ao ruído da água nessa câmara de eco, às mãos deles, a todo o procedimento e à forma como foi feito, como se já tivesse sido feito a milhares de outros antes de nós.

Se nos punissem por nos tocarmos, bem, foi culpa minha. E desejei que houvesse uma maneira de dizer a Tristan que sentia muito por ter lhe trazido problemas.

Mas eles estavam ocupados demais, aparentemente, para nos punir.

Uma purgação não fora o bastante, como acontecera às mulheres. Tivemos que passar por outra, e mais uma vez nos deixaram nos abraçarmos, e as mangueiras foram enfiadas e a água era bombeada para dentro de mim, e um dos criados açoitou meu pênis um pouco com o chicote conforme a purgação prosseguia.

Minha boca estava próxima à orelha de Tristan. E ele me beijava novamente, o que era encantador.

Pensei: não consigo suportar essa privação por muito mais tempo. É pior do que qualquer outra coisa que já nos fizeram. E devo ter feito algo indiscreto novamente, pressionado meu pau contra a sua barriga, qualquer coisa.

Mas então nosso novo senhor e mestre, Lexius, apareceu, e tive um choque passageiro ao vê-lo na porta.

Medo. Quando qualquer um no castelo já me fizera sentir o golpe dele desse jeito? Era enlouquecedor. Ele permaneceu com as mãos cruzadas atrás das costas, nos avaliando enquanto eles finalizavam o serviço com as toalhas, e sua expressão era de frieza e júbilo em relação à cena, como se estivesse orgulhoso de suas escolhas.

Quando olhei diretamente para ele, não demonstrou nem a mais remota desaprovação. E olhando em seus olhos, pensei naquela luva subindo pelas minhas nádegas – a sensação de ser aberto e empalado por seu braço, e os outros assistindo.

E isso, misturado à vergonha por ter sido purgado, era quase demais para mim.

Não era apenas medo, medo de que ele vestisse a luva novamente e repetisse o procedimento; era um orgulho maldito por ele ter feito aquilo apenas comigo, e por somente eu ter sido atado às suas sandálias.

Queria agradar o demônio, esse era o horror de tudo. E o fato de ele exercer o mesmo fascínio sobre os outros tornava tudo pior. Transformara Elena em uma virgem trêmula ao seu comando. Reduzira Bela a uma adoração óbvia.

Agora, se os criados contassem a ele que eu e Tristan havíamos nos tocado... Mas não contaram. Nos secaram. Pentearam nosso cabelo. O senhor deu alguns comandos breves, e fomos posicionados de quatro. Depois, nos obrigaram a segui-lo em direção à sala de banhos principal. Gesticulou para que nos ajoelhássemos de frente para ele.

Eu podia sentir seus olhos me estudando, olhando para Tristan. Então veio outro comando – sua voz mesmo um açoite golpeando meu corpo –, e os criados rapidamente trouxeram os enfeites de couro e ouro. Suspenderam meus testículos e afivelaram um anel largo, de joias, em volta de meu pênis, mantendo meus testículos inclinados para a frente.

Já haviam feito isso comigo no castelo, mas eu nunca me sentira tão faminto.

E então os grampos para os mamilos novamente, só que dessa vez não tinham correias. Eram pequenos e apertados, e havia pequenos pesos pendurados neles.

Não podia evitar me contrair quando foram colocados. E Lexius percebeu, ouviu. Não me atrevi a levantar a vista, mas o vi se virar em minha direção e senti sua mão subitamente em minha cabeça. Acariciou meu cabelo. Então deu um tapinha no peso pendurado em meu mamilo esquerdo e o fez girar em seu gancho, e me contraí novamente, corei novamente, me recordando do que ele disse sobre demonstrarmos silenciosamente nossa paixão.

Não era difícil fazer isso. Me sentia limpo e polido, por dentro e por fora, e sem nenhuma intenção de lutar contra o seu poder sobre mim. A paixão se inquietava em meu corpo e, de repente, lágrimas rolaram pelo meu rosto.

Ele pressionou a parte de trás de sua mão contra meus lábios, e eu a beijei imediatamente. Então ele fez o mesmo com Tristan, e Tristan pareceu fazer uma arte mais graciosa ao beijá-lo, seu corpo todo sucumbindo ao carinho. Senti minhas lágrimas engrossarem, virem mais rápido e mais quentes.

O que estava acontecendo comigo naquele lugar estranho? Por que nessas preliminares simples eu era reduzido a isso? Afinal, eu era o fugitivo, o rebelde.

Mas aqui estava, caindo de quatro silenciosamente, ao lado de Tristan, a uma ordem silenciosa, nossa testa no chão, e ambos seguíamos Lexius para um corredor que saía da sala de banhos.

Chegamos a um grande jardim, repleto de figueiras baixas e canteiros de flores, e imediatamente vislumbrei o que nos aconteceria. Mas para se certificarem de que tínhamos entendido, Lexius nos tocou na parte de baixo do queixo com o chicote para nos fazer levantar a cabeça e olhar para a frente, e então nos conduziu, ainda de quatro, em uma comprida jornada ao longo do caminho para que pudéssemos estudar de forma mais completa os escravos que decoravam o jardim.

Eram homens escravos, pelo menos vinte deles, a cor natural de sua pele mantida, cada um preso a uma cruz lisa de madeira, fincada na terra em meio às flores e à grama, sob os galhos baixos das árvores.

Mas as cruzes não eram como as de punição da vila. Tinham barras altas que repousavam sob os braços dos escravos, que eram amarrados atrás delas. Ganchos largos e curvos de metal polido sustentavam o peso das coxas bem separadas, e as solas dos pés de cada escravo estavam bem juntas, os tornozelos acorrentados.

A cabeça deles ficava pendurada para a frente, para que pudessem ver seus próprios pênis eretos, e seus pulsos, atados à cruz, na parte de trás, por correntes ligadas a um grosso falo dourado que saía de sua retaguarda. Nenhum deles sequer olhou ou se atreveu a se mover enquanto dávamos nosso pequeno passeio no jardim.

E percebi que servos silenciosos, pesadamente vestidos e movendo-se em uma velocidade obsequiosa, espalhavam carpetes brilhantemente coloridos na grama e punham mesas baixas sobre eles, como se preparassem um banquete. Lanternas de metal foram penduradas nas árvores e tochas posicionadas ao longo das paredes que cercavam o local.

Havia almofadas por todos os lados. E jarros dourados e prateados de vinho já estavam arrumados nos lugares, e nas mesas havia bandejas de taças. Estava claro que uma refeição seria servida aqui ao cair da noite.

Eu podia imaginar a sensação da barra da cruz sob meus braços, imaginar o metal liso e gelado dos ganchos se encurvando em volta de minhas pernas, a penetração do falo. À luz das lanternas, a visão dos escravos crucificados seria deslumbrante. E aqui os senhores jantariam com essas esculturas a deliciá-los se olhassem para cima – e o que se seguiria? Seríamos trazidos para baixo e violados?

Mas ainda faltava muito até o cair da noite. Não queria ficar naquela cruz, sofrendo, esperando – vendo os torsos brilhantes dos outros, seus pênis empertigados –, não, era demais para mim, pensei. Não vou suportar.

Nosso alto e elegantemente soberbo senhor nos levou ao centro exato do jardim. O ar estava morno e adocicado, apenas uma brisa suave. Lá estava Dmitri, já crucificado; e outro, um escravo europeu de pele clara e cabelos ruivos escuros, provavelmente um príncipe tomado de nossa benevolente rainha; e duas cruzes vazias aguardando Tristan e a mim.

Os criados apareceram e suspenderam Tristan enquanto eu observava, o crucificaram eficiente e rapidamente. Não inseriram o falo até que tivessem as coxas dele confortavelmente encaixadas nas curvas dos ganchos de metal, e quando vi o tamanho do falo, recuei um pouco. Em um instante, seus pulsos foram acorrentados à extremidade da coisa, com a madeira da cruz entre eles. Seu pau não poderia estar mais duro.

Conforme os criados se encarregaram de pentear seu cabelo e amarrar seus pés no lugar, percebi que tinha apenas alguns poucos segundos para fazer algo precipitado, se realmente pretendia fazer. Levantei a vista para o semblante sereno do senhor. Seus lábios estavam semiabertos enquanto estudava Tristan. Suas bochechas estavam levemente coradas.

Eu ainda estava de quatro. E me movi para mais perto dele até que estivesse encostando em seu robe, e então, lenta e deliberadamente, sentei em meus calcanhares e olhei para ele. Uma expressão estranha cruzou sua face, um prelúdio da fúria pelo que ousei fazer. Sussurrei sem mover os lábios para que os criados não pudessem me ouvir.

– O que você tem debaixo desse robe – eu disse – para nos atormentar assim? Você é um eunuco, não é? Não vejo nenhum pelo nesse seu rosto lindo. É o que você é, não é?

Pensei ter conseguido ver os pelos de sua nuca se eriçarem. Os criados poliam os músculos de Tristan com um óleo claro e cuidadosamente removiam o excesso que a pele não absorvia. Mas isso era apenas um pequeno vislumbre no canto do meu olho.

Eu olhava para cima, meus olhos nos olhos do senhor.

– Bem, você é um eunuco? – sussurrei, mal movendo os lábios. – Ou você tem algo embaixo desse robe todo enfeitado que valha a pena? – Ri com meus lábios fechados, uma gargalhada que realmente soou demoníaca. De fato, eu estava me divertindo. E sabia que isso podia muito bem dar errado. Mas a expressão em seu rosto... pura estupefação... valia a pena.

Ele ruborizou lindamente, a raiva crescendo e se desfazendo sob seu controle. Seus olhos se estreitaram.

– Você é um desgraçado lindo, sabe? Eunuco ou não – sussurrei.

– Silêncio – ele trovejou.

Os criados ficaram perplexos. A palavra ecoou por todo o jardim. Então a voz dele falhou conforme designava alguns comandos. Os criados, aterrorizados, concluíram o trabalho em Tristan e se apressaram silenciosamente.

Eu tinha baixado a cabeça, mas agora olhava para cima de novo.

– Como você ousa? – sussurrou. E era um momento interessante porque ele sussurrava exatamente como eu havia feito. Não se atrevia a levantar a voz para mim mais do que eu fizera.

Sorri. Meu pau estava pulsando, pronto para explodir.

– Posso te cobrir, se você preferir – sussurrei. – Quer dizer, se essa coisinha que você tem não funcionar.

O tapa veio tão rápido que não vi. Perdi o equilíbrio. Caí de quatro novamente. Ouvi uma espécie de assobio, um som que provocava medo, por algum motivo que não lembrava mais. Olhei para cima e vi que ele puxava uma longa tira de couro da cinta. Estava enrolada na cintura dele, escondida nas dobras de veludo. Tinha uma pequena argola na ponta, suficientemente grande para um pênis médio, acho que não para o meu.

Ele me agarrou pelo cabelo e puxou-me para cima. Ardeu como fogo. Deu dois tapas violentos no meu rosto e eu vi o jardim em explosões de cores quando minha cabeça foi projetada para o lado. Tumulto no paraíso. Senti os dedos dele por baixo do meu saco, puxando para cima, deu várias voltas com a correia para pênis e fechou a fivela bem apertada. Aliás, serviu direitinho. Com a correia puxou meu quadril para frente, raspei os joelhos na grama enquanto tentava recuperar o equilíbrio.

O senhor empurrou minha cabeça para baixo até poder pisar na minha nuca com o chinelo poderoso, eu despenquei no chão outra vez, apesar de a correia passar por baixo do peito, então ele puxou com brutalidade e me forçou a correr de quatro atrás dele.

Eu queria poder virar para trás e ver Tristan. Tinha a sensação de tê-lo traído. E de repente pensei que tinha cometido um erro terrível, que ia acabar em um dos corredores, ou coisa pior. Mas agora era tarde demais. A correia apertava meu pau cada vez mais à medida que ele ia me puxando para a porta do palácio.

A VOYEUSE
(BELA)

Bela acordou meio tonta. As mulheres do harém ainda estavam reunidas em volta dela, conversando calmamente.

Seguravam plumas compridas e lindas, penas de pavão e outras muito coloridas, que às vezes passavam nos seios e entre as pernas de Bela.

Sua vagina molhada latejava um pouco. Ela sentiu as penas raspando seus seios e esfregando seu sexo com mais força, mas lentamente.

Será que essas gentis criaturas não queriam nada para si? Adormeceu de novo e despertou mais uma vez.

Abriu os olhos, viu o sol entrando pelas treliças altas das janelas, viu o teto da tenda coberto de tecidos rendados, pedacinhos de vidro espelhado, fios dourados. Viu os rostos delas bem perto, os dentes brancos, os lábios macios e rosados. Ouviu a fala rápida e baixa, escutou o riso delas. As dobras de suas vestes exalavam perfume. As plumas continuaram a brincar como se ela fosse um brinquedo, uma coisa para atiçar distraída.

E passando os olhos por aquela floresta de criaturas lindas, ela focalizou uma figura imponente. Uma mulher separada das outras, com a metade do corpo escondida atrás de um biombo ornamental, segurando a moldura de cedro com uma das mãos e olhando fixo para ela.

Bela fechou os olhos, curtiu o calor do sol, a cama cheia de almofadas, as plumas. Então abriu os olhos de novo.

A mulher continuava lá. Quem era ela? Será que já estava lá antes?

Tinha um rosto notável, mesmo naquele mar de rostos notáveis. Boca carnuda, nariz pequeno e olhos flamejantes, que eram um pouco diferentes dos olhos das outras. O cabelo castanho-escuro era dividido no meio e caía abaixo dos ombros em ondas pesadas que criavam um triângulo escuro em volta do rosto, com apenas alguns cachos na testa que sugeriam descuido, imperfeição humana. Uma tiara larga de ouro na testa prendia um longo véu rosa que parecia flutuar sobre o cabelo escuro e cair atrás dela como uma sombra rosada.

O rosto tinha a forma de coração, mas era sério, muito sério. A expressão era aparentemente de fúria, uma raiva que era quase amargura.

Alguns rostos ficariam feios com aquela expressão, pensou Bela, mas o dela ganhava com aquela intensidade toda. E os olhos... ora, eles eram violeta-acinzentado. Isso é que era muito estranho. Não eram negros. Mas também não eram olhos claros. Bela notou que eram vibrantes, moviam rápido como se procurassem alguma coisa e de repente se enchiam de emoções conflitantes.

A mulher recuou um pouco atrás do biombo, como se intimidada com Bela. Mas o movimento derrotou seu propósito. Todas as outras viraram para vê-la. No início ninguém emitiu um som sequer. Então as mulheres se levantaram e a cumprimentaram com mesuras. Todas ali, exceto Bela, que não teve coragem de se mexer, curvaram-se para a mulher.

Deve ser a sultana, pensou Bela. Sentiu um aperto na garganta ao ver aqueles olhos violeta e cinza tão concentrados nela. Só então Bela notou que a roupa da mulher era muito luxuosa. E os brincos... dois enfeites ovais imensos, com esmalte violeta todo trabalhado em relevo, que lindos.

A mulher não se mexeu nem retribuiu as saudações murmuradas que recebeu. Permaneceu meio escondida pelo biombo, olhando fixo para Bela.

Aos poucos as mulheres foram voltando para seus lugares. Sentaram ao lado de Bela e recomeçaram a acariciá-la com as plumas. Uma chegou mais perto, quente e fragrante como uma gata gigante, e ficou brincando com os cachinhos de pelos púbicos na ponta dos dedos. Bela ruborizou e procurou a mulher distante com os olhos vidrados. Mas moveu o quadril e quando esfregaram as plumas nela de novo, começou a gemer, sabendo muito bem que a mulher a observava.

Bela queria dizer, saia daí, não seja tímida. Sentia-se atraída pela mulher. Moveu o quadril ainda mais rápido, e a larga pena de pavão era pressionada mais devagar. Sentiu outras penas passando entre as suas pernas. As sensações delicadas se multiplicaram e ficaram mais fortes.

Então passou uma sombra diante dos seus olhos. Ela sentiu lábios que a beijavam mais uma vez. Não dava mais para ver a voyeuse desconhecida.

Já estava escurecendo quando Bela acordou. Sombras azuladas e o tremeluzir dos lampiões. Cheiro de cedro, de rosas. As mulheres a acariciaram quando a carregaram para a passagem. Ela não queria sair dali, seu corpo tinha despertado de novo, mas então pensou em Lexius. E certamente avisariam a Lexius que tinham gostado dela. Ela obedeceu e se ajoelhou.

Mas logo antes de entrar na passagem olhou para trás, para o cômodo sombrio e viu a voyeuse parada no canto. Dessa vez não havia biombo para escondê-la. Usava seda violeta, violeta como seus olhos, e o cinto largo com placas de ouro era como peça de armadura cobrindo sua cintura fina. O véu rosa pairava em volta dela como se fosse um ser vivo, uma aura.

Como faz para abrir esse cinto... tire-o, pensou Bela. A mulher inclinou um pouco a cabeça para um lado, parecia que queria disfarçar seu fascínio por Bela e foi como se os seios dela inchassem visivelmente dentro do corpete justo de tecido bordado, isso também como uma peça de armadura. As argolas ovais que pendiam das orelhas estremeceram, anunciando a excitação secreta que a mulher sentia e que não revelaria para ninguém, não fossem elas.

Talvez fosse algum truque da luz... Bela não tinha como saber... mas aquela mulher era muito mais atraente do que as outras, como uma enorme orquídea roxa tropical posta no meio de tigrídias.

As mulheres queriam que Bela fosse depressa, e a beijavam enquanto a empurravam. Tinha de ir. Abaixou a cabeça e entrou na passagem, com a pele ainda formigando do toque delas. Chegou logo ao outro lado, onde os dois servos a esperavam.

Já era noite e todas as tochas da casa de banho estavam acesas. Depois de passarem óleo e perfume em seu corpo, de pentearem seu cabelo, Bela foi levada por três criados para o corredor mais largo que ela já tinha visto, uma passagem decorada com tanto esplendor, escravos acorrentados e mosaicos, que dava a impressão de ser tremendamente importante.

Mas Bela foi ficando mais e mais assustada. Onde estava Lexius? Para onde iam levá-la? Os criados carregavam uma caixa. Ela achava que sabia o que tinha dentro.

Finalmente chegaram a uma câmara com uma grande porta dupla à direita, uma espécie de vestíbulo em que o teto se abria para a visão do céu. Bela pôde ver as estrelas e sentir o calor no ar.

Mas quando viu o nicho na parede, único naquela sala, no lado oposto da porta, ficou apavorada. Os criados puseram a caixa no chão e tiraram de dentro um colar de ouro e um volume embrulhado em seda.

Eles sorriram diante do medo dela. Puseram-na dentro do nicho em pé, com os braços para trás e rapidamente prenderam o colar de ouro forrado de pele no seu pescoço, cuja borda encostava no maxilar e empurrava um pouco o queixo para cima. Ela não podia virar a cabeça para os lados nem para baixo. O colar era preso na parede às suas costas. Mesmo que tirasse os pés do chão, a coisa suportaria seu peso.

Só que eles já estavam levantando os pés dela e enrolando as compridas faixas de seda bem apertadas. Foram subindo pelas pernas, deixaram o púbis livre, apertando as faixas cada vez mais. Num segundo já pressionavam o ventre, a cintura, prendendo os braços nas costas e cruzando na frente, para deixar os seios à mostra.

Com cada puxão da seda ela ficava mais imobilizada. Tinha bastante espaço para respirar, mas estava completamente rígida, completamente presa, sentiu calor, pressão e tontura de novo. Parecia flutuar dentro do nicho, uma coisa contida e indefesa, incapaz de cobrir o púbis, os seios, ou a parte das nádegas que não tinham coberto.

Seus pés agora estavam bem separados e as faixas os prendiam ao chão. Fizeram um último ajuste no largo colar de metal e no gancho que o prendia.

Bela tremia inteira e gemia. Os criados não lhe deram atenção. Tinham pressa. Escovaram o cabelo dela sobre os ombros e deram um retoque na cera dos lábios. Pentearam os pelos púbicos e ignoraram seus gemidos. Então Bela recebeu uma última rodada de beijos na boca e a última rodada de avisos para não emitir nenhum som.

E lá foram eles pelo corredor, deixando Bela naquela alcova iluminada por tochas, mero enfeite como centenas de outros que tinha visto mais cedo nos outros corredores.

Ela ficou imóvel e seu corpo parecia crescer dentro do casulo, preenchia tudo e fazia pressão para fora em cada centímetro. O silêncio berrava em seus ouvidos.

As tochas que ardiam nos dois lados da porta pareciam vivas.

Bela procurou ficar quieta, não se mexer, mas de repente perdeu a batalha. O corpo inteiro iniciou a luta para se libertar. Sacudiu o cabelo, tentou soltar pernas e braços. Não conseguiu produzir nenhuma mudança na pequena escultura que tinham feito com ela.

E então, com as lágrimas escorrendo pelo rosto, ela sentiu um maravilhoso e triste abandono. Ela pertencia ao sultão, ao palácio, fazia parte daquele momento inevitável, de quietude.

E realmente era uma grande honra terem lhe dado aquele lugar especial, de não estar em fila com os outros. Olhou para a porta. Ainda bem que não tinha nenhum escravo preso como objeto de decoração. E sabia que se abrissem a porta, quando abrissem a porta, iria baixar os olhos e procurar ser totalmente subserviente, como esperavam que fosse.

Sentiu prazer com as amarras, mas já previa a frustração que viria com a noite, seu sexo já lembrava do toque das mulheres do harém. E começou a sonhar, mesmo acordada, com Lexius e aquela estranha mulher, talvez a sultana, que a tinha observado... a que não encostou nela.

Estava de olhos fechados quando ouviu um ruído baixinho. Era alguém vindo. Alguém que passaria por ela no escuro. Que não a notaria. Os passos foram se aproximando, a respiração dela acelerou de aflição, espremida pelas faixas.

Afinal as duas figuras entraram no campo de visão: dois senhores do deserto lindamente vestidos, com mitras brancas resplandecentes e as testas cobertas de placas de ouro formando dobras perfeitas em volta do rosto e sobre os ombros. Os dois conversavam. E sequer olharam para ela. Depois deles passou um servo sem fazer barulho, com as mãos para trás e a cabeça baixa. Parecia assustado, tímido.

O silêncio dominou o corredor mais uma vez, o coração dela bateu mais lento, a respiração voltou ao normal. Ouvia pequenos ruídos, mas vinham de muito longe... risadas, música, fracos demais para incomodar ou para consolá-la.

Estava quase adormecendo quando ouviu um barulho alto, de estalo. Olhou para frente e viu que era a porta dupla. Alguém a tinha aberto um pouquinho. Alguém a observava de trás daquela porta. Por que a pessoa não queria aparecer?

Bela procurou ficar calma. Afinal de contas, estava completamente indefesa, não estava? Mas as lágrimas brotaram em seus olhos e ela sentiu o corpo febril por baixo das faixas que a prendiam. Quem quer que fosse aquela pessoa, podia sair dali e atormentá-la. Era bem fácil apalpar seu sexo, que estava exposto, e provocá-la como quisesse. Os seios nus estremeceram. Por que ela continuava ali? Bela quase conseguia ouvir a respiração dela. Então pensou que talvez fosse um dos servos, capaz de passar uma hora mexendo com ela sem ser visto.

Mas nada aconteceu, a porta continuou entreaberta e ela chorou baixinho, ofuscada pela luz. A ideia da longa noite que teria pela frente era muito pior do que qualquer chicotada que já tinha levado. As lágrimas escorreram silenciosamente pelo seu rosto.

UMA AULA DE SUBMISSÃO
(LAURENT)

Estávamos novamente no palácio, na escuridão fria dos corredores, com o cheiro de óleo e resina queimando nas tochas e nenhum som além dos passos pesados de Lexius e das minhas mãos e joelhos no mármore.

Na hora que ele bateu e trancou a porta eu soube que estávamos no quarto dele. Senti sua raiva. Respirei fundo e olhei fixo para os desenhos de estrelas no mármore. Não lembrava deles. Lindas estrelas vermelhas e verdes com círculos dentro. E os raios de sol esquentavam o mármore. O quarto inteiro estava quente e silencioso. Vi a cama com o canto dos olhos. Disso eu também não lembrava. Seda vermelha, com pilhas de almofadas em cima, lampiões pendurados em correntes que pendiam dos dois lados.

Ele atravessou o quarto e pegou uma tira de couro comprida da parede. Ótimo. Isso era alguma coisa. Não aquelas correias idiotas. Sentei de novo sobre os calcanhares e meu pau latejava sob a pressão da correia.

Ele virou com a tira nas mãos. Era pesada. Ia doer bastante. Eu talvez me arrependesse antes de terminar aquilo, talvez sentisse muito. Eu o encarei. Você vai me cobrir ou eu vou cobrir você antes de sairmos daqui, pensei. Aposto com você, jovem, elegante senhor, de língua prateada.

Mas apenas sorri para ele. E ele parou, olhou fixo para mim, com expressão confusa, como se não acreditasse que eu sorria para ele.

– Você não pode falar neste palácio! – ele disse, cerrando os dentes. – Não ouse fazer isso de novo!

– Afinal, você é capado, ou não? – perguntei, erguendo as sobrancelhas. – Vamos lá, senhor. – Sorri outra vez, bem devagar. – Pode dizer para mim. Não vou contar para ninguém.

Ele se esforçou para recuperar a pose. Respirou bem fundo. Devia estar pensando em alguma coisa pior do que me açoitar e eu não estava sendo suficientemente esperto. Eu queria as chicotadas!

O pequeno quarto em torno dele parecia brilhar com os raios de sol enviesados, o piso decorado, a cama de seda vermelha, a pilha de almofadas. As janelas eram cobertas por telas esmaltadas com filigranas que transformavam cada uma em milhares de janelas pequenas. E ele parecia integrado àquilo tudo, com seu manto de veludo, o cabelo preto preso atrás das orelhas, os pequenos brincos cintilando.

– Acha que pode me provocar para falar com você? – ele sussurrou.

Os lábios dele tremeram um pouco e revelaram a tensão. Os olhos faiscavam de raiva. Ou de excitação. Era difícil distinguir. Mas na realidade, qual é a diferença, se a fonte de luz é óleo ou madeira queimando? O que importa é a luz.

Não disse nada. Mas meu corpo falava. Olhei para ele de alto a baixo, para aquele homem esbelto, para a pele lisa que enrugava um pouco nos cantos da boca.

Ele mexeu a mão. Tirou o cinto, que caiu no chão, o manto de tecido pesado abriu e por baixo vi seu peito nu, os pelos pretos e encaracolados entre as pernas, e o pênis ereto feito uma lança, levemente curvo. E o saco, bem grande, coberto por uma renda de pelos escuros.

– Venha aqui – ele disse. – De quatro.

Esperei alguns segundos para reagir. Então fiquei de quatro outra vez, sem tirar os olhos dele e cobri a distância que nos separava. Sentei nos calcanhares de novo, sem que ele mandasse, senti o cheiro de cedro e do perfume de especiarias que emanava do manto dele, senti seu cheiro forte de macho, olhei para cima e vi os mamilos cor de vinho sob a abertura do manto. Pensei nos grampos que os servos tinham posto em mim, como as correias os pressionavam.

– Agora vamos ver se sua língua é capaz de algo além de cuspir impertinências – ele disse.

Ele não conseguia evitar que o peito arfasse, que seu corpo o entregasse, apesar da voz inflamada de raiva.

– Lamba – ele disse baixinho.

Tive vontade de rir. Fiquei de joelhos, tomei o cuidado de não encostar na roupa dele, aproximei-me e lambi, não o pênis, mas o saco. Lambi bem por baixo, empurrei um pouco os testículos para cima com a língua, cravei a língua neles, depois lambi por baixo de novo, até a pele atrás deles. Senti que ele aproximou um pouco o quadril da minha boca. Percebi que deu um suspiro. Sabia que ele queria que eu abocanhasse seus testículos, ou que fizesse mais pressão sobre eles, mas fiz exatamente o que ele tinha mandado. Se queria mais, ia ter de pedir.

– Ponha na boca – ele disse.

Ri para mim mesmo.

– Com todo o prazer, senhor – eu disse.

Ele ficou tenso com a impertinência. Mas eu tinha encostado a boca aberta no saco dele e sugava os testículos, um de cada vez, tentando abocanhar os dois, só que eram grandes demais. E a sensação no meu pau beirava a tortura. Mexi o quadril, girei a cintura e fui inundado pelo prazer que latejava em dor. Abri mais a boca e puxei os testículos.

– O pau – ele sussurrou.

Então consegui o que queria. Ele enfiou no meu céu da boca, depois no fundo da garganta e eu chupei com movimentos fortes e longos, passando a língua em volta e deixando meus dentes rasparem de leve. Fiquei zonzo. Minha pélvis se enrijeceu e os músculos das pernas se retesaram tanto que ficariam doloridos depois. Ele chegou para frente e apertou a virilha no meu rosto. Senti a mão dele na nuca. Ele ia gozar em um segundo. Recuei e lambi a ponta do pênis, provocando de propósito. Ele apertou minha nuca, mas não disse nada. Lambi o pau dele lentamente e fiquei brincando com a cabeça. Enfiei as mãos no manto. O tecido era frio e macio, mas a verdadeira seda era a pele das costas dele. Botei as duas mãos, belisquei a carne e deixei meus dedos deslizarem para o ânus.

Ele estendeu a mão para tirar meus braços de dentro do manto. Deixou cair a tira de couro.

Eu me levantei, empurrei-o para a cama e dei-lhe uma rasteira para que perdesse o equilíbrio. Dei um puxão no braço direito para que ele caísse de cara e comecei a tirar o manto.

Ele era forte, muito forte, e lutou violentamente. Mas eu era muito mais forte e consideravelmente maior. Os braços dele estavam presos no manto. Em um segundo consegui arrancá-lo e joguei para o lado.

– Maldito! Pare com isso. Maldito! – ele disse, e depois rogou uma série de pragas na língua dele, sem coragem de gritar.

A porta estava trancada. Como alguém ia entrar para ajudá-lo?

Eu ri. Joguei-o no colchão de seda, prendi-o com as mãos e o joelho dobrado e olhei para ele, para as costas longilíneas e macias, a pele mais pura, e o dorso musculoso e virgem, à minha espera.

Ele se debatia feito louco. Quase o penetrei de chofre. Mas queria fazer uma coisa diferente.

– Você será castigado por isso, príncipe doido e burro – ele disse com convicção.

Gostei de ouvir aquilo, mas falei.

– Cale a boca!

Ele se calou com espantosa facilidade. Reuniu suas forças novamente e empurrou a cama.

Ergui meu corpo apenas o suficiente para fazê-lo deitar de costas. Fiquei sentado em cima dele e quando ele tentou levantar, dei-lhe um tapa, como ele tinha feito comigo. Naquele segundo, enquanto ele se prostrava aturdido, peguei uma das almofadas e rasguei a seda que a envolvia.

A tira comprida de seda vermelha serviria para amarrar as mãos dele. Peguei as duas, dei-lhe mais dois tapas no rosto e amarrei os pulsos. A seda era tão fina que deu para dar pequenos nós bem presos que ficavam mais apertados quando ele lutava para se libertar.

Rasguei mais uma almofada e obtive um trapo para amordaçá-lo. Ele abriu a boca para mais uma rajada de xingamentos e tentou me bater com as mãos amarradas. Empurrei as mãos dele e enfiei a tira de seda na boca aberta antes de amarrar na nuca. A boca aberta ajudou a manter o tecido bem apertado, a ficar no lugar, e quando ele tentou me atingir de novo dei vários tapas, devagar, até ele parar.

Claro que nenhum desses tapas foi muito forte. Não teriam me afetado de modo algum. Mas funcionavam nele de forma inusitada. Eu sabia que ele estava tonto por causa deles. Afinal, ele tinha me chicoteado minutos antes, no jardim.

Ele ficou imóvel, com as mãos amarradas acima da cabeça. O rosto estava muito vermelho e a mordaça vermelha era um risco mais vermelho ainda, com seus lábios por cima. Mas a parte realmente inusitada eram os olhos, aqueles imensos olhos negros que olhavam fixo para mim.

– Você é uma criatura linda, sabe? – eu disse.

Senti o pau dele apertando meu saco. Eu continuava sentado em cima dele. Botei a mão, senti a rigidez, o calor e a ponta molhada.

– Você é quase lindo demais – eu disse. – Me dá vontade de escapar deste lugar com você nu assim, jogado sobre a sela do meu cavalo, do mesmo modo que os soldados do seu sultão me sequestraram. Eu o levaria para o deserto, faria de você meu servo, bateria em você com aquele seu cinto grosso, enquanto você dava água para o cavalo, punha lenha no fogo e preparava meu jantar.

Ele estremeceu. O rosto ficou vermelho, apesar da pele escura. Quase podia ouvir seu coração.

Cheguei para baixo e ajoelhei entre as pernas dele. Agora ele não movia mais nenhum músculo para resistir. O pênis dele balançava. Mas eu tinha terminado de brincar com ele. Precisava possuí-lo agora. Depois as outras especiarias podiam ser minhas... castigar suas nádegas.

Levantei as coxas dele com meus braços por baixo, forcei as pernas por cima dos meus ombros e afastei o quadril dele da cama.

Ele gemeu, seus olhos faiscaram como duas fogueiras olhando furiosos para mim. Apalpei o pequeno ânus, belo e seco, encostei meu pau, toquei nele pela primeira vez em todos aqueles dias de tortura, espalhei o líquido que produzia em toda a cabeça até ficar bem molhada e então penetrei nele.

Era apertado, mas não demais. Ele não poderia me trancar. Ele gemeu de novo e enfiei mais fundo, através do anel de músculo que raspava e me enlouquecia, até entrar todo. Então empurrei para frente, forcei as pernas dele para trás, para cima dele, até ele dobrar os joelhos sobre meus ombros e comecei a bombear com força dentro dele. Deixava meu pau sair quase todo, enfiava tudo de novo, saía quase inteiro, e ele suspirava sob a mordaça, molhando a seda, com os olhos vidrados, contraindo as lindas sobrancelhas desenhadas. Estiquei a mão, agarrei o pau dele e comecei a esfregá-lo acompanhando o ritmo do meu dentro dele.

– É isso que você merece – eu disse entre os dentes. – É isso que você realmente merece. Aqui e agora você é meu escravo e que se danem os outros, que se dane o sultão, o palácio inteiro.

Ele respirava cada vez mais rápido e então eu gozei bem lá no fundo, apertei o pau dele e senti o líquido espirrar em jorros seguidos, enquanto ele gemia bem alto. Parecia não ter fim, todo o sofrimento das noites no mar se esvaindo dentro dele. Apertei o polegar na cabeça do pau dele. Fui apertando com mais força até todo o prazer vazar de mim, até eu me exaurir completamente e sair de dentro dele.

Rolei de costas na cama e fiquei um longo tempo de olhos fechados. Ainda não tinha terminado com ele.

O quarto estava deliciosamente quente. Nenhuma lareira seria capaz de fazer o que o sol da tarde faz num lugar fechado. E ele estava deitado de olhos fechados, ainda com as mãos acima da cabeça, respirando profunda e tranquilamente.

Tinha relaxado a perna e encostado a coxa na minha. Depois de algum tempo eu disse:

– Sim, você daria um ótimo escravo.

E dei risada.

Ele abriu os olhos e olhou para o teto. Então começou a se mexer e na mesma hora pulei em cima dele e prendi suas mãos.

Ele não tentou lutar. Levantei, fiquei de pé ao lado da cama e disse para ele virar de bruços. Ele hesitou um pouco. Depois obedeceu.

Peguei a tira comprida. Olhei para as nádegas dele, com os músculos retesados, como se ele soubesse que eu estava olhando. Moveu um pouco o quadril sobre a seda. A cabeça estava virada para o meu lado e ele olhava fixo para algum ponto atrás de mim.

– Fique de quatro – eu disse.

Ele obedeceu com certa elegância proposital, ajoelhou-se com a cabeça erguida e as mãos amarradas, seu corpo uma linda imagem. Bem mais magro do que o meu. Mas a elegância era maravilhosa. Parecia um bom cavalo de corrida, não o animal que carregaria um cavaleiro, mas um mais nervoso, que carregaria um mensageiro. A mordaça de seda vermelha era um insulto esplêndido para ele. Mas ele se abaixou com calma, sem resistir. Não tentou arrancar o tecido, coisa que poderia fazer, mesmo com as mãos atadas.

Dobrei a tira de couro e golpeei as nádegas dele. Ele ficou tenso. Chicoteei outra vez. Ele fechou as pernas bem apertadas. Achei que isso era permissível. Desde que obedecesse a todo o resto.

Açoitei-o com força, sem parar, maravilhado de ver que aquela pele linda, cor de oliva, era capaz de exibir os lanhos vermelhos. Ele não emitiu um som. Fui para o pé da cama para poder desfechar os golpes com mais força ainda.

Em pouco tempo criei um belo xadrez rosa-escuro na carne dele. E batia cada vez mais forte. Estava lembrando das primeiras chibatadas que levei no castelo, que tinham ardido muito, quando lutei e choraminguei sem me mexer. Tentei adivinhar o sentido daquela dor, achei que precisava permanecer em posição inferior para ser chicoteado e dar prazer ao outro.

Havia uma liberdade extasiante em chicoteá-lo, não por vingança, nem nada tão tolo ou premeditado. Era simplesmente o encerramento de um ciclo. Adorei o barulho da tira de couro batendo nele, gostei de ver que as nádegas dele dançavam um pouco, apesar dos seus esforços para continuar imóvel.

Ele estava começando a mudar completamente. Com mais uma série de chibatadas abaixou a cabeça e arqueou as costas, como se tentasse recolher as nádegas. Foi absolutamente inútil. E então elas se projetaram dançando de novo, rebolando. Ele gemeu. Não conseguia mais se conter. O corpo inteiro balançava, dançava, ondulava, reagindo ao açoite.

Sabia que devia ter feito aquilo também quando fui açoitado, mil vezes, sem perceber que fazia. Eu sempre me perdia com o barulho, com a explosão quente e doce da dor, com o súbito formigamento logo antes de o chicote me atingir. Dei-lhe uma rápida e forte sucessão de golpes e ele gemeu no ritmo, com cada um deles. Na verdade ele não estava nem tentando se controlar. O corpo dele brilhava com o suor, a vermelhidão palpitava na superfície da pele e ele se remexia com elegância.

Ouvi um soluço abafado pela mordaça. Isso bastava. Parei e dei a volta até a cabeceira da cama. Olhei para o rosto dele. Belo espetáculo de lágrimas. Mas nenhum desafio. Desamarrei as mãos dele.

– Deite no chão com as mãos para frente e as pernas esticadas – eu disse.

Lentamente, de cabeça abaixada, ele obedeceu. Gostei do jeito que o cabelo caiu nos olhos dele, da mordaça prendendo o resto. Agora estava devidamente castigado. E o traseiro bem quente, quentíssimo.

Ergui-o bem alto com as duas mãos e o fiz engatinhar assim, com a bunda na altura do meu quadril, eu caminhando atrás. Afastei-me um pouco e chicoteei com força, dando a volta no quarto, para ele ir mais rápido. O suor escorria por baixo dos braços dele. A anca avermelhada receberia cumprimentos no castelo.

– Venha aqui e fique parado – eu disse.

Fiquei no meio das pernas dele e o penetrei de novo, ele levou um susto e gritou através da mordaça.

Estendi o braço e desatei o nó na nuca, mas segurei as duas pontas da tira de seda como rédea de cavalgadura, puxei sua cabeça para cima e bombeei dentro dele, empurrei-o para a frente, com a cabeça bem alta, presa à rédea. Ele soluçava, mas eu não saberia dizer se era de humilhação, de dor, ou as duas coisas juntas. A bunda dele estava muito quente em contato com a minha pele, deliciosa, e por dentro era muito apertada.

Gozei outra vez, jorrei dentro dele em espasmos violentos. Ele suportou, não ousou abaixar a cabeça enquanto eu segurava firme as pontas da seda.

Quando terminei, pus a mão por baixo da barriga dele e senti seu pau. Duro. Ele era um bom escravo.

Ri baixinho. Deixei cair a mordaça. Dei a volta e fui para a frente dele.

– Levante-se – eu disse. – Já terminei com você.

Ele obedeceu. Seu corpo todo brilhava. Até o cabelo preto tinha uma aura de brilho. O olhar dele era triste e profundo e a boca sensual. Olhamos bem nos olhos um do outro.

– Pode fazer o que quiser comigo agora – eu disse. – Acho que fez por merecer esse privilégio.

Mas a boca... Por que não o tinha beijado? Inclinei-me para frente, tínhamos a mesma altura, e então o beijei. Com muita ternura, e ele não fez nada para resistir. Ele abriu a boca para mim.

Meu pau ficou duro de novo. Na verdade o prazer me dominou por inteiro. Começou a me moer por dentro. Mas não doía mais. Era doce ficar cada vez mais duro enquanto beijava aquele gigante sedoso.

Soltei-o. Passei a mão na linha do maxilar onde a barba bem-feita estava começando a despontar, como acontece no final do dia. Senti a penugem do bigode, do queixo.

Os olhos dele tinham uma luz incrível. Eram a alma, mas a alma através de um véu de beleza perturbadora.

Cruzei os braços, fui para perto da porta e me ajoelhei no chão.

Que tudo virasse um pandemônio, pensei. Ouvi quando ele se moveu, vi com o canto do olho que estava se vestindo, passando um pente no cabelo, endireitando a roupa com gestos rápidos e furiosos.

Sabia que ele estava confuso. Mas eu também estava. Jamais tinha feito aquelas coisas com ninguém e nunca sequer sonhei que ia gostar tanto quanto eu queria fazer aquilo. De repente tive vontade de chorar. Fiquei apavorado e triste. E meio apaixonado por ele. E senti raiva dele por ter mostrado tudo aquilo para mim. E me senti triunfante, tudo ao mesmo tempo.

COSTUMES MISTERIOSOS
(BELA)

A impressão era de que tinham passado uns quinze minutos, mas a porta dupla continuava aberta. De vez em quando se movia, as dobradiças rangiam um pouco, a abertura diminuía, depois aumentava de novo. Bela, tremendo e chorando enrolada naquelas faixas douradas, sabia que alguém a observava. Procurava aquietar o tumulto em sua cabeça, mas não conseguia. E quando foi dominada mais uma vez pelo pânico, lutou violenta e inutilmente para se libertar, mas as faixas não cediam.

A porta abriu mais. E o coração dela quase parou. Abaixou o olhar o melhor que pôde, com o queixo levantado pela gola. E suas lágrimas fizeram tudo derreter em um brilho dourado, através do qual ela viu um senhor finamente vestido que se aproximava. A cabeça era coberta por um capuz de veludo verde-esmeralda com bordados em ouro e a capa ia até o chão. Seu rosto estava completamente invisível no escuro.

De repente Bela sentiu uma mão em seu sexo molhado, e engoliu um soluço quando a mão afastou os pelos e beliscou os grande lábios, depois os afastou também, com dois dedos. Bela deu um grito sufocado, mordeu o lábio e tentou ficar quieta. Os dedos apertaram e puxaram seu clitóris, como se quisessem esticá-lo. Ela gemeu alto, esqueceu de fechar a boca e as lágrimas desceram pelo rosto mais rápido do que antes, com um grito entalado na garganta, baixo e estrangulado.

A mão se afastou. Ela fechou os olhos e esperou que o homem fosse embora pelo corredor como os outros, em direção ao som distante da música. Mas ele ficou lá, bem na frente dela, olhando para ela. E os gritos suaves ecoaram abomináveis na alcova de mármore.

Jamais tinha sido amarrada daquele jeito, tão apertado, tão indefesa. E nunca sentiu tensão tão silenciosa como a daquele homem parado diante dela, sem fazer nada.

Mas de repente ela ouviu uma voz baixa, uma voz tímida, falando com ela. Dizia palavras que ela não entendia, e o nome "Inanna". Chocada, Bela percebeu que era uma voz de mulher. Era uma mulher dizendo o próprio nome e Bela percebeu que não era nenhum senhor aquela criatura de capa esmeralda. Era a mulher de olhos violeta do harém.

– Inanna – a mulher disse outra vez.

Ela botou o dedo na boca, gesticulando para Bela ficar em silêncio. Mas sua expressão não era de medo. Era de determinação.

E a visão da mulher coberta por aquele esplêndido manto verde aplacou Bela e a deixou estranhamente excitada. Inanna, pensou. Que nome lindo. Mas o que essa criatura, Inanna, quer de mim? Encarou-a sem pudor quando Inanna olhou para ela. O olhar dela agora parecia feroz e a boca agridoce, com o sangue dançando sob a pele cor de oliva, como devia estar dançando também no rosto de Bela. O silêncio das duas ficou carregado de emoção.

Então Inanna enfiou a mão no manto e tirou uma grande tesoura dourada. Num movimento único ela abriu a tesoura, enfiou por baixo das tiras de seda que cruzavam sobre a barriga e cortou o tecido com tesouradas lentas e longas, passando o metal frio na pele de Bela até as tiras caírem rapidamente no chão.

Bela não podia ver isso por causa da coleira alta. Mas sentiu, e com prazer, a lâmina da tesoura descendo pela perna esquerda, depois na direita, e o tecido apertado se soltou sem fazer ruído, para libertá-la. Num instante livrou-se por completo e conseguiu mexer os braços. Só estava presa pelo colar. Mas Inanna entrou no nicho, soltou o gancho, tirou o colar, tirou Bela do nicho e a levou para a porta.

Bela virou para trás e viu a coleira aberta e a seda no chão. Certamente os outros iriam descobrir. Mas o que podia fazer? Aquela mulher era sua senhora, não era? Ela hesitou, mas Inanna abriu a capa e cobriu-a com ela. Passaram pela porta e entraram em um quarto espaçoso.

Através de uma parede de filigrana Bela viu uma cama e uma banheira, mas Inanna a puxou para outra porta, por uma passagem estreita, que talvez só os servos usassem. Caminhando apressada, sob a cobertura que não era completa da capa, Bela sentia o corpo de Inanna ao lado do seu, o tecido grosso sobre os seios, os quadris, o braço dela. Bela estava excitada, com medo e até achando, de certa forma, divertido o que estava acontecendo.

Chegaram a outra porta, que Inanna abriu e trancou assim que as duas passaram. Estavam diante de outro biombo e atrás dele havia outro quarto. Todas as portas estavam trancadas.

Bela achou que o quarto era da realeza porque era imenso, tinha as paredes cobertas de delicados mosaicos de flores, as janelas tinham tela e cortinas de tecido transparente dourado, a grande cama branca com almofadas e travesseiros de cetim dourado espalhadas. Velas grossas e brancas ardiam em altos castiçais. A iluminação era uniforme e o quarto aquecido. O quarto todo, apesar do tamanho, era agradável e convidativo.

Inanna largou Bela e foi para perto da cama. De costas para Bela ela despiu o robe esmeralda e o capuz, ajoelhou-se e escondeu-os embaixo da cama, alisando a colcha branca com todo o cuidado.

Virou para trás e as duas mulheres se entreolharam. Bela ficou encantada com a beleza de Inanna, cujo violeta profundo dos olhos agora brilhava com a roupa também violeta. O corpete justo delineava perfeitamente os mamilos dela. O cinto era de metal dourado, mais largo e mais apertado do que o que tinha usado antes, chegava até logo abaixo dos seios e descia em ponta quase até o púbis, coberto por calças apertadas de tecido grosso como o do corpete. A pantalona larga bruxuleava sobre as pernas nuas até as tornozeleiras.

Bela admirou tudo isso, viu o cabelo escuro de Inanna e as joias que o enfeitavam e como Inanna a encarava, o olhar fixo, avaliando. Mas os olhos de Bela voltavam sempre para o cinto. Queria soltar a longa fileira de colchetes minúsculos de metal e libertar o corpo que prendia. Era terrível as mulheres do sultão viverem como escravas, tendo de usar aquele instrumento ornamentado que as limitavam e castigavam.

Pensou nas mulheres do harém que tinham brincado com ela, que tinham lhe dado prazer, manipulando-a como se ela fosse uma boneca maleável, e que nunca revelaram nada sobre si mesmas. Será que eram proibidas de ter prazer?

Ela olhou para Inanna e disse em pensamento, com todo o seu ser.

"O que você quer de mim?"

O corpo de Bela estava dominado pelo desejo, pela curiosidade e com renovado vigor.

Inanna se aproximou, olhou para a nudez de Bela. De repente Bela se sentiu à vontade, livre, estendeu a mão devagar e sentiu o metal duro do cinto. Ora, a coisa tinha dobradiças dos lados, ela percebeu, e o tecido que prendia os seios e o sexo de Inanna parecia insuportavelmente quente, claustrofóbico.

Você me libertou das amarras, pensou Bela. Devo libertá-la das suas?

Levantou a mão e fez um gesto com o indicador e o dedo médio imitando uma tesoura. Apontou para a roupa de Inanna. Ela ergueu as sobrancelhas como se perguntasse e repetiu o gesto de cortar.

Inanna entendeu e seu rosto se iluminou de prazer. Ela chegou até a rir. Mas depois adotou uma expressão sombria. Doce e amarga ao mesmo tempo outra vez.

É terrível ficar tão linda quando está triste, pensou Bela. A tristeza não deveria ser bonita.

Mas subitamente Inanna pegou a mão de Bela e a levou para a cama. As duas sentaram juntas. Inanna olhava fixo para os seios de Bela, que os levantou lentamente com as duas mãos, como se os oferecesse. Seu corpo estremeceu com uma sensação erótica ao segurar os seios e virar para Inanna. Inanna enrubesceu, seus lábios tremeram, a língua apareceu por um instante entre os dentes. Enquanto ela olhava para os seios de Bela, o cabelo caiu sobre o rosto e a visão dela assim, um pouco inclinada para frente, com o cabelo cascateando sobre os ombros e o apertado cinto de metal impedindo seus movimentos, fez Bela arder de desejo, inexplicavelmente.

Bela esticou o braço e tocou no cinto de metal. Inanna recuou um pouco, mas continuou com as mãos imóveis, como se fosse impotente. Bela encostou as duas mãos naquela coisa dura e fria e isso também a excitou, misteriosamente. Ela abriu os ganchos, um por um. Faziam um barulho metálico ao se soltar. Agora podia tirar o cinto. Só precisava enfiar os dedos por baixo e abri-lo.

Fez isso de repente, com os dentes cerrados, e o escudo de metal se desprendeu da cintura de Inanna e do tecido fino e amassado em volta dela. Inanna estremeceu e o rosto ficou muito vermelho. Bela chegou mais perto e rasgou o tecido violeta do corpete, descendo até a calça apertada que havia por baixo da pantalona. Inanna não moveu um dedo para impedi-la. E então os seios dela estavam livres, seios magníficos, bem firmes e levemente empinados, com mamilos de um rosa mais escuro.

Inanna corou e tremeu sem controle. Bela sentiu a excitação dela, inexplicavelmente inocente. Tocou no rosto de Inanna com as costas da mão. Inanna inclinou suavemente a cabeça para receber o afago. Era evidente que tinha sucumbido ao paroxismo da paixão, sem entender.

Bela estendeu a mão para tocar nos seios dela, mas mudou de ideia. Puxou o tecido de novo e revelou a curva suave da barriga de Inanna. Então a mulher se levantou e também puxou a roupa até a calcinha e a calça caírem no chão, em torno dos tornozelos. Com as mãos trêmulas, ela afastou a roupa dos pés e olhou fixo para Bela, com a expressão de quem estava prestes a explodir de emoção.

Bela quis segurar a mão dela, mas Inanna recuou. O ato de se exibir nua era devastador para ela. Moveu os braços como se quisesse cobrir os seios enormes ou o triângulo de pelos púbicos, mas percebeu que era tolice, cruzou as mãos às costas, depois na frente do corpo, indefesa. Seu olhar era de súplica para Bela.

Bela levantou e foi para perto dela. Segurou-a pelos ombros e Inanna abaixou a cabeça.

Ora, você parece uma virgem assustada, pensou.

Bela beijou o rosto ardente de Inanna, com os seios tocando nos dela. De repente Inanna abriu os braços, encostou os lábios no pescoço de Bela e a cobriu de beijos. Bela suspirou e deixou a sensação percorrer seu corpo em deliciosas ondas prateadas, como um som ecoando num longo corredor. O fato era que Inanna ardia de desejo. Mais quente do que qualquer outra pessoa que Bela tenha tocado. A paixão transbordava dela com mais intensidade do que com o senhor, Lexius.

Bela não se conteve. Agarrou a cabeça de Inanna, apertou a boca contra a dela e quando a mulher reagiu, recusou-se a soltá-la. Inanna abriu a boca.

Isso, pensou Bela, beije-me, beije-me com vontade.

E ela tirou o fôlego de Inanna, apertando os seios contra os dela. Bela abraçou Inanna, pressionou o púbis contra o púbis dela e girou o quadril que explodiu numa sensação que logo a envolveu por completo. Inanna era toda maciez e fogo, uma combinação absolutamente inebriante.

– Querida coisinha inocente – sussurrou Bela no ouvido da outra.

Inanna gemeu, jogou o cabelo para trás, fechou os olhos e abriu a boca quando Bela beijou seu pescoço, corpos se esfregando, os pelos espessos de Inanna espetando e arranhando Bela, aquela pressão levando as sensações a tal clímax que Bela achou que não ia mais conseguir ficar de pé.

Inanna começou a chorar. Um pranto rouco e baixo prestes a se libertar, os soluços vinham como pequenos ataques de tosse, os ombros tremiam. Mas ela se soltou, subiu na cama, deixou o cabelo cobrir o rosto de repente e soluçou para valer embaixo da colcha.

– Não, não precisa ter medo – disse Bela.

Bela deitou ao seu lado e gentilmente fez Inanna virar. Os seios dela eram suculentos. Nem a princesa Elena tinha seios tão maravilhosos, pensou Bela. Enfiou um dos travesseiros por baixo da cabeça de Inanna e deu-lhe um beijo, deitou em cima dela e ficaram esfregando suavemente os quadris até que o rosto de Inanna ficou vermelho de novo e ela deu um profundo suspiro.

– Sim, assim é melhor, meu amor – disse Bela.

Ela levantou o seio esquerdo com os dedos, examinou e apertou o pequeno mamilo entre o polegar e o indicador. Como era macio... Abaixou a cabeça e passou os dentes nele, sentiu que cresciam, ficavam duros, e ouviu os gemidos de dor de Inanna. Então Bela abriu a boca e sugou o seio com força e paixão, com o braço esquerdo por baixo de Inanna para erguê-la, a mão direita lutando contra a mão de Inanna, empurrando-a quando a outra tentou se defender.

O quadril de Inanna ficou no ar, acima da cama, e ela se contorceu embaixo de Bela, mas Bela não largava o seu seio, banqueteava-se com ele, lambia, beijava.

De repente Inanna conseguiu empurrar Bela com as duas mãos e virou de costas, gesticulando freneticamente que precisavam parar com aquilo, que não podiam continuar.

– Mas por quê? – sussurrou Bela. – Você acha que é ruim sentir isso? – perguntou. – Olhe para mim!

Bela segurou Inanna pelos ombros e a fez olhar para cima.

Os olhos de Inanna estavam arregalados e vidrados, as lágrimas presas em seus longos cílios negros. A expressão dela era de sofrimento, de uma dor verdadeira.

– Não é errado – disse Bela e abaixou para beijá-la, mas Inanna não deixou.

Bela esperou. Sentou sobre os calcanhares com as mãos nas coxas e olhou para Inanna. Lembrou da violência do seu primeiro senhor, o príncipe herdeiro, a primeira vez que ele a possuiu. Lembrou que tinha sido dominada, chicoteada, obrigada a ceder às sensações. Não tinha o direito de fazer aquelas coisas com essa doçura voluptuosa e não queria fazer. Mas havia alguma coisa muito errada ali. Inanna estava desesperada, realmente sofrendo.

Então, como se fosse a resposta para Bela, Inanna sentou, afastou o cabelo grosso e preto do rosto, balançou a cabeça com a expressão mais triste do mundo, abriu as pernas e cobriu seu sexo com as mãos. Aquela postura era de vergonha, e Bela teve pena.

Afastou as mãos de Inanna.

– Não há nada do que se envergonhar – disse ela.

Bela desejou que Inanna compreendesse o que estava dizendo. Empurrou as mãos dela para os lados e afastou suas pernas antes que Inanna pudesse impedi-la. Inanna apoiou as mãos na cama para se equilibrar.

– Sexo divino – murmurou Bela, e alisou reverentemente entre as pernas de Inanna.

Inanna chorava baixinho, com uma tristeza imensa.

Então Bela abriu mais ainda as pernas dela, olhou bem para o sexo da outra e viu uma coisa tão assustadora que mal conseguiu se recuperar, não foi capaz de dizer o que pretendia para acalmar Inanna.

Tentou disfarçar o choque. Talvez fosse um efeito de luz e sombra. E Inanna soluçava. Não parava de tremer. Mas

Bela chegou mais perto, afastou mais as belas coxas e viu que não estava enganada. O sexo de Inanna era mutilado!

Haviam arrancado o clitóris e não havia nada ali, a não ser uma linha lisa de tecido cicatricial. E os lábios vaginais tinham sido cortados até ficarem com a metade do tamanho original, também marcados pelas cicatrizes.

Bela ficou tão horrorizada que não teve como esconder o que sentia e olhava fixamente para aquela terrível prova diante de si. Mas acabou engolindo a revolta com o ato em si e olhou para a linda criatura. Impulsivamente beijou novamente os seios trêmulos de Inanna, beijou sua boca e não deixou Inanna recuar. Lambeu as lágrimas que escorriam pelo rosto de Inanna, prendeu-a num longo beijo que finalmente a fez se entregar.

– Sim, sim, querida – disse Bela. – Sim, minha joia rara.

Quando Inanna se acalmou um pouco, Bela olhou outra vez para a mutilação e examinou com mais atenção. Tinham tirado o pequeno botão do prazer, sim. E os lábios também. Restava apenas o portal para o homem aproveitar. A besta imunda, egoísta, o animal.

Inanna observava Bela. Bela chegou para trás e sentou. Ergueu as mãos para fazer uma pergunta com gestos. Apontou para si mesma, para seu cabelo, seu corpo, querendo dizer "mulheres", depois fez um gesto circular para significar "todas as mulheres aqui" e apontou para o sexo marcado com cara de dúvida.

Inanna fez que sim com a cabeça. Confirmou com um gesto circular também.

– Sim – disse ela na língua de Bela. – Todas... todas...

– Todas as mulheres aqui?

– Sim – respondeu Inanna.

Bela não disse nada. Agora sabia por que as mulheres do harém sentiram tanta curiosidade por ela, por que se deliciaram com as sensações dela. E o ódio que sentia do sultão e de todos os senhores do lugar se transformou em algo sombrio e cheio de angústia.

Inanna secou as lágrimas com as costas da mão. Olhava fixamente para o sexo de Bela e a expressão tinha mudado para o de curiosidade infantil.

– Mas está acontecendo alguma coisa estranha aqui – murmurou Bela. – Esta mulher sente! Sente tanto tesão quanto eu.

Ela tocou nos lábios quando lembrou dos beijos.

– Foi o desejo que a impeliu até mim, a me libertar das faixas, a trazer-me para cá. Mas esse desejo nunca foi consumado?

Bela olhou para os seios de Inanna, seus exóticos braços arredondados, e para o ondulado e comprido cabelo castanho que pendia sobre os ombros.

Não, certamente ela pode sentir até o clímax, pensou Bela. Vai além dessas partes externas. Deve ser isso.

Bela segurou Inanna nos braços e mais uma vez a forçou a abrir a boca com beijos.

No início Inanna ficou confusa e questionou Bela com pequenos gemidos. Mas Bela apertou-lhe os seios enquanto enfiava a língua em sua boca. Fez crescer lentamente a paixão até o coração de Inanna bater forte e acelerado novamente. Inanna fechou as pernas com força, ajoelhou quando Bela também ajoelhou e mais uma vez seus corpos se encontraram, com as bocas grudadas, toda a carne de Bela despertada pela carne de Inanna, o púbis eletrificado, dançando colado ao da outra. Bela chupou os seios de Inanna, com sofreguidão, agarrou com força os braços dela e não a largou nem quando foi dominada pelas sensações.

Finalmente Bela sentiu que Inanna estava pronta, empurrou-a para cima das almofadas, abriu suas pernas, o que restava dos lábios vaginais tão brutalmente mutilados. O lubrificante vital estava ali, o delicioso fluido com sabor defumado que Bela conseguiu lamber enquanto o quadril de Inanna subia com os espasmos.

Sim, querida, pensou Bela.

Enfiou mais fundo a língua no sexo dela e lambeu a parte de cima do canal vaginal até os gritos de Inanna ficarem roucos e inarticulados.

Sim, sim, querida, pensou Bela, cobrindo os lábios defeituosos com a boca, enfiando a língua ainda mais fundo, entre seus rijos músculos e bombeando violentamente.

Inanna se revirava e se contorcia embaixo dela. Empurrou a cabeça de Bela, mas sem força suficiente para deslocá-la. Bela, concentrada naquela missão, levantou as coxas de Inanna, inclinou o sexo dela e chupou com mais violência ainda.

Sim, goze, sinta tudo, minha pequena, pensou, sinta bem lá no fundo.

Bela enterrou a cabeça na carne intumescida e molhada, cavando mais rápido e mais fundo com a língua, raspando os dentes na pequena cicatriz onde tinha sido o clitóris, até Inanna levantar o quadril com toda a força e gemer bem alto, toda a boca tremendo violentamente. Bela tinha conseguido. Tinha triunfado. E sugou a carne latejante com mais e mais força até os gemidos de Inanna virarem quase um grito. A mulher se libertou e escondeu o rosto no travesseiro, seu corpo inteiro tremia.

Bela sentou. Apoiada nas pernas dobradas, com o próprio sexo no ponto, latejante feito um coração. Inanna ficou deitada, imóvel, com o rosto escondido. Depois sentou lentamente, assombrada, sem entender, olhando para Bela. Enlaçou o pescoço de Bela, beijou todo o seu rosto, pescoço e ombros.

Bela aceitou tudo aquilo. Então deitou nas almofadas e deixou Inanna deitar ao seu lado. Moveu a mão entre as pernas de Inanna e pôs os dedos dentro da vagina dela.

Bem, esta é mais forte do que as outras, pensou. E ninguém conseguiu satisfazê-la.

E nesse momento, recostada junto com Inanna, ela se deu conta de que as duas podiam estar correndo perigo. Isso devia ser proibido para as mulheres, não deviam permitir que as mulheres ficassem nuas nunca, só para e com o sultão.

Bela sentiu um ódio profundo por ele e um desejo súbito de deixar aquele reino, de voltar para as terras da rainha. Mas esforçou-se para tirar isso da cabeça, para aproveitar a excitação pura de deitar ao lado de Inanna, e beijou os seios dela de novo.

Teve a impressão de que os seus seios eram a parte mais sensível e começou a massageá-los enquanto mordiscava os mamilos. E veio uma nova sensação de abandono. Agora não estava só tentando agradar Inanna, tinha se perdido nos próprios desejos, puxava o mamilo com a boca e mal percebia que Inanna se movia embaixo dela.

Abriu as pernas sobre a coxa de Inanna e pressionou o sexo na pele macia, com o clitóris latejante e quente. Chupou os seios de Inanna e se esfregou na coxa dela, para cima e para baixo, o corpo retesado, abraçou Inanna com as pernas e de repente chegou ao orgasmo.

Quando terminou, não sentiu paz. Foi como uma febre. O corpo voluptuoso de Inanna e a maciez do seu criaram um novo sentido de êxtase ilimitado, algum sonho vago e louco de uma noite de prazeres infinitos, do desejo se alimentando do desejo.

Sugou a língua de Inanna, inebriou-se com o gosto doce e foi arrancada daquele torpor. Lembrou do espetáculo de Lexius empalando Laurent com o punho enluvado, fechou a mão e enfiou-a na abertura desfigurada entre as pernas de Inanna.

Molhada como antes, apertada, deliciosamente apertada, a abertura envolveu sua mão e parte do pulso que também tinha penetrado e os músculos pulsaram famintos sobre ela, o que a excitou ainda mais. E quando sentiu o punho cerrado de Inanna dentro de si, Bela teve o antigo prazer de ser preenchida. Seu corpo abraçou todas essas sensações com urgência cada vez maior. Manobrava o punho dentro de Inanna ao ritmo do punho de Inanna dentro dela. O braço de Inanna bombeava com uma violência que era quase um castigo.

Gozaram juntas, gemeram juntas, os corpos dominados pelo prazer nos estertores de puro êxtase.

Enfim Bela deitou no travesseiro e descansou, de braço dado com Inanna, os dedos brincando com os dedos dela. Não abriu os olhos quando Inanna sentou na cama. Mal percebeu que ela a observava. Inanna ficou um tempo tocando nos seios e na vulva de Bela, depois abraçou-a e balançou-a como se Bela fosse algo precioso que não quisesse perder nunca: a chave para seu novo e secreto reino. Ela chorou outra vez, as lágrimas pingaram no rosto de Bela, mas era um choro suave, cheio de alívio e de felicidade.

O JARDIM DOS PRAZERES MASCULINOS
(LAURENT)

Parecia que tinha passado muito tempo. Eu estava ajoelhado, em silêncio, de cabeça baixa, com as mãos abertas nas coxas e o pau endurecendo de novo. Havia menos luz no pequeno quarto. Fim de tarde. Lexius, bem composto com seu manto, apenas me observava. Se era raiva que o deixava imóvel assim, ou perplexidade, eu não tinha certeza.

Mas quando ele finalmente atravessou a distância que nos separava com passos largos, senti o poder da vontade dele, mais uma vez a capacidade de mandar em nós dois.

Ele pôs a correia em volta do meu pênis e puxou pela guia com força quando foi abrir a porta. Em segundos eu estava engatinhando atrás dele. O sangue latejava na minha cabeça.

Ao avistar o jardim pela porta aberta senti uma ponta de esperança de que talvez não fosse receber um castigo especial. Já estava escurecendo e começavam a acender as tochas nas paredes. Os lampiões pendurados nas árvores já produziam luz. E os exóticos escravos presos, com o torso brilhando, besuntado de óleo, de cabeça baixa como antes, eram tão hipnotizantes quanto eu havia imaginado.

Mas havia uma mudança naquele quadro. Todos os escravos tinham vendas nos olhos. Vendas de couro dourado. E percebi que tentavam se livrar das amarras, gemiam baixinho... moviam-se com mais abandono do que antes, como se as vendas os liberassem para isso.

Eu raramente tive os olhos tapados. Não formei opinião sobre isso, se era bom ou ruim, se provocaria mais ou menos medo.

Havia outros servos trabalhando no jardim. Serviam potes com frutas. Senti o aroma de vinho tinto vindo das jarras abertas.

Um pequeno grupo de criados apareceu. O senhor, cujo rosto eu não vi mais desde que o beijei, estalou os dedos e fomos para o centro do pequeno bosque de figueiras, aquele lugar onde tínhamos estado antes, e vi Dmitri e Tristan presos em suas cruzes, como os tínhamos deixado. Tristan estava especialmente belo com a venda nos olhos e o cabelo dourado caindo sobre ela.

Tinham estendido um tapete bem na frente dos dois. Lá estava a mesinha com o círculo de taças, as almofadas espalhadas. A cruz solitária ficava à direita de Tristan, bem na direção da figueira. O sangue latejou na minha cabeça quando a vi.

O senhor deu logo uma série de ordens. Mas com voz suave. Sem raiva. Eles me pegaram, me viraram de cabeça para baixo e me levaram para a cruz. Senti imediatamente meus tornozelos sendo amarrados nas pontas da trave horizontal, minha cabeça ficou pendurada bem perto do chão e meu pau batendo na madeira lisa.

Vi o jardim de cabeça para baixo diante de mim, os servos eram apenas manchas coloridas movendo-se entre as plantas.

Quando acabaram de me prender, levantaram meus braços para longe do chão e amarraram meus pulsos nos ganchos de bronze que sustentavam as coxas dos outros escravos. Então senti que entortavam meu pau para cima no meu corpo de cabeça para baixo e o amarravam entre as minhas pernas com tiras de couro que passavam pelas minhas coxas e o mantinham imobilizado. Não doeu naquela posição dobrada, nada natural. Mas ficou exposto, sem encostar em nada.

Verificaram tudo que me prendia, apertaram mais as tiras de couro e depois passaram mais uma volta prendendo meu peito à cruz, para me firmar e me deixar completamente imóvel.

Resumindo, eu estava de cabeça para baixo, preso firmemente com pernas e braços abertos e o pau apontado para cima. O sangue rugia nos meus ouvidos e latejava no meu pau.

Senti a venda envolvendo meu rosto, era forrada de pele e muito fria. Foi presa na nuca com uma fivela. A mais pura escuridão. Os sons distantes de panelas e pratos, o cheiro das fogueiras para cozinhar.

Tentei me mexer. Senti uma vontade irresistível de testar as amarras que me prendiam. Fiz força. Não teve efeito algum, mas percebi que foi mais fácil fazer isso porque eu estava de olhos vendados. Sem poder avaliar o efeito visual, deixei meu corpo inteiro tremer e senti a cruz vibrar um pouco embaixo de mim, como a cruz da punição tinha feito na vila.

Mas era uma terrível ignomínia estar de cabeça para baixo, uma terrível ignomínia para alguém vendado.

Então senti o primeiro golpe da tira de couro no meu traseiro. Repetiu-se com muita rapidez, de novo, de novo, e provocava um ruído alto de estalo, mais couro do que carne sendo açoitado, e de novo, dessa vez ardendo muito. Eu me remexi todo. Achei bom aquilo estar finalmente acontecendo, mas mesmo assim tive medo do que eu ia sentir dali a pouco. E era ruim não saber se era Lexius que me chicoteava, ou não. Seria ele? Ou algum daqueles pequenos criados?

De qualquer maneira as chicotadas eram boas. Era aquela tira grossa de couro que eu desejava desde que saímos da vila, era daquele chicote pesado me castigando que eu precisava. Eu sonhava com aqueles golpes toda vez que as correias delicadas encostavam no meu pau ou nas solas dos meus pés. E as chicotadas eram esplêndidas, rápidas daquele jeito. Com uma onda de alívio sublime, cessei toda resistência.

Mesmo na cruz da punição da vila eu não tinha me largado tanto. Isso só aconteceu quando a dor aumentou. Agora, pendurado ali, de olhos vendados e indefeso, aconteceu instantaneamente. Meu pau latejava e se movia sob as tiras apertadas, o couro me açoitava com força nas duas coxas ao mesmo tempo e tão rápido que parecia não haver intervalo nenhum entre os golpes, um castigo ininterrupto que produzia um barulho quase ensurdecedor para mim.

Imaginei o que os outros escravos deviam estar pensando ouvindo aquilo. Se desejavam apanhar como eu desejaria ou se estavam com medo. Se eles sabiam que era uma desgraça ser açoitado daquela maneira, aquele barulho que violava a paz e a quietude do jardim.

Mas as chicotadas continuavam. As pancadas eram cada vez mais fortes. Quando deixei escapar um grito percebi pela primeira vez que não estava amordaçado. Estava preso e vendado, mas não amordaçado.

Bem, essa pequena distração foi logo remediada. Enfiaram um rolo de couro entre os meus dentes enquanto as chibatadas continuaram. E a mordaça foi empurrada bem para o fundo da boca e firmada no lugar com cordas que amarraram na parte de trás da minha cabeça.

Não sei por que isso me enlouqueceu tanto, talvez por ser a última restrição que faltava. E com toda aquela imobilidade perdi o controle, comecei a me debater sob as chicotadas e gritei alto apesar da mordaça, ali pendurado na escuridão. A parte de dentro da venda, forrada de pele, ficou úmida e quente com as minhas lágrimas. E meus gritos soavam abafados, mas altos. Comecei a me debater com movimentos ritmados. Consegui erguer alguns centímetros todo o corpo, depois me largar. E descobri que erguia o corpo para alcançar as voltas ardentes do couro que me golpeava, caía para um pouco mais longe e subia de novo.

Sim, pensei, bata mais. Com mais força. Chicoteie bastante pelo que eu fiz. Faça o fogo da dor crescer, brilhar, ficar mais quente. Mas o que eu pensava não era assim coerente. Era como uma música na minha cabeça, formada pelos ritmos da tira de couro, dos meus gritos, dos rangidos da madeira.

Em certo momento eu me dei conta de que estava demorando mais do que qualquer punição que tinha recebido antes. Agora os golpes não tinham mais tanta força. Mas eu estava em carne viva, de modo que não importava. Aquelas boas e ruidosas lambidas do couro fizeram com que me debatesse e chorasse.

E o jardim começou a se encher de vozes. Vozes de homens. Ouvi quando eles chegaram, rindo, conversando. Se prestasse bastante atenção, seria capaz até de ouvir o vinho sendo derramado nas taças. Senti o cheiro do vinho novamente. E da grama verde logo abaixo da minha cabeça, e das frutas, e o forte aroma de carne assada e de temperos adocicados. Canela e ave, cardamomo, carne.

Então o banquete estava em andamento. E as chicotadas não paravam, mas os golpes eram cada vez mais lentos.

Uma música começou a tocar. Ouvi o dedilhar de cordas, a batida de pequenos tambores, e então o som de harpas e outro desconhecido, de cornetas que eu não sabia como chamavam. A música era dissonante, exótica e deliciosamente estranha.

Meu lombo queimava de tanta dor. E o chicote brincava com ele. Havia um momento prolongado em que eu sentia cada centímetro das costas pegando fogo, depois vinha o estalo do açoite, a explosão incandescente, por um instante. Chorei. Entendi que aquilo podia durar a noite inteira. E a única coisa que eu podia fazer era chorar, completamente indefeso.

Mas era melhor isso, pensei, do que estar no lugar de um dos outros. Era melhor isso, atrair a atenção deles enquanto comiam, bebiam e davam risada juntos, quem quer que fossem... do que ser mera decoração. Sim, o desgraçado mais uma vez, o castigado. Aquele que não se submetia.

E lutei violentamente na cruz, amando a força dela, adorando não poder derrubá-la e sentindo o couro descendo com mais força e velocidade de novo, meus gritos cada vez mais altos, sofrendo cada vez mais.

Finalmente os golpes amainaram e passaram a ser provocantes. A tira de couro brincava nas várias marcas, nos lanhos, nos arranhões que tinha feito na minha carne. Eu conhecia aquela música.

Que se misturou com a outra música, a música dos que detinham o poder, que invadiu meus sentidos. Mentalmente me distanciei do momento, por mais requintado que fosse, e trouxe de volta outros tempos, misturei o passado próximo com o alucinante presente. A sensação dos lábios de Lexius... por que não o chamei de Lexius e o fiz me chamar de senhor? Faria isso na próxima vez. A sensação do ânus dele, pequeno e apertado, quando o violentei. Saboreei tudo isso enquanto o chicote ressuscitava devagar minha carne ardente e o banquete prosseguia, ruidosamente.

Não sabia quanto tempo tinha passado. Só sabia, como no porão do navio, que alguma coisa havia mudado. Os homens estavam se levantando da mesa, andando por ali. Agora as chicotadas me assustavam. Paravam um tempo e de repente me golpeavam. Tudo doía tanto que o toque de uma unha me faria gemer. Senti o sangue escorrendo por baixo das correias e meu pau dançando dentro da prisão de couro. As vozes no jardim foram ficando mais altas, mais bêbadas, mais relaxadas.

Senti o tecido das roupas raspando nas minhas costas, na minha cabeça, quando os homens passavam por mim. Então de repente alguém levantou minha cabeça, tirou a venda dos meus olhos e senti que soltavam as amarras dos tornozelos, dos pulsos e do meu peito ao mesmo tempo. Fiquei todo tenso, com medo de cair, que me deixassem cair.

Mas os criados rapidamente me viraram de cabeça para cima e me vi de pé na grama, com um senhor do deserto na minha frente. Naturalmente não tive o bom-senso, nem a autodisciplina de não olhar para ele. Ele usava um turbante árabe completo de linho branco e mantos cor de vinho escuro. Os olhos dele faiscaram no rosto escuro, queimado de sol, quando sorriu para mim. Devia achar graça da minha cara de espanto. Mas apareceram outros senhores como ele. E me fizeram virar com brutalidade. Uma mão forte apertou minhas nádegas lanhadas. Eles riram. Deram tapas no meu pau, levantaram meu queixo, examinaram meu rosto.

Tudo que eu via em volta eram os escravos sendo libertados. Dmitri, ainda vendado, estava de quatro na grama, sendo currado por um jovem senhor. E Tristan estava ajoelhado diante de outro, chupando o pau do homem com movimentos vigorosos.

Mas o mais interessante foi a visão de Lexius, afastado, sob a figueira, observando. Nossos olhos se encontraram por uma fração de segundo, antes que me fizessem rodar outra vez.

Eu quase sorri, mas seria tolice. Aqueles novos senhores estavam realmente se deliciando com minhas nádegas vermelhas. Todos tinham de apertá-las, sentir o calor, ver minhas caretas de dor. Eu queria saber por que não açoitaram os outros escravos também. Mas assim que essa ideia surgiu na minha cabeça ouvi os chicotes golpeando os outros.

O senhor com o rosto bronzeado fez com que me ajoelhasse e massageou minha carne castigada com as duas mãos, enquanto outro homem segurou meus braços e os pôs em volta do quadril. Ele abriu o manto. O pau já estava pronto para a minha boca e eu aceitei, pensando em Lexius enquanto chupava. Por trás enfiaram um pau entre as minhas nádegas, que foram afastadas, e me possuíram.

Eu me senti empalado dos dois lados, fiquei mais excitado ainda de pensar que Lexius via tudo. Apertei os lábios com força no delicioso pau que tinha na boca e entrei no ritmo do que me penetrava por trás. O pau foi mais fundo na minha boca, para dentro da minha garganta, e o homem que estava atrás batia na minha anca dolorida a cada investida, até que finalmente ejaculou em mim. Segurei mais forte o quadril do homem que estava chupando. Suguei também com mais força, então afastaram minhas nádegas de novo, massagearam e beliscaram, e enfiaram outro pau, maior, em mim.

Senti por fim o líquido quente e salgado encher minha boca e depois das últimas lambidas tiraram o pênis dos meus lábios molhados e apertados, como se saboreassem o movimento, tanto quanto eu. No mesmo instante outro ocupou seu lugar e o homem atrás continuou esfregando o quadril em mim.

Acho que peguei mais um pela frente e outro por trás, depois me puseram de pé e me derrubaram, dois homens seguraram meus ombros e empurraram minha cabeça para baixo, de modo que eu só via seus mantos, outro homem abriu minhas pernas e penetrou em mim imediatamente. Meu corpo balançava com as investidas dele e meu pau também latejava, inutilmente. De repente um pano frio cobriu meu peito. Outro homem tinha montado em mim. Levantaram minha cabeça e ficaram segurando para receber o pau dele. Tentei libertar os braços para me agarrar no seu quadril, mas os que me seguravam não deixaram.

Ainda estava chupando aquele pau com sofreguidão, faminto, a minha própria fome agora exacerbada e doída, quando o homem que me currava se afastou, acho que bem satisfeito, então senti o chicote lambendo minhas nádegas, e o homem levantou e abriu minhas pernas. Fui golpeado com violência, os lanhos antigos se abriram novamente, gemi e me debati chupando o pau e ouvindo risos. Chorei para valer quando a dor aumentou. As mãos que seguravam minhas pernas apertaram mais ainda. Eu me concentrei naquele pau, sugando febrilmente, até ele gozar, deixei o líquido encher a boca, para depois engolir, lenta e deliberadamente.

Eles me fizeram virar outra vez, vi a grama embaixo de mim, as sandálias dos que me seguravam no ar. Minhas nádegas queimavam por causa do relho. Outro pau entrou na minha boca e mais um no meu ânus. Fui chicoteado pelo lado, o couro castigava a mesma carne arrebentada, lambia minhas costas e por baixo, meu pau e meus mamilos. Fiquei louco quando o chicote bateu no meu pau. Pressionei as costas contra o homem que me currava e abocanhei o pau ainda mais fundo.

Agora eu já não conseguia pensar. Não sonhava com outros momentos, nem mesmo com Lexius. Eu ardia com a mistura perfeita de dor e tesão, torcendo desesperadamente para que os meus senhores e donos quisessem ver o desempenho do meu pau.

Mas isso não servia de nada para eles.

Quando finalmente se satisfizeram, deixaram-me de quatro e ordenaram que eu ficasse imóvel no centro do tapete. Fiquei como um animal de que não precisavam mais. E os senhores foram sentar em círculo, de pernas cruzadas, nas almofadas, pegaram suas taças, comeram, beberam, cochichando uns com os outros.

Fiquei assim ajoelhado, de cabeça baixa, como tinham ensinado, procurando não olhar para os que me cercavam. Queria procurar Lexius, ver de novo aquela figura conhecida no meio das árvores, saber que ele me observava. Mas tudo que conseguia ver eram as sombras escuras em volta. Vi o brilho de mantos esplêndidos, os olhos faiscantes dos homens, ouvi vozes que iam e vinham.

Eu estava ofegante e meu pau vergonhosamente vivo, mexendo contra a minha vontade. Mas o que era aquilo no jardim do sultão? De vez em quando um dos homens chegava e dava um tapa no meu pau ou puxava meus mamilos. Clemência e penitência. O grupo riu um pouco, observou um pouco. A situação era insuportável, de submissão e de intimidade. Fiquei tenso porque não podia me proteger. E quando beliscaram os lanhos no meu corpo, chorei baixinho, de boca fechada.

Agora o jardim estava mais silencioso. Mas ainda dava para ouvir o barulho das chicotadas e os gritos roucos e triunfantes de prazer.

Para terminar vieram dois criados com outro escravo, me agarraram pelo cabelo para fora do círculo, e empurraram o novo escravo para o meu lugar. Estalaram os dedos para que eu os seguisse.

A GRANDE PRESENÇA REAL
(LAURENT)

Fui atrás deles pelo gramado, contente naquele momento de me livrar dos olhares atentos. Mas era irritante a forma que cochichavam um com o outro, e só de vez em quando me apressavam com um tapa na cabeça ou puxando meu cabelo.

O jardim ainda estava cheio de gente se satisfazendo e escravos ofegantes sendo expostos como eu tinha sido. Vi que alguns ainda estavam nas cruzes, ou tinham sido postos de volta, e muitos se contorciam e se debatiam violentamente.

Não vi Lexius.

Mas logo chegamos a uma sala bem iluminada que dava para o jardim. Criados se ocupavam com centenas de escravos. Mesas espalhadas por todos os cantos, cobertas de grilhões, correias, porta-joias e outros brinquedos.

Puseram-me de pé, pegaram um grande pênis de bronze, obviamente escolhido para mim, e fiquei atônito observando enquanto o lubrificavam, maravilhado com aquela escultura tão detalhada, com a cabeça circuncidada e até a pele por fora que era muito bem-feita. Tinha uma argola de metal, um gancho, na larga base redonda.

Os criados nem levantaram a cabeça enquanto trabalhavam. Esperavam que eu ficasse em silêncio e totalmente submisso. Enfiaram o pênis e empurraram até o fundo, depois prenderam meus braços com punhos compridos de couro e os puxaram para trás, de modo que meu peito foi forçado para frente, e prenderam essas pulseiras de couro ao gancho na base do falo.

Meus braços são bem compridos, mesmo para um homem com a minha altura, e se tivessem prendido meus pulsos, ficaria mais confortável. Mas as pulseiras de couro estavam acima dos pulsos, por isso meus ombros ficaram bem para trás e a cabeça bem levantada, quando terminaram.

Vi outros escravos musculosos sendo manietados da mesma maneira na sala. Na verdade havia só escravos muito fortes ali, nenhum menor, nenhum mais delicado. E os pênis eram grandes também. E alguns desses escravos tinham sido severamente açoitados. As costas e nádegas estavam muito vermelhas.

Tentei relaxar naquela posição, aceitar o peito forçado para frente, mas era difícil para mim. O falo de metal era duro demais e machucava, nada parecido com os feitos de madeira e cobertos de couro.

Então puseram uma coleira grande e rígida presa ao meu pescoço, com várias correias compridas e finas penduradas. Ficava solta, mas era muito forte e dura, forçava meu queixo para cima e se apoiava firmemente nos meus ombros. Senti que puxaram a correia comprida que pendia na parte de trás e afivelaram no gancho do falo. Outras duas correias que passavam por um único gancho na frente da coleira foram esticadas por cima do meu peito, passadas por baixo de mim, uma de cada lado dos meus testículos e essas também foram afiveladas no pênis de bronze.

Tudo isso feito com a maior naturalidade e eficiência, pequenos puxões dos criados que então deram tapinhas nas minhas nádegas e me fizeram dar meia-volta para inspecionar rapidamente o serviço. Achei infinitamente pior do que a fácil passividade da cruz. E quando passaram os olhos por mim, de modo impessoal, mas sem indiferença, fiquei mais apreensivo ainda.

De novo os tapinhas nas nádegas e o mero toque fizeram meus olhos se encherem de lágrimas, mas a sensação foi bizarramente gostosa. O criado sorriu para me tranquilizar e também deu um tapinha no meu pau. Parecia que o falo balançava dentro de mim cada vez que eu respirava. O fato é que a cada respiração as correias que passavam pelo peito mexiam e isso fazia com que o falo também mexesse um pouco. Pensei em todos os paus que tinham entrado em mim, lembrei do calor deles, do barulho molhado quando escorregavam para dentro e para fora, e tive a sensação de que o falo se expandia, ficava mais duro e mais pesado, como para me fazer lembrar de tudo, para me castigar por isso, para prolongar o prazer.

Pensei no Lexius outra vez, imaginei onde ele estava. A longa sessão de chicotadas durante o banquete teria sido sua única vingança? Flexionei as nádegas, senti a borda fria e redonda do falo, senti a pele ardida formigar em volta dele.

Os criados lubrificaram meu pau muito rápido, como se não quisessem estimulá-lo demais ou proporcionar qualquer prazer. Quando ele ficou brilhando, passaram nos meus testículos, massageando com muita suavidade. Então o mais bonito dos dois, o que sorria mais, empurrou minhas coxas até eu dobrar um pouco as pernas e fiquei meio de cócoras, só que mais alto. Ele balançou a cabeça satisfeito e deu um tapinha de aprovação. Olhei em volta e vi que os outros também estavam naquela posição. Todos os escravos que vi estavam com as costas muito vermelhas. Alguns tinham apanhado nas coxas também.

Entendi com uma clareza debilitante que eu estava como todos os outros, era a própria postura que exemplificava a disciplina e a subserviência. E por um instante fui tomado de fraqueza.

Então vi Lexius na porta, olhando para mim. Estava com as mãos juntas na frente do corpo, com os olhos semicerrados e muito sério. A minha excitação, a confusão, dobraram, triplicaram.

Meu rosto estava esfogueado quando ele se aproximou. Mas permaneci naquela posição meio de cócoras olhando para baixo apesar de não poder abaixar a cabeça, maravilhado de ver como era difícil. O castigo na cruz foi fácil. Eu não precisava cooperar. Agora estava cooperando. E ele estava ali.

Ele estendeu a mão para mim e pensei que ia me dar um tapa de novo, mas, não, ele tocou no meu cabelo, botou uma mecha gentilmente para trás da orelha. Então os criados deram uma coisa para ele. Vi de soslaio. Era um belo par de grampos para mamilos com três correntes bem finas que uniam os dois.

Meu peito parecia mais vulnerável forçado para frente daquele jeito, com os ombros puxados para trás. Ele prendeu rapidamente os grampos e entrei em pânico, porque não podia vê-los. A coleira mantinha meu queixo alto demais. Não dava para ver as três correntinhas que deviam estremecer entre os grampos, um enfeite humilhante que registrava cada respiração aflita que eu dava como uma bandeira registra a brisa mesmo quando é tão suave que nem a sentimos. A coisa brilhou na minha imaginação... os grampos, as correntes. A sensação dos grampos me beliscando era uma tortura.

E Lexius estava ali, e eu era mais uma vez seu prisioneiro. Ele tocou no meu braço com uma ternura louca e me levou para fora da sala. Vi os outros escravos manietados e abaixados em fila. A expressão deles, com o rosto levantado pelas coleiras, tinha uma dignidade interessante. Mesmo com as lágrimas escorrendo e os lábios trêmulos, eles assumiam nova complexidade. Tristan estava lá, de pau duro como eu e os grampos e correntes se destacavam no peito dele, como eu sabia que se destacavam no meu. O poder óbvio do corpo dele era ampliado pelo estilo daqueles grilhões.

Lexius me empurrou para a fila atrás de Tristan e acariciou afetuosamente o cabelo dele com a mão esquerda. Quando ele se concentrou em mim e penteou direito meu cabelo com o mesmo pente que tinha usado mais cedo para se pentear, lembrei do quarto, do prazer que tivemos juntos, do desconcertante estímulo de ser o senhor.

Sussurrei entre os dentes.

– Você não prefere entrar na fila conosco?

Os olhos dele estavam a poucos centímetros dos meus, mas ele olhava para o meu cabelo. Continuou me penteando como se eu não tivesse dito nada.

– Ser o que sou é o meu destino – respondeu, com os lábios tão imóveis que a frase parecia vir direto dos seus pensamentos. – E não posso mudar isso, assim como você não pode mudar o seu!

Ele olhou para mim.

— Mas eu já mudei o meu – eu disse, e sorri um pouco.

— Eu diria que não o bastante! – Ele rangeu os dentes. – Trate de me satisfazer e de satisfazer ao sultão, senão vai sofrer por um ano nos muros do jardim, eu garanto.

— Você não fará isso comigo – eu disse com segurança.

Mas aquela ameaça atingiu meu coração.

Ele recuou antes de dizer qualquer coisa, a fila andou e eu com ela. Quando um escravo esquecia de dobrar as pernas naquela posição de cócoras, apanhava de correia. Era a maneira mais degradante de andar e cada passo exigia uma ordem consciente do cérebro.

Fomos para um caminho central do jardim e avançamos por ele em fila única. Todos no jardim se levantaram e se dirigiram para esse caminho. Muitos olhavam para nós, apontavam, gesticulavam. Achei que aquilo era tão ruim quanto ser carregado do barco para a cidade, o fato de estar assim em exibição, num cortejo.

Muitos outros escravos foram postos novamente nas cruzes. Alguns tinham sido lustrados com ouro, outros com prata. Fiquei imaginando se tínhamos sido escolhidos pelo tamanho, ou pelo tipo de castigo ao qual tínhamos sido submetidos.

Mas que importância tinha isso?

Naquela posição humilhante seguimos pelo caminho e a multidão se reuniu dos dois lados. Paramos e nos formaram em duas filas, uma de cada lado do caminho, de frente uns para os outros. Assumi a minha posição, com Tristan na minha frente. Pude ver e ouvir a multidão em volta, mas ninguém encostava em nós, nem nos atormentava. Então apareceram os criados no caminho, batendo nas nossas coxas para que nos abaixássemos ainda mais. O público gostou da mudança.

Os criados nos fizeram abaixar até onde podíamos, sem perder o equilíbrio. Bateram com a correia nas minhas coxas inúmeras vezes quando eu me esforçava para obedecer. Achei pior ainda do que o pequeno cortejo. E senti os grampos nos mamilos beliscando cada vez que estremecia.

Mas a atmosfera de expectativa ficou mais forte de repente. O público chegou tão perto que seus mantos chegavam a roçar em nós e todos olharam para a porta do palácio à minha esquerda. Nós continuamos olhando fixo para o caminho à frente.

Tocaram um gongo. Todos os senhores se curvaram. Eu sabia que alguém vinha andando pelo caminho. Ouvi gemidos, sons abafados que obviamente vinham dos escravos. Ouvi esses mesmos sons vindos das partes mais distantes do jardim. E os que estavam à minha esquerda começaram a gemer e a se contorcer em posição de súplica.

Senti que não seria capaz de fazer isso. Mas lembrei das ordens que Lexius dera para nós, que devíamos demonstrar nossa paixão. E bastou pensar naquelas palavras para ficar subitamente à mercê do que realmente estava sentindo...

o desejo latejando no meu pau, latejando no fundo da alma, e a sensação de impotência, em posição repugnante. Era o sultão que se aproximava, claro, o senhor que tinha ordenado tudo aquilo, ensinado para a nossa rainha como manter os escravos para o prazer, que tinha criado aquele grandioso esquema em que ficávamos fortemente contidos como vítimas indefesas dos nossos próprios desejos, assim como do prazer dos outros. E esse esquema era totalmente concretizado ali, de forma muito mais dramática, e executado com eficiência.

Fui tomado por um orgulho assustador, orgulho da minha beleza, da minha força e da óbvia submissão. Os gemidos partiram de mim com paixão verdadeira e lágrimas encheram meus olhos. Senti as pulseiras de couro prendendo meus braços quando deixei a sensação mover minhas pernas, estufar meu peito, sentir o falo pesado dentro de mim. Queria que minha humilhação e obediência fossem reconhecidas, nem que só por um instante. E eu tinha sido obediente, apesar da breve conquista de Lexius. Tinha obedecido em todas as outras coisas. Fui dominado por uma deliciosa vergonha e pelo desejo desesperado de agradar, gemendo e rebolando sem resistir.

Ele estava mais perto. Materializaram-se no canto do meu olho lacrimejante duas figuras carregando os suportes de um alto baldaquim com franjas. E então avistei a figura que caminhava lentamente sob o baldaquim.

Era um jovem, talvez alguns anos mais novo do que Lexius, da mesma raça de ossatura delicada, braços e pernas longilíneos, o corpo muito reto sob os mantos pesados, uma comprida capa escarlate, o cabelo escuro bem curto e sem nada na cabeça.

Olhava para a esquerda e para a direita. Os escravos choravam mais alto, sem mover os lábios. Vi quando ele parou, estendeu o braço e examinou um escravo, mas não dava para ver o escravo. Isso tudo em silhueta, muito colorida. Ele passou para o escravo seguinte e desse eu pude ver alguma coisa, um escravo de cabelo preto com um pau imenso que chorava amargamente. O jovem seguiu pelo caminho e dessa vez passou os olhos pelo nosso lado. Meus soluços ficaram presos na garganta. E se ele não nos notasse?

Agora dava para ver que os trajes dele eram bem justos, o cabelo, bem mais curto do que o dos outros, era como um halo escuro em volta da cabeça, e ele tinha uma expressão atenta e animada. Não pude observar mais do que isso. Não precisei que ninguém me dissesse que seria imperdoável olhar para ele.

Ele virou para os que estavam do outro lado do caminho, embora estivesse quase na minha frente. E eu chorei insistentemente. Mas vi que ele olhava para Tristan. E ele falou, só que não vi a quem se dirigia. Ouvi a resposta de Lexius. Lexius estava atrás dele. Adiantou-se e os dois conversaram.

Então Lexius estalou os dedos. E Tristan, naquela horrível posição de cócoras, foi obrigado a andar atrás de Lexius.

Pelo menos Tristan tinha se destacado. Isso era bom. Era o que parecia, até eu lembrar novamente que talvez não fosse escolhido. E as lágrimas escorreram pelo meu rosto quando o sultão voltou para o nosso lado. Vi imediatamente que ele se aproximava. Senti a mão dele no meu cabelo. E aquele simples toque transformou numa fogueira a ansiedade e o desejo latentes.

Pensei numa coisa estranha naquele momento terrível. Toda a dor nas minhas coxas, os tremores nos músculos cansados, até a coceira ardida das costas... tudo pertencia àquele homem, o senhor. Tudo era dele e só teria sentido se o agradasse. Lexius não precisava me dizer isso. As pessoas que assistiam, ainda curvadas, à fila de escravos manietados e indefesos, o luxuoso baldaquim e os que o seguravam e todos os rituais do próprio palácio... tudo isso me dizia que era assim. E a minha nudez naquele momento era algo que ia muito além da humilhação. A posição desconfortável parecia perfeita para uma exposição adequada e os mamilos e o pênis latejantes também.

Ele continuou com a mão em mim. Tocou meu rosto com os dedos, passou nas lágrimas, encostou nos meus lábios. Solucei, mas com a boca fechada. Os dedos dele estavam sobre a minha boca. Eu teria coragem de beijá-los? Tudo que via era o roxo do manto dele. O brilho do chinelo vermelho. Então beijei e os dedos dele continuaram ali, encolhidos, parados, quentes contra a minha boca.

Quando ouvi a voz dele foi como um sonho. A resposta de Lexius foi como um eco. Bateram nas minhas coxas com a correia. Uma mão segurou e virou minha cabeça. Eu me movi, sempre de cócoras, e vi todo o jardim de novo numa explosão de luz. Vi o baldaquim avançando, vi os que o carregavam atrás, vi Lexius um pouco atrás e para o lado do senhor e Tristan seguindo com assustadora dignidade. Fui posto ao lado de Tristan. E continuamos juntos, parte do cortejo.

OS APOSENTOS REAIS
(LAURENT)

Parecia que estávamos no jardim havia uma hora. Mas não deviam ser nem quinze minutos. Quando chegamos à porta do palácio fiquei espantado de ver que nenhum outro escravo foi escolhido. Claro que éramos novos no palácio. Talvez fosse inevitável termos sido observados. Eu não sabia. Só senti um alívio por ter acontecido.

E quando seguimos o senhor pelo corredor, com o baldaquim ainda sobre a cabeça dele e muitos serviçais atrás de nós, senti esse alívio mais profundo do que o medo do que iam exigir de nós.

Minhas coxas doíam e os músculos tinham movimentos involuntários de cansaço por causa da posição abaixada quando chegamos a um quarto grande e suntuosamente decorado. No mesmo instante os escravos que enfeitavam o cômodo elevaram seus gemidos discretos para saudar o senhor. Eles estavam em nichos nas paredes. E presos aos postigos da cama. No banheiro distante cercavam o jorro de uma fonte de pedra.

Mandaram que parássemos e ficamos no centro do quarto. Lexius foi para a parede do fundo e ficou lá, com as mãos para trás e de cabeça baixa.

Os criados do sultão tiraram sua capa e seus chinelos, ele relaxou visivelmente e despachou os servos com um gesto. Virou-se e andou um pouco, como se quisesse respirar fundo depois do esforço da procissão cerimonial. E não tomou conhecimento dos escravos que gemiam mais baixo, mais discretos, como se tudo fizesse parte de uma etiqueta.

A cama atrás dele pousava sobre um tablado, era cercada de véus brancos e roxos e as cobertas eram pesadas tapeçarias. Os escravos amarrados à cama estavam de pé com os braços presos acima da cabeça, alguns virados para fora, outros para o leito, de onde obviamente poderiam ver o senhor dormindo. Com a pouca visibilidade que eu tinha, achei que pareciam os que ficavam nos corredores, eram como estátuas. Eu não tinha coragem de virar a cabeça para olhar qualquer coisa, por isso nem saberia dizer se aqueles escravos eram homens ou mulheres.

Do banheiro só vi que tinha uma imensa piscina de água atrás de uma fileira de colunas finas esmaltadas e o círculo de escravos de pé na piscina. A água jorrava para o alto e caía silenciosamente sobre os ombros e a barriga deles. Homens e mulheres compunham esse círculo, isso pude ver, e seus corpos molhados refletiam lindamente a luz das tochas.

Mais atrás, as janelas em arco se abriam para a lua, para a brisa suave e os ruídos da noite.

Senti um calor no corpo todo e fiquei tenso como a corda de um arco. Na verdade, aos poucos compreendi que estava apavorado. E sabia que cenas tão íntimas como aquela sempre me apavoraram. Eu preferia o jardim, a cruz, até o cortejo com seu horrendo escrutínio. Não aquele silêncio no quarto que preconizava os desastres mais obscenos e profundos da alma, a submissão mais completa.

E se eu não entendesse as ordens do senhor, seus desejos mais óbvios? Ondas de excitação passaram por mim, senti mais calor e fiquei mais confuso.

Nesse meio-tempo o senhor conversou com Lexius. A voz dele parecia conhecida e era educada. Lexius respondeu com evidente respeito, mas com o mesmo tom educado. Apontou para nós, não sei para qual dos dois, e explicou alguma coisa.

O senhor achou graça e se aproximou de novo, estendeu as mãos, tocou nas nossas cabeças ao mesmo tempo. Esfregou meu cabelo com força, carinhosamente, como se eu fosse um bom animalzinho que lhe desse prazer. A dor nas coxas aumentou. E meu coração se abriu. Fiquei firme. Senti o perfume das vestes dele e percebi estranhamente que Lexius estava satisfeito. Lexius estava lá, era o que ele queria.

Nossas outras brincadeiras ficaram parecendo constrangedoramente insignificantes. Ele tinha razão quanto ao meu destino, estava certo sobre o próprio destino. E eu tive sorte de não arruiná-lo.

Lexius se posicionou atrás de mim e a uma ordem do senhor segurou minha coleira e me levantou até eu ficar de pé. Grande alívio para minhas pernas. Mas deixaram Tristan como estava. De repente me senti mais vulnerável e visível.

Tive de dar uma volta e ouvi a risada do sultão quando ele falou. Senti uma mão encostar nas minhas nádegas feridas. Essa mão brincou com a borda redonda do largo falo. Fui dominado e surpreendido pela vergonha. Lexius chicoteou meus joelhos e empurrou minha cabeça para baixo. Mantive as pernas completamente esticadas e abaixei a cabeça e o peito até onde pude. Mas com os braços presos no falo era impossível abaixar bastante. Fiquei apenas inclinado.

As mãos examinaram os lanhos. Minha vergonha aumentou. Mas a vermelhidão, a prova das chicotadas, não queria dizer que eu tinha sido desobediente, não é? Outros escravos tinham sido açoitados só por prazer. E era evidente que ele gostava. Senão por que encostaria a mão, comentaria? Mesmo assim eu me senti diminuído, sofri com isso e chorei outra vez. Senti que ia soluçar, meu peito se contraiu, todas as correias se esticaram e meus braços presos puxaram o falo. Com isso solucei mais ainda, em silêncio, senti o falo inteiro e os dedos dele separando minhas nádegas como se quisesse ver meu ânus. Ele tocou nos meus pelos ali e alisou-os.

Ele continuou falando rápido e educadamente com Lexius. Percebi que no palácio o escravo pelo menos saberia o que estavam dizendo. Aquela língua estrangeira excluía a nós todos, completamente. Eu podia ser o tema da conversa deles. Ou talvez fosse uma coisa totalmente diferente.

Lexius bateu com a correia de leve no meu queixo. Endireitei as costas. Ele me fez virar segurando o gancho do falo até eu ficar de frente para o banheiro. Vi o sultão à minha direita, mas não olhei para ele.

Lexius bateu com força quatro ou cinco vezes nas minhas pernas e eu comecei a marchar, torcendo que fosse isso mesmo, então vi que ele apontava o relho para as colunas e fui rapidamente até lá, sentindo de novo um estranho misto de dignidade e humilhação por causa das tiras e pulseiras de couro.

Ele estalou os dedos quando cheguei às colunas, dei meia-volta, meu rosto ficou vermelho e marchei de volta vendo a silhueta embaçada dos dois em seus mantos, me observando.

Caminhei bem rápido e toda aquela cena teve o efeito previsível. Senti que era mais escravo do que minutos antes, mais do que tinha sentido no caminho do jardim. Lexius me chicoteou e fez sinal para eu rodar outra vez e repetir a marcha. Obedeci chorando muito, esperando que eles ficassem satisfeitos. Quando estava voltando pelo quarto pensei que seria terrível se considerassem minhas lágrimas uma impertinência, sinal de que eu não era bastante submisso. E fiquei tão assustado com essa ideia que chorei mais do que antes quando parei diante deles. Olhei para frente e só vi as esculturas nas paredes do outro lado, as espirais, as folhas, desenhos e cores.

O sultão botou a mão no meu rosto e sentiu as lágrimas como tinha feito no caminho. Minha garganta se movia atrás da coleira com repetidos soluços. E achei que mal conseguia suportar a doçura daquilo, o aumento enlouquecedor da tensão, quando ele tocou no meu peito, desceu dos mamilos que formigavam e foi até o umbigo. Se tocasse no meu pau eu sabia que poderia perder o controle. E isso provocou gemidos impotentes.

Mas o relho logo me empurrou para o lado. Tive de me abaixar de novo e agora era Tristan que se levantava e inclinava o corpo para frente.

Espantei-me um pouco quando me dei conta de que podia olhar para o sultão sem que ele percebesse. Não dava para abaixar a cabeça por causa da coleira. E lá estava ele, à minha esquerda, absorto com Tristan. Resolvi analisá-lo, ou melhor, não pude resistir.

Vi um rosto jovem, como já suspeitava que era, nada formidável ou misterioso como o de Lexius. O poder dele não era representado por orgulho evidente nem soberba. Isso era para homens menores. Ao contrário, ele possuía uma extraordinária presença, um brilho. Sorria enquanto massageava as nádegas de Tristan e brincava com o falo de bronze, balançava com o gancho enquanto Tristan se curvava.

Depois fizeram Tristan levantar e o rosto do sultão assumiu um charmoso ar de apreciação da beleza de Tristan. Para resumir, ele era um homem simpático e belo, inteligente, que se divertia casualmente com os escravos. O cabelo farto e curto era lindo, mais brilhante do que o cabelo da maioria dos homens ali, e crescia a partir das têmporas em ondas encantadoras. Os olhos eram castanhos e apesar de muito atentos e vivazes, um tanto pensativos.

Era uma criatura de que eu seria capaz de gostar à primeira vista num lugar sem perigos. Mas agora aquela alegria e aquela simpatia toda faziam com que me sentisse mais fraco, mais abandonado. Não entendia direito, mas sabia que tinha a ver com a expressão dele, com o fato de se divertir tanto conosco e de parecer tão natural.

No castelo, tudo que se fazia tinha um propósito. Nós éramos a realeza. Devíamos ser prestigiados pelo serviço que prestávamos. Aqui éramos anônimos e não valíamos nada.

O rosto do sultão se iluminou quando Tristan teve de marchar e tive a impressão de que Tristan fazia isso muito melhor do que eu. Ele tinha mais dignidade, mais personalidade. Os ombros dele estavam mais puxados para trás, porque os braços dele eram um pouco mais curtos do que os meus e estavam mais bem presos ao falo.

Procurei não olhar. Ele estava fazendo tudo bem demais. O meu desejo cresceu e diminuiu num ritmo espantoso e torturante.

Tristan logo voltou a se abaixar ao meu lado. E nos puseram de frente para a fileira de colunas e o banheiro, depois nos fizeram ajoelhar.

Fiquei com o coração apertado quando Lexius mostrou uma bola dourada para nós. Entendi qual era a brincadeira. Mas como íamos pegá-la se não podíamos usar as mãos? Estremeci só de pensar na nossa deselegância. O jogo era exatamente o tipo de intimidade que eu temi quando entramos no quarto. Já era bem ruim ser examinado, e agora tínhamos de nos esforçar para entretê-los.

Lexius rolou a bola no chão. Tristan e eu, de joelhos, corremos atrás dela. Tristan passou a minha frente e se abaixou para pegar a bola com os dentes. Conseguiu sem falhar nenhuma vez. E de repente percebi que eu tinha fracassado. Tristan ganhou o jogo. Não havia nada a fazer a não ser voltar para nossos senhores. Lexius já estava tirando a bola da boca de Tristan e acariciou o cabelo dele em sinal de aprovação.

Olhou feio para mim e chicoteou minha barriga quando me ajoelhei diante dele. Ouvi a risada do sultão mesmo olhando para baixo e vendo só o chão na minha frente.

Lexius golpeou meu peito, minhas pernas. Fiz uma careta de dor e as lágrimas rolaram novamente. Ele nos fez dar meia-volta, em posição para competir um com o outro de novo, e jogou a bola. Dessa vez eu realmente corri atrás.

Tristan e eu lutamos, tentamos empurrar um ao outro quando a bola parou entre os dois. Consegui pegá-la, mas ele me confundiu, arrancou-a da minha boca e virou na mesma hora para levar de volta para o senhor.

Tive muita raiva. Nós dois recebemos ordens de entreter o sultão e agora tínhamos de brigar um com o outro por isso, um ia ganhar e o outro perder. Era terrivelmente injusto.

Mas a única coisa que eu podia fazer era voltar para nossos senhores e ser chicoteado outra vez com aquele odiado relho, que dessa vez encontrou a pele em carne viva quando me ajoelhei, chorando.

Na terceira vez eu peguei a bola e empurrei Tristan quando ele tentou tirá-la de mim. Na quarta vez Tristan foi mais rápido e eu fiquei histérico. Na quinta corrida estávamos os dois sem fôlego e tínhamos esquecido tudo sobre jogo limpo. Ouvi o sultão rindo ao ver Tristan roubar a bola de mim e eu partir trôpego atrás dele. Dessa vez fiquei com medo do relho que abriu os vergões e chorei desesperado quando descia assobiando no ar, com golpes longos, fortes e rápidos enquanto Tristan se ajoelhava e recebia os sinais de aprovação.

Mas fiquei chocado com o sultão de repente, porque ele se aproximou e tocou no meu rosto outra vez. O relho parou. Num momento de imobilidade inusitada, os dedos sedosos secaram minhas lágrimas, como se ele gostasse de senti-las. E veio aquele calor delicioso do meu coração se abrindo de novo, como tinha feito no caminho do jardim, a sensação de que eu pertencia a ele. Achei que tinha tentado agradar. Eu era apenas mais lento, menos ágil do que Tristan. Ele manteve os dedos encostados em mim. E quando elevou a voz, falando rápido para Lexius, senti que essa voz também me tocava, me acariciava, me possuía e me atormentava com perfeita autoridade.

Vi numa cena fora de foco o relho de Lexius batendo em Tristan, orientando para ele virar e se aproximar da cama de joelhos. Recebi ordens para ir também, mas o sultão caminhou ao meu lado, senti a mão dele ainda brincando com meu cabelo, levantando acima da coleira.

Senti uma onda de desejo. Minhas faculdades se afogaram nele. Vi os corpos presos aos quatro postigos da cama... todos belos, mulheres de frente para onde o senhor dormia, homens de costas, e todos se movendo como se assim reconhecessem a proximidade do senhor... e minha visão ficou mais embaçada, de modo que a cama não parecia mais uma cama, e sim um altar. As tapeçarias sobre ela faiscavam com pequenos desenhos.

Ajoelhamos ao lado do tablado. Lexius e o sultão ficaram atrás de nós. Ouvi os sons suaves de tecido caindo, de panos se abrindo, fechos metálicos se soltando.

Então a figura nua do sultão entrou no meu campo de visão. Ele subiu no tablado com o corpo muito limpo e liso brilhando, sem qualquer marca, e sentou na beira da cama, de frente para nós.

Procurei não olhar para o rosto dele. Mas pude ver que sorria. Seu órgão estava ereto e foi uma coisa momentosa de se ver, naquele mundo em que tantos lacaios viviam nus.

O relho tocou em Tristan, ele ficou de pé, subiu no tablado e deitou na cama. O sultão virou-se para observá-lo e ardi de inveja, de terror. Mas imediatamente o relho me convocou também. Levantei, subi no tablado e olhei para a coberta em que Tristan tinha deitado, ainda manietado, como uma vítima belíssima que seria sacrificada numa oferenda de sangue. Meu coração batia com muita força e ecoava nos ouvidos. Olhei para o pau dele e deixei meus olhos seguirem timidamente para a direita até enxergar a curva do corpo despido do senhor, seu pênis despontando da sombra dos pelos pretos, muito bem-dotado.

O relho bateu no meu ombro, no meu queixo e apontou para a cama, para o lugar na frente do pau de Tristan. Fui devagar, timidamente, mas a orientação foi bem clara. Eu devia deitar ao lado dele, de frente para ele, com a cabeça na altura do pau dele e o meu pau na altura da cabeça dele. Agora meu coração estava muito acelerado.

Senti a coberta áspera embaixo de mim, o bordado grosso parecia areia em contato com a pele. E os grilhões me machucavam. Tive de me ajeitar como uma coisa sem braços para chegar à posição correta. Deitar assim de lado era desconfortável, agora eu me sentia como a vítima amarrada. E havia o pau de Tristan muito perto dos meus lábios. Eu sabia que os lábios dele estavam perto do meu pau também. Torci o corpo contra as pulseiras de couro, contra a coberta que me arranhava, senti meu pau encostar em Tristan e, antes de poder me afastar, uma mão na minha nuca me empurrou para frente. Enfiei o pau na boca e senti a boca de Tristan se fechando sobre o meu no mesmo instante.

Fui completamente dominado pelo prazer. Ataquei o órgão dele, apertei os lábios, brinquei com a língua em toda a sua extensão, saboreando na boca, e senti os chupões fortes no meu me conduzindo para cima e para longe da divina penitência das últimas horas.

Sabia que estava ondulando, forçando as tiras que me prendiam, que cada movimento que fazia com a cabeça me tornava mais parecido com uma alma penada se debatendo em vão no altar que era a cama, mas não tinha importância. O que importava era chupar o pau e ser chupado pela boca firme e deliciosa de Tristan, ter todo o meu espírito arrancado de mim. E quando finalmente gozei, sem controle e enfiado nele, senti aquele líquido jorrando em mim como se eu ansiasse por ele uma eternidade. Balançamos o corpo um do outro com a nossa força, com nossos gemidos abafados.

Então senti mãos nos separando. Puseram-me deitado de costas com os braços presos embaixo, forçando meu peito para cima, minha cabeça caiu para trás, meus olhos quase se fecharam. Não podia ver os grampos nos mamilos, é claro. Mas podia senti-los, as correntes no peito, e eram como picos de montanha expostos.

Então percebi que o sultão sorria para mim. Olhos castanhos, lábios macios, cada vez mais perto. Era como uma divindade descendo, que por acaso se parecia com um homem comum. Ele ficou de quatro em cima de mim.

Seus lábios encostaram nos meus. A verdade mesmo foi que encostaram no líquido dos meus lábios. Então ele abriu minha boca, enfiou a língua bem no fundo e lambeu o sêmen de Tristan que ainda estava na minha língua, na minha garganta. Entendi o que ele queria, abri a boca para ele, beijei e fui beijado, desejei sentir todo o seu peso, mesmo que machucasse meus mamilos com os grampos. Mas ele não me concedeu isso, continuou pairando sobre mim.

Percebi que Tristan estava mudando de lugar, que Lexius estava perto. Mas não conseguia pensar em nada além daquele beijo, o desejo diminuído como era normal acontecer depois do clímax e voltando rápido demais, doloroso.

Agora não era mais um beijo. Minha boca se abriu mais com a força da língua dele, ele lambeu o sêmen, limpou minha boca com a língua e me excitei com cada lambida.

Lentamente, através do véu das sensações despertadas, vi que Tristan estava atrás dele, acima dele. Ele fez pressão em cima de mim. Senti o corpo dele como tinha sentido o corpo de Lexius, mimado e sedoso, forte mas magro. Ele moveu os dedos no meu peito, soltou os grampos dos mamilos que escorregaram para o lado com as correntes e foram tirados dali. Ele encostou o peito na minha pele doída, que latejou deliciosamente.

Tristan estava sobre ele, olhando para o meu rosto. Olhos azuis radiantes. E, quando o sultão gemeu, eu soube que Tristan tinha penetrado nele. Senti o peso.

Mas o sultão continuou explorando minha boca com a língua, forçando meus maxilares a se afastarem ainda mais. Tristan o golpeava por trás, empurrava-o para cima de mim, e meu pau cresceu entre as coxas do sultão, tateando a carne macia, sem pelos e protegida.

Quando Tristan gozou, eu empinei o quadril, esfreguei as coxas apertadas bombeando meu pau entre elas, buscando novamente o clímax e senti as coxas dele apertando mais para me envolver. Gozei, gemi, enquanto a língua do sultão continuava operando, lambia meus dentes, lambia embaixo da minha língua, lambia meus lábios lentamente.

Ele então descansou um pouco, com o braço por baixo da minha nuca. Fiquei ali preso e indefeso embaixo dele e deixei o prazer diminuir bem devagar.

Então ele se mexeu. Ergueu-se renovado, pronto para outra e montou em mim. Quando nos olhamos, o rosto dele parecia o de um menino, com uma mecha de cabelo escuro caída nos olhos. Vi Tristan sentado à esquerda, olhando para nós. O sultão me empurrou com força, indicando que eu devia virar de barriga para baixo. E eu me esforcei para mudar de posição.

Ele se levantou para me dar espaço e senti as mãos de Lexius me ajudando. Deitei sobre o peito e tiraram as minhas pulseiras de couro. Meus ombros relaxaram. Meu corpo todo relaxou na colcha. Tiraram o falo duro de bronze e eu fiquei parado, com o ânus ardendo feito um anel de fogo, ele enfiou seu pau, humano demais, roçou naquele fogo e o fez aumentar. Que sensação boa depois da frieza do bronze, aquela coisa humana dentro de mim. Mantive os braços ao lado do corpo. Fechei os olhos. Com meu pau apertado na áspera colcha de tapeçaria. E minhas nádegas lanhadas subiram para sentir o peso dele, sentir a cadência ritmada.

Tive a vertigem mais pura que jamais sentira antes. Era um carinho gratuito ele estar me usando, se esvaindo em mim, e agora eu sabia uma coisa a respeito dele, uma coisa interessante, mas que na verdade não tinha importância. Ele queria os fluidos de outros homens. Por isso aqueles senhores no jardim tinham permissão para nos usar, por isso os criados não nos lavaram antes de enfiar os falos.

Achei graça. Tínhamos sido purgados e depois preenchidos com líquidos masculinos. E agora ele tinha bebido da minha boca e espremia lentamente minhas nádegas enquanto bombeava para atingir o clímax, seu corpo colado na carne viva, cheia de lanhos. Não teve pressa e vi de novo o jardim em imagens lindas, embaçadas, o cortejo, o rosto dele sorridente, todas as partes daquele mosaico que era a vida no palácio do sultão.

Antes de terminar comigo, Tristan foi posto sobre ele de novo. Senti o peso a mais e ouvi o gemido do sultão, que era praticamente uma súplica.

OUTRAS AULAS SECRETAS
(LAURENT)

Tristan e o sultão estavam abraçados, deitados na cama, ambos nus, se beijando, as bocas sugando lentamente.

Em silêncio Lexius fez sinal para eu me retirar. Vi quando ele fechou as cortinas em volta da cama e diminuiu a intensidade dos lampiões.

Então saí do quarto engatinhando e pensando por que temia tanto que Lexius se decepcionasse com o fato de não ter sido eu o escolhido para ficar, no lugar de Tristan.

Parecia uma coisa impossível. Tristan e eu recebemos ordens para dar prazer e depois fomos postos um contra o outro. Será que podiam ser dois os escolhidos para ficar?

No corredor escuro Lexius estalou os dedos para que eu me apressasse. Em todo o caminho de volta para o banheiro ele me açoitou com força e sem falar nada. A cada esquina dos corredores eu torcia para ele parar. Mas ele não parou. E quando me entregou para os criados eu latejava de dor novamente e chorava baixinho.

Mas eram todos muito gentis, exceto a punição propriamente dita, que era bem elaborada. E enquanto esfregavam o óleo em mim, quando a massagem aplacou a dor nos braços e pernas, caí num sono profundo, longe de todos os sonhos e ideias de futuro.

Quando acordei estava deitado num catre. Havia lampiões acesos no quarto. Sabia que estava no quarto de Lexius. Rolei de costas e apoiei a cabeça nas mãos para olhar em volta. Lexius estava de pé perto da janela, espiando o jardim no escuro. Vestia o manto, mas deu para ver que estava solto, sem cinto, provavelmente aberto na frente. Pareceu que conversava baixinho com os próprios pensamentos, ou murmurava. Não entendi as palavras que dizia. Podia também estar cantando.

Ele virou e levou um susto ao ver que eu o observava. Minha cabeça estava apoiada no cotovelo direito. O manto dele estava aberto e não tinha nenhuma roupa por baixo. Ele se aproximou de costas para a luz fraca que entrava pela janela.

— Ninguém jamais fez o que você fez comigo — ele sussurrou.

Ri baixinho. Eu estava no quarto dele, sem os grilhões, e ele nu, dizendo aquilo para mim.

— Que azar o seu — eu disse. — Implore e talvez eu faça de novo.

Não esperei a resposta dele e me levantei.

— Mas antes diga-me. Nós satisfizemos o sultão? Você está satisfeito?

Ele deu um passo para trás. Descobri que podia fazê-lo recuar até a parede simplesmente avançando para ele. Era divertido demais.

— Ele gosta de você! — disse Lexius meio sem ar.

Ele era muito lindo e de certa forma frágil, um homem felino, parecido com a espada que o povo do deserto usa na luta, com uma forma graciosa, leve, só que mortal.

— E você, ficou satisfeito?

Aproximei-me um pouco mais, e de novo ele recuou.

— Você faz perguntas tolas — ele disse. — Havia uma centena de escravos novos no caminho do jardim. Ele podia ter nos ignorado completamente. Mas acontece que escolheu vocês dois.

— E agora eu escolho você — eu disse. — Não se sente lisonjeado?

Estiquei o braço e peguei um cacho do cabelo dele.

Lexius estremeceu.

– Por favor... – pediu baixinho.

Ele abaixou a cabeça e achei aquele gesto irresistível.

– Por favor o quê? – perguntei.

Beijei o rosto dele, depois os olhos, forçados a se fechar com os meus beijos. Foi como se ele estivesse amarrado e manietado, sem poder se mexer.

– Por favor, seja gentil – ele respondeu.

Lexius abriu os olhos e me abraçou, como se não conseguisse se controlar. Ele me abraçou e me apertou como se fosse uma criança perdida. Beijei seu pescoço, sua boca. Passei a mão por dentro do manto, nas costas estreitas, adorando sentir aquela pele, aquele cheiro, os fios de cabelo roçando em mim.

– Claro que serei gentil – ronronei no ouvido dele. – Serei muito gentil... quando me convier.

Ele se soltou e caiu de joelhos, eu enfiei o pau na boca dele, o corpo inteiro dele tinha fome disso, uma sofreguidão por isso. Fiquei parado, deixei que ele se movesse para cima e para baixo, deixei sua língua e seus dentes fazerem seu trabalho, com as mãos nos ombros dele.

– Não tão rápido, jovem – eu disse carinhosamente.

Foi um sacrifício afastar a boca dele. Ele beijou a cabeça do meu pênis. Tirei o manto dele e peguei-o no colo.

– Ponha os braços em volta do meu pescoço e segure firme – eu disse.

Levantei as pernas dele quando ele obedeceu e as coloquei em volta da minha cintura. Meu pau batia nas nádegas arreganhadas e então enfiei nele, com uma mão em cada nádega, os braços dele me apertaram mais, ele apoiou a cabeça no meu ombro. Afastei um pouco as pernas e enfiei meu pau nele com toda a força. Ele cavalgou nas minhas investidas, belisquei as nádegas dele, arranhei a carne que tinha açoitado antes.

– Depois que eu gozar – sussurrei em seu ouvido, apertando a bunda dele –, vou pegar aquele seu relho e chicoteá-lo de novo, com tanta força que sentirá o dia inteiro, por baixo dos seus belos mantos, as marcas que vou fazer em você. Saberá que é tão escravo quanto aqueles seres que comanda, e saberá quem é seu senhor.

A única resposta foi um beijo demorado enquanto eu me esvaía nele.

As chicotadas não foram tão fortes. Afinal, ele era apenas um frangote. Mas fiz com que engatinhasse pelo quarto, que lavasse meus pés com a língua e que arrumasse os travesseiros e almofadas na cama para mim. Então sentei e ele se ajoelhou ao meu lado com as mãos na nuca como os escravos do castelo tinham aprendido a fazer.

Inspecionei o que tinha feito, brinquei um pouco com o pau dele, pensando se ele tinha gostado da provocação, da fome do desejo. Açoitei o pau dele com a tira de couro. Estava tão escuro cheio de sangue que parecia quase roxo à luz do lampião. O rosto dele lindamente torturado, os olhos cheios de sofrimento e concentrados no que acontecia com ele. Senti algo peculiar despertando dentro de mim ao ver aqueles olhos, algo raro, forte e diferente da fraqueza geral que tinha sentido quando olhei para o sultão.

– Agora vamos conversar – eu disse. – E primeiro você vai me dizer onde está Tristan.

Naturalmente ele se assustou com isso.

– Dormindo – respondeu ele. – O sultão o liberou mais ou menos há uma hora.

– Quero que mande chamá-lo. Quero conversar com ele e quero vê-lo possuindo você.

– Oh, por favor, não faça isso... – ele disse e se abaixou para beijar meus pés.

Dobrei a tira de couro e bati com ela no rosto dele.

– Quer que seu rosto fique marcado, Lexius? – perguntei. – Ponha as mãos na nuca e fique quieto enquanto falo com você.

– Por que faz isso comigo? – ele sussurrou.

Os olhos dele eram muito grandes, muito lindos. Não pude resistir, inclinei o corpo e o beijei, senti sua boca quente sugando a minha.

Beijá-lo era diferente de beijar qualquer outro homem. Ele passava um espírito derretido através dos beijos. Falava coisas com eles... eu achava que ele não se dava conta disso. Podia beijá-lo por muito tempo e apenas isso lhe daria explosões de prazer.

– Não faço isso por vingança – eu disse. – Faço porque gosto de fazer essas coisas com você e você precisa delas. Definitivamente precisa delas. Conosco você deseja ficar de quatro. E sabe que é assim.

Ele começou a chorar, em silêncio, mordeu o lábio.

– Se eu pudesse servi-lo sempre...

– É, eu sei. Mas não pode escolher a quem serve. Esse é o truque. Você tem de se entregar à ideia de servir. Precisa se render a isso... E cada senhor ou senhora verdadeiros se transformam em todos os senhores e senhoras.

– Não, não posso acreditar nisso.

Ri baixinho.

– Eu devia fugir e levá-lo comigo. Devia vestir seus belos mantos, escurecer meu rosto e meu cabelo e levá-lo comigo, nu sobre a sela, como disse antes.

Ele tremia, bebia aquelas palavras e se inebriava com elas. Conhecia tudo de treinamentos, castigos, disciplina e absolutamente nada de estar do outro lado.

Levantei o queixo dele. Ele quis que o beijasse de novo e eu beijei, demoradamente, desejando não ter aquela sensação repentina de que era escravo dele. Passei a língua por dentro do lábio inferior dele.

– Vá buscar Tristan – eu disse. – Traga-o para cá. E se disser mais uma palavra de protesto, deixarei Tristan chicoteá-lo também.

Se ele não entendesse aquele meu pequeno artifício, além de lindo, era burro.

Tocou o sino, foi até a porta e esperou. Deu a ordem sem abri-la. Ficou parado de braços cruzados e cabeça baixa, perdido, como se precisasse de um príncipe forte para combater os dragões da sua paixão e salvá-lo da destruição. Muito tocante. Sentado na cama, eu o devorei com os olhos. Adorava a curva da maçã do rosto, a bela linha do maxilar, a maneira com que emitia atitudes de homem, menino, mulher e anjo com diversos gestos e pequenas mudanças de expressão.

Ele se assustou com a batida na porta. Falou novamente. Ouviu. Então destrancou a porta, fez sinal para ele entrar. Tristan entrou de joelhos, olhando para o chão, humildemente. Lexius trancou a porta.

– Agora eu tenho dois escravos – eu disse. – Ou você tem dois senhores, Lexius. É difícil julgar a situação, de uma forma ou de outra.

Tristan olhou para mim, viu que eu estava nu na cama e então virou muito confuso para Lexius.

— Venha aqui, sente comigo. Quero conversar com você – eu disse para Tristan. – E você, Lexius, ajoelhe aqui como estava antes e fique quieto.

Achei que isso resumia tudo. Mas Tristan levou um tempo para absorver. Examinou o corpo nu do nosso senhor, depois olhou para mim. Levantou, foi até a cama e sentou ao meu lado.

— Beije-me – eu disse.

Levantei a mão para guiar o rosto dele. Um bom beijo, mais vigoroso, mas menos intenso do que os beijos de Lexius, ajoelhado logo atrás de Tristan.

— Agora vire-se e beije seu senhor desamparado – eu disse.

Tristan obedeceu. Abraçou Lexius, Lexius se entregou ao beijo com abandono demais para o meu gosto. Talvez por despeito em relação a mim.

Tristan virou de frente e me questionou diretamente com os olhos.

Eu ignorei a pergunta.

— Conte o que aconteceu depois que fui mandado embora. Você continuou a satisfazer o sultão?

— Sim – respondeu Tristan. – Foi como um sonho... ter sido escolhido, finalmente ir para a cama com ele. Ele foi tão terno... Não é nosso senhor de verdade. É nosso soberano. Há uma grande diferença.

— É verdade – eu disse, sorrindo.

Ele queria contar mais, mas olhou novamente para Lexius.

— Deixe-o em paz — eu disse. — Ele é meu escravo, aguarda minhas ordens e deixarei que fique com ele num minuto. Mas fale comigo primeiro. Você está satisfeito, ou ainda se lamenta pelo seu antigo senhor da vila?

— Não lamento mais — ele disse e então perdeu a voz. — Laurent, sinto muito ter sido obrigado a derrotá-lo...

— Não seja tolo, Tristan. Foi o que nos obrigaram a fazer e eu perdi porque não podia ganhar. Simples assim.

Ele olhou para Lexius de novo.

— Por que o tortura dessa maneira, Laurent? — perguntou num tom meio acusador.

— Estou contente que esteja satisfeito — eu disse. — Não dava para saber. Mas e se o sultão nunca mais chamá-lo?

— Isso não importa — ele respondeu. — A menos, claro, que importe para Lexius. Mas Lexius não pedirá o impossível de nós. Fomos notados e era isso que Lexius queria.

— E ficará satisfeito da mesma forma? — perguntei.

Tristan pensou um pouco antes de responder.

— Tem uma coisa muito diferente aqui — ele disse. — O ar está carregado com um sentido diferente das coisas. Não estou perdido como estava muito tempo atrás, no castelo, quando servi a um senhor tímido que não sabia como me disciplinar. E não estou condenado com a vergonha da vila onde preciso do meu senhor, Nicolas, para me tirar do caos e moldar o meu sofrimento para mim. Faço parte de uma

ordem melhor, mais sacrossanta. – Ele olhou bem para mim.
– Entende o que quero dizer?

Fiz que sim com a cabeça e sinalizei para ele continuar. Era óbvio que tinha mais a dizer, e a expressão dele revelou, para mim, que dizia a verdade. O sofrimento que tinha visto no rosto dele o tempo todo que passamos no mar agora tinha realmente desaparecido.

– O palácio é sufocante – ele disse – assim como era a vila. Na verdade é infinitamente mais sufocante. Mas aqui não somos maus escravos. Somos apenas parte de um mundo imenso em que o nosso sofrimento é oferecido ao nosso senhor e à sua corte, resolva ele, ou não, tomar conhecimento dele. Vejo algo de sublime nisso. Como se tivéssemos avançado para um novo patamar de compreensão.

Balancei a cabeça concordando mais uma vez. Lembrei do que senti no jardim quando o sultão me escolheu. Mas isso era apenas uma parte das muitas coisas que eu podia sentir, e que realmente sentia, sobre aquele lugar e o que tinha acontecido conosco. Naquele quarto, com Lexius, alguma coisa diferente estava acontecendo.

– Comecei a entender – disse Tristan – quando fomos tirados do navio e carregados pelas ruas para sermos vistos pelas pessoas comuns. E ficou absolutamente claro para mim quando vendaram meus olhos e me amarraram no jardim. Neste lugar não somos *nada* além dos nossos corpos, *nada* além do prazer que proporcionamos, *nada* além da nossa capacidade de demonstrar sentimento. Tudo o mais acabou e é impossível pensar em algo tão *pessoal* quanto as chibatadas na plataforma pública da vila, ou da constante educação para sermos passivos e submissos como fomos no castelo.

– Verdade – eu disse. – Mas sem o seu antigo senhor, Nicolas, sem o amor dele conforme você descreveu, não há uma terrível solidão...

– Não – ele disse espontaneamente. – Como não somos nada aqui, estamos todos ligados uns aos outros. Na vila e no castelo éramos divididos pela vergonha, por humilhações e castigos individuais. Aqui somos iguais perante a indiferença do senhor. E com essa indiferença somos todos tratados e muito bem usados, eu acho. É como os desenhos das paredes aqui. Não há imagens de homens e mulheres, como se vê na Europa. Há apenas flores, espirais, desenhos repetitivos que sugerem uma continuidade. E fazemos parte dessa continuidade. Ser notado pelo sultão por uma noite, ser valorizado de vez em quando... é tudo que podemos e devemos esperar. Como se ele parasse no corredor e tocasse no desenho do mosaico. Ele toca no desenho na hora que é iluminado por um raio de sol. Mas é um desenho igual aos outros e, quando ele vai embora, o desenho volta a se inserir no quadro geral.

– Você é muito filosófico, Tristan – sussurrei. – É um espanto para mim.

— Você não sente da mesma forma? Que existe aqui uma grande ordem das coisas que é, nela mesma, muito excitante?
— Sim, eu sinto isso — eu disse.
Ele franziu o cenho.
— Então por que perturba a ordem, Laurent? — perguntou e olhou para Lexius. — Por que fez isso com Lexius?
Eu sorri.
— Eu não perturbo a ordem — eu disse. — Simplesmente dou a ela uma dimensão secreta que a torna mais interessante para mim. Você acha que o senhor Lexius não poderia se defender se quisesse? Ele poderia convocar seu exército de criados, mas não fez isso.

Desci da cama. Tirei as mãos dele da nuca e puxei os braços para trás de modo que os pulsos ficassem bem presos sobre as nádegas. Para resumir: eu o prendi como tinham nos prendido com as pulseiras e o falo. Fiz com que se levantasse e forcei-o a se curvar. Ele foi completamente dócil com tudo isso, embora estivesse chorando. Beijei o rosto dele e aos poucos ele se acalmou, mas o seu pau não.

— E agora o nosso senhor precisa ser castigado — eu disse para Tristan. — Vocês nunca sentiram essa necessidade? Tenham um pouco de compaixão. Ele é um mero principiante neste reino. É difícil para ele.

As lágrimas escorriam lindamente pelo rosto de Lexius. A luz refletia nelas. Mas outra luz diluiu o rosto de Tristan quando ele levantou a cabeça e olhou para Lexius. Ficou de joelhos na cama e botou as mãos nos dois lados do rosto de Lexius. Na expressão de Tristan havia amor e compreensão.

– Olhe para o corpo dele – eu disse baixinho. – Você já viu escravos mais fortes, escravos com melhor musculatura, mas olhe só para a qualidade da pele dele.

Tristan examinou lentamente e Lexius chorou.

– Os mamilos – eu disse. – São virginais. Nunca foram açoitados, nem grampeados.

Tristan examinou os mamilos.

– Muito lindos – ele disse.

Observou Lexius com muita atenção. Brincou com os mamilos dele com um pouco de agressividade.

Senti a tensão em Lexius, os braços dele ficaram rijos nas minhas mãos. Puxei-os mais para trás, com mais força, até o peito dele estufar para frente.

– E o pau. Tem um bom tamanho, bom comprimento, não acha?

Tristan inspecionou com os dedos, como tinha feito com os mamilos. Beliscou a cabeça, raspou um pouco com as unhas, passou a mão no comprimento.

– Eu diria que é de ótima qualidade, como os nossos – murmurei, chegando bem perto da orelha de Lexius.

– É verdade – disse Tristan, bem enfático. – Mas ele é virginal demais. Quando um escravo já foi usado, realmente bem trabalhado, o corpo fica todo melhor.

– Eu sei. Se trabalharmos com ele toda vez que tivermos oportunidade, podemos torná-lo perfeito. Quando formos mandados para casa ele será um escravo tão bom quanto nós fomos.

Tristan sorriu.

– Que ideia boa. Que ótimo esse aspecto secreto das coisas.

Ele beijou o rosto de Lexius. Vi gratidão na postura dele e vi que Tristan sentia atração por ele, vi e senti a corrente que passou entre os dois.

– É – respondi. – Um ótimo aspecto secreto das coisas. Eu encontrei meu amante aqui, como você encontrou na vila. E meu amor é Lexius. E acho que vou amá-lo mais ainda daqui a pouco, quando ele me castigar, ou me treinar como deve, quando mais um dia nascer aqui e ele for novamente o senhor.

O pau de Tristan estava duro, os olhos meio febris, olhando para Lexius.

– Gostaria de chicoteá-lo – ele disse.

– Claro – eu disse. – Vire-se, Lexius.

Soltei os braços dele.

– Curve-se para frente e ponha as mãos entre as pernas – disse Tristan.

Ele desceu da cama para poder ficar atrás de Lexius e o fez adotar a posição certa.

– Segure seu saco e mantenha coberto com as mãos e puxado para frente.

Lexius obedeceu, dobrado para a frente da cintura para cima. Fiquei ao lado dele. Tristan arrumou a posição da bunda de Lexius e afastou um pouco mais as pernas. Pegou a tira de couro que estava na minha mão e golpeou com força, chicoteou Lexius bem no rego.

Lexius fez uma careta de dor. Eu mesmo fiquei um pouco surpreso com a determinação. Mas era evidente que Tristan não ia desperdiçar aquela oportunidade. Parecia ser exatamente o contrário do senhor fraco que teve um dia e que não conseguiu discipliná-lo.

Ele chicoteou Lexius de novo da mesma maneira, chegou mais para trás, levantou a tira de couro e deu com ela no ânus, no rego e até nos dedos com que Lexius protegia os testículos. Lexius não conseguiu ficar parado. Mas as chicotadas continuaram, entraram numa cadência constante. E Lexius chorou, a bunda subia e descia quando se debatia, o couro fustigava sem parar a carne tenra entre o ânus e o saco puxado para frente.

Dei a volta e levantei o queixo de Lexius.

– Olhe nos meus olhos – eu disse.

Os golpes continuaram com muito empenho. Aquilo estava sendo melhor do que eu esperava. Lexius mordia o lábio e ficava sem ar. Tive aquela sensação de novo, aquela fonte de afeto e de amor. De repente fiquei com medo.

Ajoelhei e beijei Lexius de novo. O beijo foi tão poderoso quanto o anterior, o couro o fazia estremecer todo, suas lágrimas escorriam no meu rosto.

– Tristan – eu disse beijando Lexius, beijos molhados. – Você não o deseja? Não quer mostrar para ele como se faz isso direito, dar-lhe uma boa empalada?

Tristan estava mais do que pronto.

– Endireite-se. Quero você de pé para tomar – eu disse.

Lexius obedeceu e continuou segurando o saco. Eu fiquei de joelhos, olhando para ele.

Tristan abraçou o peito de Lexius por trás, encontrou os pequenos mamilos virginais com os dedos.

– Abra as pernas – eu disse para Lexius.

Segurei o quadril dele enquanto Tristan o penetrava. E encostei os lábios naquele pau faminto e obediente, aquele pobre pau de senhor que estava bem na minha frente.

Então enfiei-o todo na boca, até a raiz peluda, e logo antes de Tristan gozar, Lexius gozou, completamente derretido com gritos e liberação, de modo que nós dois tivemos de segurá-lo.

Quando acabou, e as últimas vibrações cessaram, ele foi atordoado para a cama, sem precisar de nenhuma ordem ou permissão e ficou lá deitado, chorando sem controle nenhum.

Deitei ao lado dele e Tristan do outro lado. Eu ainda estava de pau duro, mas podia guardar para a manhã seguinte, poupá-lo para a próxima rodada de tortura. Era bom ficar assim perto dele e beijar seu pescoço.

– Não chore assim, Lexius – eu disse. – Você sabe que precisava disso, você queria isso.

Tristan pôs a mão entre as pernas dele e sentiu a pele vermelha abaixo do ânus.

– É verdade, senhor – ele disse. – Há quanto tempo queria isso?

Lexius se acalmou um pouco. Botou o braço em volta do meu peito e me puxou mais para perto dele. Fez a mesma coisa com Tristan.

– Estou assustado – ele sussurrou. – Desesperadamente assustado.

– Não fique – eu disse. – Você tem a nós para ensinar, treinar você. E faremos isso com amor, em todas as oportunidades.

Nós dois o beijamos e acariciamos até ele se aquietar. Ele virou. Eu sequei suas lágrimas.

– Há tantas coisas que vou fazer com você... – eu disse. – Tantas coisas que pretendo ensinar...

Ele fez que sim com a cabeça e olhou para baixo.

– Você... você sente amor por mim? – ele perguntou baixinho e seus olhos estavam brilhantes e limpos quando olhou para mim.

Eu ia responder que sim, claro, mas fiquei com um nó na garganta e minha voz não saiu. Estava olhando para ele, abri a boca e não saiu nada. Então ouvi minha resposta.

– Sim, eu sinto amor por você.

E alguma coisa passou de mim para ele e dele para mim, algo silencioso, que nos prendia um ao outro. E dessa vez, quando o beijei, apossei-me dele completamente. Isolei Tristan. Isolei o palácio. Isolei nosso distante senhor sultão.

E quando cheguei para trás fiquei confuso. Eu era o único que estava com medo.

A expressão de Tristan era de calma e satisfação.

Passou um bom tempo.

– É tão irônico – disse Lexius com a voz bem baixa.

– Não, na realidade não é. Há senhores na corte da rainha que se entregam à escravidão. Acontece...

– Não, eu não me referia a isso, que seria tão fácil me dominar – ele disse. – A ironia é que você e o sultão é que deviam achar o outro gostoso. Ele indicou você para os jogos no jardim dele amanhã. Você vai pegar a bola e levá-la até os pés dele. Ele porá vocês uns contra os outros em muitos jogos, só para se divertir e para divertir seus homens. Ele nunca escolheu um dos meus escravos para isso antes. Ele escolheu você e você me escolhe para isso. É essa a ironia.

Balancei a cabeça.

– Mais uma vez, acho que não é.

Eu ri baixinho. Tristan e eu nos entreolhamos.

– Devemos descansar agora para os jogos, não é, senhor? – perguntou Tristan.

– Sim – disse Lexius.

Ele sentou na cama. Beijou nós dois outra vez.

– Satisfaçam ao sultão e procurem não ser muito cruéis comigo.

Ele se levantou, vestiu seu manto e amarrou a faixa na cintura. Peguei os chinelos para ele e calcei nos pés dele. Ele ficou esperando que eu terminasse, então deu seu pente para mim. Penteei o cabelo dele, rodando em sua volta, e a sensação de possuí-lo, de ser dono dele, se transformou num estranho orgulho.

– Você é meu – sussurrei.

– Sim, é verdade – ele disse. – E agora você e Tristan serão presos nas cruzes do jardim, para dormir.

Fiz uma careta. Meu rosto deve ter ficado vermelho. Mas Tristan apenas sorriu e abaixou a cabeça envergonhado.

– Mas não se preocupem com a luz do sol – disse Lexius –, a venda nos olhos vai protegê-los dela. E poderão ouvir o canto dos pássaros em paz.

O choque amainou.

– Essa é a sua vingança? – perguntei.

– Não – disse ele simplesmente, olhando para mim. – Ordem do sultão. E ele vai acordar em breve. Pode acompanhá-lo até o jardim.

– Então posso contar a verdade para você – eu disse, apesar do nó na garganta. – Eu adoro aquelas cruzes!

– Então por que me provocou ontem quando tentei montar em você? Achei que faria qualquer coisa para evitar isso.

Dei de ombros.

– Naquela hora eu não estava cansado. Agora estou. As cruzes são boas para descansar.

Mas meu rosto continuava ruborizando horrivelmente.

– Faz você tremer de medo e sabe disso – ele disse.

Agora a voz dele estava gelada, cheia de autoridade. Todos os tremores e a timidez tinham desaparecido.

– É verdade – eu disse.

Devolvi o pente para ele.

– Acho que é por isso que adoro.

⁂

Minha coragem começou a falhar um pouco quando nos aproximamos da porta que dava para o jardim. A mudança brusca de senhor para escravo me atordoou e senti uma carência estranha e nova que não conseguia definir muito bem, nem guardar dentro de mim. No corredor, andando de quatro, senti uma vulnerabilidade profunda, uma vontade imensa de agarrar Lexius, de buscar abrigo nos braços dele, mesmo só por um momento.

Mas seria loucura pedir isso. Ele era o senhor de novo e qualquer que fosse a confusão na alma dele, agora estava bloqueada para mim. Mesmo assim ele arrastava os pés daquele seu jeito gracioso.

Quando chegamos à passagem em arco ele parou e passou os olhos no pequeno paraíso de árvores e flores, nos escravos que já estavam amarrados, como nós em breve iríamos estar.

A qualquer segundo, pensei, ele vai chamar os criados. E aí o momento não volta mais.

Mas Lexius ficou lá parado. Então entendi que ele e Tristan estavam olhando para o caminho, para quatro senhores, todos paramentados, que se aproximaram rapidamente de nós, com os turbantes de linho branco puxados para frente para cobrir seus rostos, como se estivessem numa tempestade de areia e não naquele jardim protegido do palácio.

Para mim eram como uma centena de outros senhores, a não ser pelo fato de que traziam com eles dois tapetes enrolados, como se estivessem indo mesmo para um acampamento no deserto.

Estranho, pensei. Por que não chamaram os servos para carregar aqueles tapetes para eles?

Eles foram chegando, e de repente Tristan gritou.

– Não!

Ele gritou tão alto que Lexius e eu nos assustamos.

– O que foi? – quis saber Lexius.

Mas nesse momento todos nós já sabíamos. Fomos forçados a entrar de novo no corredor e completamente cercados.

NOS BRAÇOS DO DESTINO
(BELA)

Estava quase amanhecendo. Bela sentiu o vento fresco entrando pela grade acima da porta antes de ver a luz do dia. Foi o barulho das batidas que a fez acordar.

Inanna estava imóvel, deitada nos braços dela. E as batidas, como ninguém atendeu, se repetiam, sem parar. Bela sentou na cama e olhou para as portas trancadas. Prendeu a respiração até pararem de bater. Então acordou Inanna.

Inanna ficou imediatamente assustada. Olhou em volta, confusa, piscando os olhos, sentindo o incômodo da luz do sol da manhã. Então olhou para Bela e o susto se transformou em terror.

Bela estava preparada para aquele momento. Sabia o que tinha de fazer. Sair sorrateiramente do quarto de Inanna e dar um jeito de voltar para os criados sem comprometer

Inanna. Lutando contra o desejo de abraçá-la e beijá-la, desceu da cama, foi até a porta e ficou escutando. Então virou para Inanna e fez um gesto de adeus, soprou um beijo e Inanna imediatamente começou a chorar em silêncio.

Inanna atravessou o quarto rápido, jogou-se nos braços de Bela e as duas se beijaram longamente, aqueles beijos demorados e sensuais de que Bela tanto gostava. Inanna apertou o sexo macio e quente nas pernas de Bela e encostou os seios trêmulos nos dela. Abaixou a cabeça, o cabelo caiu e cobriu seu rosto, então Bela levantou seu queixo e abriu sua boca novamente. Bebeu aquela doçura, Inanna era como um passarinho numa gaiola nos braços de Bela, os olhos violeta aumentados pelas lágrimas, os lábios úmidos e lindamente avermelhados pelo choro.

– Criatura adorável e madura – sussurrou Bela, sentindo os braços pequenos e roliços, apertando o polegar no queixo redondo de Inanna.

A boca de Inanna tremia faminta. Mas não tinham tempo para fazer amor.

Bela sinalizou para Inanna ficar quieta e não fazer barulho e foi escutar na porta outra vez.

O rosto de Inanna era puro sofrimento. De repente ela ficou histérica, sem dúvida se culpando pelo que podia acontecer agora com Bela. Mas Bela sorriu de novo para acalmá-la e fez sinal para ela ficar onde estava. Então abriu a porta e se esgueirou para o corredor.

Com os olhos rasos de lágrimas Inanna saiu atrás dela e apontou para uma porta distante, na direção oposta da outra pela qual tinham chegado mais cedo.

Bela destravou o ferrolho, olhou para trás mais uma vez e sentiu carinho por Inanna. Pensou em todas as coisas que tinham acontecido com ela desde que a sua paixão havia despertado, e que aquela última noite tinha sido diferente de todas as outras. Desejou poder dizer para Inanna que não seria a última, que iam dar um jeito de estarem juntas novamente. E parece que Inanna realmente entendeu. Bela viu a determinação nos olhos dela. Haveria outras noites comparáveis àquela, por maior que fosse o perigo. E a ideia de que aquele corpo atraente, com todos os seus atributos eróticos, pertencia a ela e a mais ninguém excitava Bela. Tinha tantas outras coisas para ensinar para Inanna...

Inanna encostou a mão nos lábios e mandou um beijo urgente para Bela. Bela fez que sim com a cabeça e Inanna repetiu o gesto.

Então Bela abriu a porta e atravessou correndo, sem ruído, a pequena passagem deserta, virando para um lado e para outro, até avistar a enorme porta dupla que certamente daria num dos principais corredores do palácio.

Parou um pouco para recuperar o fôlego. Não sabia para que lado ir, nem como ia se entregar àqueles que certamente já deviam estar à sua procura. Mas era um consolo saber que não podiam interrogá-la. Só Lexius podia fazer isso. E se ela não mentisse para ele logo de início, dizendo que algum senhor violento a tinha tirado do nicho, ele podia puni-la para valer.

Só de pensar ficou gelada, mas excitada ao mesmo tempo. Não sabia se iria conseguir mentir. Mas tinha certeza de que jamais iria trair Inanna. E nunca foi punida de verdade por qualquer maldade mais séria, nunca foi impiedosamente interrogada por qualquer desobediência importante, ou secreta.

Agora era dona daquela deslumbrante intriga e ia conhecer torturas inimagináveis quando ouvisse a voz furiosa de Lexius, quando ele enlouquecesse com o seu silêncio.

Mas tinha de ser silêncio. Tinha de ser desgraçada e punida. E certamente ele jamais ousaria supor que...

Mas não importava. Bela estava preparada. E sua missão agora era passar por aquela porta e ir para o mais longe deles, o mais depressa possível, para que ninguém pudesse adivinhar onde estivera em sua longa ausência.

Tremendo, Bela saiu para o largo corredor de mármore, para a iluminação de tochas e o silêncio de sempre, com os escravos presos em seus nichos. Sem olhar para a direita ou para a esquerda, ela correu até o final e enveredou por outro corredor transversal e deserto.

Continuou correndo, com a certeza de que era vista pelos escravos. Mas quem ia interrogá-los para saber o que tinham visto? Ela precisava ir para o mais longe possível dos aposentos de Inanna. O silêncio e o vazio do palácio pela manhã eram seus aliados.

Cada vez mais apavorada, enveredou por outro corredor e só então diminuiu a marcha, com o coração disparado, a nudez mais humilhante ainda quando viu pela primeira vez os olhos dos escravos dos dois lados.

Bela abaixou a cabeça. Se ao menos soubesse para onde ir... se entregaria à mercê dos criados imediatamente. E eles certamente entenderiam que não tinha se soltado das amarras sozinha. Que alguém tinha feito isso. E por que não concluiriam o óbvio, que tinha sido algum brutamonte que a levara de lá? Quem poderia sequer suspeitar de Inanna?

Ah, se fosse ela que tivesse de enfrentar os criados, estaria tudo acabado. Ela morria de medo da expressão de raiva naqueles rostos jovens, mas deixaria acontecer se fosse preciso. E Lexius podia fazer qualquer coisa, que ela permaneceria calada.

Todas essas ideias rondavam a cabeça de Bela, seu corpo não parava de lembrar do calor de Inanna, dos abraços, e de repente ela viu alguns senhores aparecerem no final do corredor à sua frente.

Era o que ela mais temia. Ser descoberta pelos outros antes de ser encontrada pelos criados. Viu os homens parando um pouco, depois avançando decididos para ela e entrou em pânico. Deu meia-volta e correu o mais que pôde, apavorada com aquele encontro humilhante, torcendo para que os criados aparecessem para restaurar a ordem.

Ficou horrorizada quando viu que os homens partiram no seu encalço.

Mas por quê?, pensou ela desesperada. Por que simplesmente não chamam os criados? Por que estão me perseguindo?

Bela quase gritou quando sentiu que a agarravam, os mantos dos homens a cercaram de repente e jogaram um tecido pesado em volta dela. Ficou enrolada no pano como se fosse uma mortalha e aterrorizada quando a levantaram e puseram sobre um ombro forte.

– Mas o que está acontecendo? – ela protestou e sua voz saiu abafada pelo pano apertado.

Não era daquele jeito que capturavam os escravos fujões. Alguma coisa estava errada, muito errada.

Os homens continuaram a correr, o corpo dela balançava indefeso no ombro do homem, e Bela conheceu o verdadeiro medo, como na noite em que os soldados do sultão atacaram a vila para levá-la para o palácio. Estava sendo sequestrada, como tinha sido sequestrada naquela ocasião. Começou a espernear, a se debater e a berrar, mas o tecido apertado em volta limitava seus movimentos.

Em minutos já estavam fora do palácio. Bela ouviu o barulho dos pés na areia, depois em pedras, ecoando como se estivessem numa rua. E então os ruídos inconfundíveis da cidade a cercaram. Até os velhos cheiros ela sentiu. Estavam atravessando o mercado!

E de novo ela berrou e esperneou, só para ouvir seus gritos abafados presos dentro daquele tecido grosso com ela. Ora, ninguém devia estar prestando atenção naqueles homens de manto caminhando pelo meio da multidão com uma trouxa de mercadoria jogada sobre o ombro. E mesmo se soubessem que havia uma criatura indefesa ali dentro, quem ia se importar? Podia ser um escravo levado para o mercado.

Ela chorava copiosamente, quando ouviu os pés dos homens batendo em madeira oca, quando sentiu o cheiro de maresia. Iam levá-la para um navio! Na cabeça dela pensamentos acelerados sobre Inanna, Tristan e Laurent, e Elena, e até os pobres e esquecidos Dmitri e Rosalynd. Eles nunca saberiam o que aconteceu com ela!

– Oh, por favor, socorro, ajudem-me! – gemeu ela.

Mas eles continuaram andando. Ela foi carregada escada abaixo, sim, teve certeza disso. E levada para o porão de um navio. E no navio muitos gritos e barulho de pés correndo. Estava zarpando do porto!

DECISÃO PARA LEXIUS
(LAURENT)

—Mas o que quer dizer, que está nos salvando? – gritou Tristan. – Eu não vou, ouça bem! Eu não quero ser salvo!

A cara do homem ficou lívida de raiva. Tinha jogado dois tapetes no chão do corredor. Ordenou que deitássemos nesses tapetes para poderem nos enrolar dentro deles e nos carregar para fora do palácio.

– Que atrevimento!

Agora ele já estava cuspindo as palavras em Tristan, enquanto os outros imobilizavam Lexius, com uma mão sobre sua boca para ele não poder dar o alarme para os servos que passavam pelo jardim e ignoravam o que estava acontecendo.

Eu não me mexi para obedecer, nem para me rebelar. Num segundo compreendi tudo. O senhor mais alto era nosso capitão da guarda da vila da rainha. E o homem que fulminava Tristan com o olhar naquele momento era seu antigo senhor da vila, Nicolas, o cronista da rainha. Eles estavam ali para nos levar de volta para casa, para o nosso reino.

Num instante Nicolas passou uma corda em volta dos braços de Tristan, prendeu-os bem contra o peito, enrolou a ponta nos pulsos dele e forçou-o a ficar de joelhos na borda do tapete.

– Estou dizendo que não quero ir! – disse Tristan. – Você não tem o direito de nos sequestrar e levar de volta. Estou implorando, eu imploro, deixe-nos ficar!

– Você é um escravo e fará o que eu mandar! – sibilou Nicolas furioso. – Deite aí agora e fique quieto, senão seremos descobertos!

Nicolas empurrou Tristan, que caiu de cara no tapete, e o fez rolar rapidamente até ninguém poder dizer que havia um homem escondido dentro do rolo.

– E você, príncipe, tenho de amarrá-lo! – ele exigiu, apontando para o outro tapete.

O capitão da guarda, que segurava Lexius com firmeza, olhou feio para mim.

– Deite-se nesse tapete e fique calado, Laurent! – disse o capitão. – Estamos correndo perigo, todos aqui!

– Estamos? – perguntei. – O que vai acontecer se o seu pequeno plano for descoberto?

Olhei fixo para Lexius. Ele estava histérico. E nunca tão charmoso e lindo como naquele momento, com a mão do capitão sobre a sua boca, o cabelo preto caído nos olhos enormes, o corpo esguio todo retesado por baixo do manto fino. Eu nunca mais iria vê-lo e fiquei imaginando se ele seria responsabilizado por isso! Quem sabe o que aconteceria com ele se fosse considerado culpado?

– Faça o que estou dizendo, agora, príncipe! – disse o capitão, com o rosto distorcido pela mesma raiva desesperada que desfigurava Nicolas.

Nicolas estava com a corda preparada para mim e os outros dois homens esperavam para ajudá-lo. Mas jamais poderiam me levar contra a minha vontade. E eu não seria dominado tão facilmente como Tristan.

– Hummm... Saia daqui... – eu disse bem devagar, olhando para Lexius, de alto a baixo – ... e volte para o castigo da vila...

Fiquei ruminando como se tivesse todo o tempo do mundo, vendo os outros cada vez mais aflitos, o medo de serem descobertos aumentando a cada segundo.

Atrás deles não havia movimento no jardim. Atrás de mim havia o corredor por onde qualquer um poderia chegar, a qualquer momento.

– Muito bem – eu disse. – Eu vou, mas só se ele vier comigo!

Estendi o braço e abri o manto de Lexius, revelando o peito nu até a cintura. Arranquei-o das mãos do capitão e tirei completamente o manto. Lexius ficou tremendo, mas não levantou um dedo para se vestir.

– O que você está fazendo? – quis saber o capitão.

– Vamos levá-lo conosco – eu disse. – Senão eu não vou.

Empurrei Lexius para o tapete. Ele gritou baixinho, deitou e ficou imóvel, com o cabelo cobrindo o rosto, apertando as palmas das mãos no tapete como se fosse levantar e correr de repente. Mas não fez isso. E os lanhos e marcas brilharam nas costas trêmulas dele.

Esperei mais um segundo, deitei ao lado dele, botei o braço no seu ombro e me preparei para aquela lã quente e abafada me envolver.

– Muito bem! Venham!

Ouvi Nicolas dizer, desesperado.

– Rápido.

Nicolas se ajoelhou no chão e pegou as pontas do tapete.

Mas o capitão da guarda se aproximou e botou o pé nas minhas costas.

– Levante-se – ele disse para Lexius. – Senão eu juro que vamos levá-lo.

Eu ri baixinho quando vi Lexius continuar imóvel e calado, incapaz de se salvar.

Num segundo eles nos enrolaram juntos no tapete, amarraram com força e saíram correndo com aquela carga pesada.

Eu estava com o braço em volta do pescoço de Lexius e ele chorava suavemente no meu ombro.

– Como pode fazer isso comigo? – ele suplicou, mas havia um tom baixo e digno na voz dele que me agradou.

– Não brinque comigo – eu disse em seu ouvido. – Você veio por sua própria vontade, meu senhor melancólico.

– Laurent, estou com medo – ele sussurrou.

– Não fique – eu disse com a voz mais suave, arrependido do tom agressivo. – Você nasceu para ser escravo, Lexius. E sabe disso. Mas pode esquecer tudo que sabe sobre sultões, grilhões dourados, couro com pedras incrustadas e palácios grandiosos.

REVELAÇÕES NO MAR
(BELA)

Bela estava soluçando, sentada no meio do tapete aberto. O porão do navio era pequeno e a lamparina rangia em seu gancho. O navio seguia rapidamente pelo mar aberto, com as escotilhas açoitadas pelas ondas, a embarcação inteira um pouco adernada.

De vez em quando ela olhava para o confuso capitão da guarda e para o furioso Nicolas, que a encarava de volta.

Tristan estava sentado num canto, com as pernas dobradas para cima e a cabeça encostada nos joelhos. E Laurent estava deitado no beliche, sorrindo, observando tudo como se fosse muito divertido.

Lexius, o pobre e lindo Lexius, estava encostado na parede oposta, com o rosto escondido na dobra do braço. Seu corpo nu parecia infinitamente mais vulnerável do que o dela. Bela não entendia por que ele tinha sido chicoteado recentemente e nem por que tinha sido levado junto com eles.

– Não acredito, princesa, que realmente preferisse ficar nessa terra estranha – Nicolas disse para ela.

– Mas, meu senhor, era um lugar tão elegante, tão cheio de novos prazeres, novas intrigas. Por que resolveu vir? Por que não salvou Dmitri, ou Rosalynd, ou Elena?

– Porque não fomos enviados para salvar Rosalynd, Dmitri ou Elena – respondeu Nicolas, zangado. – Por todos os relatos eles estão satisfeitos na terra do sultão e nos disseram para deixá-los lá.

– Eu também estava satisfeita na terra do sultão! – vociferou Bela. – Por que fizeram isso comigo?

– Eu também estava satisfeito – disse calmamente Laurent. – Por que não nos deixaram com os outros?

– Preciso lembrar que vocês são escravos da rainha? – trovejou Nicolas, virando furioso para Laurent e depois para o silencioso Tristan. – É Sua Majestade que decide onde e como seus escravos vão servi-la. A sua insolência é intolerável!

Bela começou a soluçar de novo, desconsolada.

– Venha – disse o capitão da guarda. – Vamos ficar muito tempo no mar. E você não pode passar esse tempo todo chorando.

Ele ajudou Bela a se levantar.

Bela não resistiu à vontade de encostar nele e apertou o rosto no colete de couro.

– Pronto, pronto, meu doce – ele disse. – Não esqueceu do seu senhor, esqueceu?

Ele a levou para fora do compartimento e foram para uma pequena cabine vizinha. O teto baixo de madeira inclinava para baixo sobre a cama elevada. Um raio de sol brilhou na pequena escotilha molhada.

O capitão sentou na cama e pôs Bela no colo. Inspecionou o corpo dela com os dedos, os seios, o sexo, as coxas.

Ela teve de admitir que se acalmou com aquele contato. Apoiou-se no ombro dele e achou deliciosa a sensação da barba, o cheiro da roupa de couro também. Parecia que podia sentir no cabelo dele o cheiro dos ventos frescos do interior da Europa e até da grama recém-cortada nos campos das casas da vila.

Mas mesmo assim chorou. Jamais veria sua amada Inanna outra vez. E será que Inanna lembraria do que Bela tinha ensinado? Será que encontraria alguém com quem compartilhar sua paixão entre as outras mulheres do harém? Bela esperava que sim. O que ela mesma tinha aprendido, a doçura e a intensidade daquele amor, levaria para sempre com ela.

Só que mesmo ali, nos braços do capitão, ela pensava em outros tipos de amor, na áspera palmatória de madeira da senhora Lockley que a castigara tão bem na vila, na correia de couro do capitão e no seu pau duro contra a sua coxa naquele momento, preso pelo tecido grosso da calça. Passou os dedos nele por cima do pano. Sentiu que mexia, como um ser independente.

Ela suspirou, seus mamilos viraram dois pontos duros, abriu a boca, levantou a cabeça e olhou para o capitão. Ele sorria e olhava para ela. Deixou Bela beijar o tufo de barba no queixo, mordiscar o lábio inferior. Ela se ajeitou no colo dele e apertou os seios no colete. Ele botou a mão por baixo da bunda dela e apertou.

— Sem marcas, sem lanhos – ele sussurrou no ouvido dela.

— Nada, meu senhor – ela disse.

Apenas aquelas delicadas e pequenas tiras batendo nela. Agora Bela as odiava. Passou os braços em volta do pescoço dele e beijou sua boca. Enfiou a língua entre os lábios dele.

— E ficamos tão ansiosos, não é? – ele disse.

— Não está gostando disso, meu senhor? – ela murmurou, chupando o lábio inferior, passando a língua e os dentes como tinha feito com Inanna.

— É, não posso dizer que não – ele disse. – Você não tem ideia da saudade que senti.

Ele respondeu com um beijo violento, a mão grande e áspera subiu para apertar o seio dela, para puxá-lo para ele.

Só o tamanho dele já excitava Bela.

— Mas quero o seu lindo traseirinho rosado e quente na hora que eu possuir você – ele disse.

— Qualquer coisa para satisfazê-lo, meu senhor – ela disse. – Faz tanto tempo que eu... estou com um pouco de medo. Quero muito lhe dar prazer.

— Claro que quer – ele disse.

O capitão enfiou a mão entre as pernas de Bela e a levantou segurando no seu sexo. Bela sentiu as pernas fracas, como se não fossem suportar seu peso. Voltar para a vila era como voltar para um sonho do qual não conseguia se libertar, não podia acordar. Ia chorar de novo se pensasse demais nisso. Adorável Inanna.

Mas seu capitão parecia um deus dourado ao sol que entrava pela pequena escotilha, a barba malfeita brilhava na sombra, os olhos faiscavam nas rugas profundas e bronzeadas daquele belo rosto.

Quando ele a ajeitou no colo, alguma coisa cedeu de vez na cabeça dela, um pequeno resíduo de resistência. Ele botou as mãos enormes nas nádegas dela, Bela levantou o corpo para se encaixar e gemeu com o beliscão forte que sentiu dos dedos dele esfregando sua carne.

— Macia demais, lisa demais – ele sussurrou sobre ela. – Esses arabezinhos não sabem castigar direito?

Com os primeiros tapas fortes, o sexo de Bela derramou fluidos na coxa do capitão. O coração dela ficou acelerado. As palmadas ecoaram ruidosas na cabine minúscula, a pele dela formigou, depois ardeu, então ela sentiu uma dor deliciosa, as lágrimas afloraram e escorreram rapidamente.

– Eu sou sua, meu senhor – ela murmurou, meio apaixonada, meio suplicante, e os tapas ficaram mais rápidos e mais fortes em suas nádegas.

O capitão segurou o queixo dela com a mão esquerda e levantou sua cabeça. Mas não interrompeu os tapas.

– Oh, meu senhor, eu sou sua – ela gemia e chorava, e foi como se todas as lembranças da vila voltassem de repente. – Serei sua de novo, não serei? Eu imploro! – ela gritou.

– Psiu, pare com essa impertinência – ele disse baixinho.

E Bela foi logo recompensada com uma nova saraivada de palmadas, balançou e ondulou o corpo com elas, sem pejo e sem moderação.

Não acabava mais, parecia o pior castigo que tinha recebido na vida. Mordeu o lábio para não implorar misericórdia. Ao mesmo tempo sentia que era disso que precisava, era o que merecia, o necessário para afastar suas dúvidas e medos.

Quando o capitão jogou-a na cama, ela estava pronta para o pau dele, e ergueu o quadril para recebê-lo. A pequena cama suspensa chegou a tremer com as investidas dele. Bela subia e descia sobre a colcha, as nádegas machucadas batiam no tecido áspero, espremida pelo peso dele, seu pau a alargava e preenchia divinamente. Ela chegou ao clímax, gritou contra os lábios fechados e nos lampejos ardentes de prazer viu os dois, o capitão e Inanna. Pensou nos seios deslumbrantes de Inanna, na sua vagina pequena e molhada, pensou no membro volumoso do capitão e no sêmen dele espirrando dentro dela com movimentos mais violentos. Bela chorou de alegria e de dor com a mão do capitão sobre sua boca para abafar seus gritos e com isso sentiu-se livre para soltá-los de todas as partes do seu ser.

Quando terminaram, ela ficou imóvel, deitada embaixo dele, o corpo todo ofegante. Ficou um pouco desapontada quando ele a fez levantar. Estava tirando o cinto.

– Mas o que foi que eu fiz, meu senhor? – ela sussurrou.

– Nada, meu amor. Eu quero essa bunda e essas pernas com mais cor, como costumavam ser.

Ele a fez ficar de pé na frente dele, sentou novamente na beira da cama, com a calça ainda aberta, o pau ainda ereto.

– Oh, meu senhor...

Bela suplicou, dissolveu-se em fraqueza, o choque retardado de prazer só estava aumentando, em vez de diminuir. O capitão dobrou o cinto para usá-lo duplo.

– Agora, vamos começar todos os dias que passarmos no mar com boas chicotadas, está me ouvindo, princesa?

– Sim, meu senhor – murmurou ela.

Assim, tudo estava como deveria ser outra vez. Tão simples. Ela pôs as mãos na nuca. E o que tinha sonhado no navio antes, sobre descobrir o amor? Bem, houve aquele gosto celestial. E o teria de novo. Por enquanto, tinha seu capitão.

– Abra as pernas – ele disse. – E agora quero que dance enquanto é chicoteada. Mexa esse quadril!

E o cinto desceu, Bela gemia e rebolava, o movimento parecia aliviar a dor, o sexo latejava. Seu coração se encheu de medo e de felicidade.

Era quase noite. Bela estava deitada no tapete, ao lado de Laurent, com a cabeça junto à dele no travesseiro. O capitão, Nicolas e os outros que ajudaram no "resgate" tinham ido jantar. Os escravos estavam alimentados e Tristan dormia num canto. Lexius também. O navio era pequeno e mal equipado. Não tinha jaulas, nem grilhões.

Bela não entendia por que só ela, Laurent e Tristan tinham sido resgatados. Será que a rainha tinha inventado alguma nova e especial utilidade para eles? Era uma tortura não saber e sentir tanta inveja de Dmitri, Elena e Rosalynd.

E Bela também estava preocupada com Tristan. Nicolas, seu antigo senhor, não havia trocado nem uma palavra com Tristan desde que o navio zarpou do porto. Não perdoava Tristan por ele não ter querido ser salvo.

Ah, por que ele não castiga Tristan e acaba logo com isso?, pensou Bela.

Durante todo o jantar ela admirou a rigidez de Laurent com Lexius. Laurent obrigou-o a comer e a beber um pouco de vinho, apesar de Lexius insistir que não queria, e depois Laurent fez amor com ele lenta e deliberadamente, mesmo com a vergonha evidente que Lexius sentiu de ser possuído na frente dos outros. Lexius era o escravo mais educado e servil que Bela já vira.

— Ele é quase bom demais para você — ela sussurrou para Laurent agora, deitados juntos na cabine quente e silenciosa. — Acho que é mais um escravo de damas.

— Pode usá-lo, se quiser — disse Laurent. — E pode chicoteá-lo também, se achar que ele precisa.

Bela deu risada. Nunca chicoteou nenhum outro escravo e não era o que queria... ah, bem, talvez...

— Como foi que você conseguiu — ela perguntou — operar essa transformação de escravo para senhor, com tanta facilidade?

Bela ficou contente de ter aquela chance de conversar com Laurent. Ela sempre foi fascinada por ele. Não conseguia se livrar da imagem em sua memória, de Laurent na vila, amarrado à cruz da punição. Havia algo de insolente e deslumbrante em Laurent. Bela não sabia como definir exatamente. Parecia compreender as coisas como nenhum outro.

— Para mim nunca foi um ou outro — disse Laurent. — Nos meus sonhos eu gostava dos dois papéis nesse drama. E quando vi a oportunidade, tornei-me senhor. Passar de um para outro só aguça a experiência.

Bela sentiu certo tumulto sexual com o som seguro da voz dele, o tom de ironia que tinha chegava à beira do riso. Virou para olhar para ele no escuro. O corpo dele era muito grande, cheio de poder adormecido, mesmo deitado ali. Era mais alto até do que o capitão. E seu pau ainda estava um pouco rígido, o suficiente para ser despertado. Bela olhou bem nos olhos castanho-escuros e viu que ele a observava, sorrindo. Devia saber o que ela estava pensando.

Bela enrubesceu com uma timidez repentina. Não podia se apaixonar por Laurent. Não, isso era impossível, totalmente impossível.

Mas ela não se mexeu quando sentiu os lábios dele no rosto.

– Divina criança levada – ele rosnou no ouvido dela. – Você sabe que esta pode ser nossa única chance...

A voz dele abaixou e restou um rosnado mais grave, o ronronar de um leão. Os lábios ardentes dele acariciavam o ombro de Bela.

– Mas o capitão...

– Sim, ele ficaria furioso – disse Laurent.

Ele deu risada. Rolou e montou em cima dela. Bela levantou os braços e abraçou as costas dele. O tamanho dele era espantoso e a enfraquecia. Se a beijasse de novo ela não ia, não poderia resistir.

– Ele vai nos castigar – ela disse.

– Bem, eu espero que sim! – disse Laurent, fingindo indignação com as sobrancelhas levantadas.

Ele a beijou e sua boca era mais áspera e mais sedenta do que a do capitão.

O beijo dele desvendou a alma de Bela mais profundamente, com mais determinação. Ela cedeu, seus seios eram como dois corações batendo contra o peito dele. E ela sentiu o enorme pau entrando na sua fenda molhada, quase arranhando tudo com a pressa descuidada, a carência.

Ele ergueu o quadril dela do chão e o empurrou para baixo de novo, a espessura dele era tanta que ela foi tomada pelo calor dos seus espasmos, o clímax deixou-a sem vontade própria, ficou com braços e pernas estremecendo embaixo de Laurent. E quando ele gozou dentro dela, Bela sentiu seu corpo espancado por ele, cavalgado por ele e pelo seu espírito tempestuoso e enigmático.

Depois ficaram quietos e plácidos ali deitados. Bela achou que não devia ter feito aquilo. Por que jamais conseguia amar seus senhores? Por que aquele estranho e irônico escravo era tão interessante para ela? Teve vontade de chorar. Será que nunca teria alguém para amar? Ela amou Inanna, e agora Inanna estava fora do seu alcance. E, claro, o capitão era o seu precioso amante, o animal, mas... Então ela chorou, e olhava de vez em quando para Laurent deitado ao seu lado. Mas não fez barulho nem se mexeu.

Quando o capitão chegou para levá-la para a cama, Bela apertou um pouco a mão de Laurent, e Laurent retribuiu em silêncio.

Deitada ao lado do capitão, ficou imaginando o que ia acontecer com ela quando chegassem às praias da rainha. Certamente ela teria de trabalhar na vila, isso era apenas justo. Não podiam levá-la de volta para o castelo. E Laurent e Tristan certamente ficariam na vila. Mas se a obrigassem a voltar para a rainha, sempre podia fugir, como Laurent fez. E ela o viu outra vez na lembrança, amarrado na cruz da punição.

Os dias no mar passaram como num transe para Bela. O capitão foi muito rígido e exigia dela constantemente. Mas mesmo assim ela encontrava oportunidade de transar com Laurent. Todas as vezes furtivamente, em silêncio, e a alma dela se estraçalhava.

Nesse meio-tempo Tristan insistia que não se importava se Nicolas estava zangado com ele. Quando chegasse ia se entregar para a vila, assim como tinha se entregado para o palácio do sultão. Ele disse que o breve tempo que passou naquela terra estranha lhe ensinou coisas novas.

– Você estava certa, Bela – ele disse –, quando pediu apenas castigos bem severos.

Mas Bela sabia que Laurent andava ocupado comandando Tristan e Lexius, possuindo o que quisesse, e que Tristan adorava Laurent de uma forma claramente individual e pessoal.

Laurent até pegou o cinto do capitão emprestado para chicotear seus dois escravos e os dois reagiram lindamente. Bela ficava imaginando como Laurent poderia voltar a ser um escravo quando chegassem à vila. O barulho das chicotadas que dava nos outros dois chegava ao quarto onde ela dormia com o capitão. E não a deixava dormir.

Era incrível que Laurent não virasse senhor do capitão também, pensou ela. Na verdade o capitão admirava Laurent. Eles eram bons amigos. Mas muitas vezes o capitão lembrava a Laurent que ele era um fugitivo castigado e que deveria esperar o pior da vila.

Esta viagem é muito diferente da última, pensou Bela, sorrindo. Sentia os lanhos das chicotadas do capitão, apertava com os dedos e fazia com que latejassem. Não me importo se isso não acabar nunca mais.

Mas aquela não era a expressão completa do que sentia. Ela desejava o mundo envolvente da vila. Precisava ver toda a sua pequena sociedade trabalhando e penando em volta dela. Tinha de encontrar o seu lugar no esquema das coisas, entregar-se àquilo, como Tristan disse que faria. E só quando a imensidão e a artificialidade do palácio do sultão fossem esquecidas, a lembrança do perfume e do toque de Inanna a deixaria em paz.

Por volta do décimo segundo dia, o capitão disse para Bela que estavam quase em casa. Iam atracar em um porto de um reino vizinho e estariam no porto da rainha na manhã seguinte.

Bela sentiu-se insegura e apreensiva. Enquanto Nicolas e o capitão estavam em terra resolvendo assuntos com os embaixadores da rainha, ela sentou para conversar baixinho com Tristan e Laurent.

Todos esperavam ficar na vila. Tristan disse mais uma vez que não amava Nicolas.

– Eu amo aquele que me castiga bem – acrescentou encabulado, olhando para Laurent com os olhos brilhantes de lágrimas.

– Nicolas devia ter chicoteado você assim que subimos a bordo – disse Laurent. – Assim você voltaria a ser dele.

– É, mas ele não fez isso. E ele é o senhor, não eu. Amarei um senhor outra vez, algum dia, mas terá de ser um senhor poderoso, capaz de tomar todas as decisões sozinho, perdoando todas as fraquezas do escravo que é guiado por ele.

Laurent fez que sim com a cabeça, concordando.

– Se algum dia eu fosse perdoado – disse ele baixinho, olhando para Tristan –, se tivesse a chance de participar da corte da rainha, escolheria você como meu escravo e o elevaria a alturas de experiências com as quais jamais sonhou.

Tristan sorriu, enrubesceu de novo, olhou para baixo e de volta para Laurent com os olhos brilhando.

Apenas Lexius ficou calado. Mas tinha sido tão bem treinado por Laurent que Bela estava convencida de que ele podia ouvir qualquer coisa. Ficava um pouco temerosa de imaginá-lo no bloco do leilão. Ele era tão gracioso, tão digno... e tinha os olhos cheios de inocência. Iam tirar isso dele. Mas afinal, Tristan e ela suportaram bem.

Já era bem tarde da noite quando o navio zarpou para a última etapa da viagem. O capitão desceu do tombadilho pensativo, com a cara fechada. Levou com ele um baú de madeira muito bem-feito, que pôs na frente de Bela na pequena cabine.

– Era isso que eu temia – ele disse.

A postura dele estava completamente diferente. Parecia que nem queria olhar para Bela. Bela continuou sentada na cama, olhando para ele.

– O que é, meu senhor? – ela perguntou.

Bela viu o capitão destrancar o baú e abrir a tampa. Lá dentro havia vestidos, véus, um chapéu comprido e pontudo, em forma de cone e outras peças.

– Sua Majestade – ele disse, evitando encarar Bela –, estaremos no porto antes de o dia nascer. E precisa se vestir e estar pronta para encontrar os emissários do reino do seu pai. Será libertada da sua servidão e mandada para a casa da sua família.

– O quê? – gritou Bela, pulando da cama. – Não pode ser verdade, capitão!

– Princesa, por favor, isso já é muito difícil... – ele disse e ficou com o rosto muito vermelho, olhando para o lado. – Recebemos ordens da nossa rainha. Não podemos evitar.

– Eu não vou! – gritou Bela. – Eu não vou! Primeiro foi o resgate, agora isso? Isso?

Ela perdeu o controle. Levantou e chutou o baú com o pé descalço.

– Leve essas roupas embora, jogue tudo no mar. Não vou usá-las, está me ouvindo?

Ia acabar enlouquecendo se não parassem com aquilo.

– Bela, por favor! – sussurrou o capitão, com medo de elevar a voz. – Você não entende? Nós fomos enviados para resgatar você do sultão. Seu pai e sua mãe são os aliados mais próximos da rainha. Souberam logo do seu sequestro e ficaram furiosos porque a rainha deixou que embarcasse para longe. Exigiram que fosse trazida de volta. Só trouxemos Tristan também porque Nicolas quis. Quanto ao Laurent, foi porque tivemos oportunidade de trazê-lo e a rainha disse que ele devia voltar para pagar sua pena de fugitivo. Mas você era o verdadeiro objetivo da missão. E agora seu pai e sua mãe estão exigindo que fique isenta de servir a qualquer um pela sua desgraça.

— Que desgraça? — berrou Bela.

— A rainha não teve escolha, teve de aceitar porque se envergonha do fato de você ter sido sequestrada e levada embora. — Ele abaixou a cabeça. — Você deve se casar imediatamente — gaguejou o capitão. — Foi o que eu ouvi.

— Não! — Bela berrou desesperada. — Eu não vou! — Ela soluçou e cerrou os punhos. — Eu não vou, estou dizendo!

Mas o capitão deu meia-volta e saiu infeliz da cabine.

— Vista-se, princesa, por favor — ele disse atrás da porta fechada. — Não temos criadas para ajudá-la.

Era quase dia. Bela ainda estava nua e chorando como ficara a noite inteira. Não conseguia olhar para o baú com as roupas.

Ouviu alguém na porta e não levantou a cabeça para olhar. Laurent entrou na cabine sem fazer barulho e se inclinou sobre ela. Bela nunca tinha visto Laurent naquele pequeno cômodo antes e ele parecia um gigante com o teto baixo. Não aguentou olhar para ele, ver os braços e pernas fortes que nunca mais poderia tocar, ver aquele rosto estranhamente sábio e paciente.

Ele a levantou do travesseiro.

— Venha, você tem de se vestir — ele disse. — Vou ajudá-la.

Ele tirou a escova com cabo de prata do baú e passou no cabelo comprido de Bela enquanto ela só chorava. Com um lenço limpo ele secou os olhos e o rosto dela.

Depois ele escolheu um vestido violeta, cor que só era usada por princesas. Bela pensou em Inanna ao ver o tecido e chorou mais desconsolada ainda. Palácio, vila, castelo... tudo passou pela cabeça dela e seu sofrimento transbordou.

O vestido era quente, parecia uma prisão. Quando Laurent fechou o vestido atrás, ela teve a sensação de que estava sendo amarrada outra vez. Calçou os sapatos e eles espetaram seus pés. Não suportou o peso do chapéu em forma de cone e os véus em volta a deixaram confusa, pinicavam, eram irritantes.

– Ah, isso é um horror! – ela rosnou.

– Sinto muito, Bela – disse Laurent, com uma ternura que ela nunca ouviu antes.

Bela olhou para os olhos castanho-escuros e achou que nunca mais sentiria tesão e prazer novamente, a dor doce e o verdadeiro abandono.

– Beije-me, Laurent, por favor – ela pediu, levantou da beirada da cama e o abraçou.

– Não posso, Bela. Já é dia. Se espiar pela escotilha verá os homens do seu pai no cais, à sua espera. Tenha coragem, meu amor. Vai se casar logo e então esquecerá...

– Não diga isso!

Ele parecia realmente triste. Afastou o cabelo castanho dos olhos, que se encheram de lágrimas.

– Minha querida Bela – ele disse –, pode acreditar que eu compreendo.

O coração de Bela se partiu quando ele se abaixou e beijou seu sapato.

– Laurent! – ela sussurrou, desesperada.

Mas ele saiu na mesma hora e deixou a porta da cabine aberta para ela.

Bela virou e ficou olhando para a cabine vazia. E lá estava a escada que levava para a luz do sol.

Levantou as saias volumosas de veludo e subiu os degraus, chorando copiosamente.

O JULGAMENTO DA RAINHA
(LAURENT)

Fiquei muito tempo espiando pela escotilha a princesa Bela se afastar com os homens do pai dela. Subiram o morro e entraram na mata. Meu coração morreu um pouco, mas eu não entendi bem por quê. Tinha visto muitos escravos sendo libertados e muitos derramaram lágrimas, como Bela. Mas ela era diferente de todos, brilhava com tanto esplendor na escravidão que para mim só se equiparava ao sol. E agora tinha sido tirada de nós com tanta brutalidade... Como não ferir sua alma sensual e selvagem?

Achei bom não ter tempo para ficar pensando nisso. A viagem tinha terminado, e Tristan, Lexius e eu íamos enfrentar o pior.

Estávamos a poucos quilômetros da temida vila e do grandioso castelo, e o meu simpático camarada de bordo, o capitão da guarda, era novamente o comandante dos soldados de Sua Majestade. E nosso também.

Até o céu parecia diferente ali, mais próximo, mais agourento. Eu vi a mata escura se fechando, senti a proximidade baixa e vibrante dos antigos costumes que tinham feito de mim um escravo que amava ao mesmo tempo a subserviência e a dominação.

Bela e sua escolta não estavam mais à vista. Ouvi passos na escada que descia para a cabine onde estávamos para vê-la partir, sem serem vistos, pelas escotilhas. Eu me preparei para o que viesse.

Só que não estava preparado para o modo frio e autoritário com que o capitão da guarda se dirigiu a nós ao abrir a porta. Ele ordenou que seus soldados nos amarrassem para sermos levados para o castelo e sermos julgados pessoalmente pela rainha.

Ninguém ousou questioná-lo. Nicolas, o cronista da rainha, já tinha ido para terra sem se despedir de Tristan, nem com um olhar. O capitão era nosso senhor agora e seus soldados agiram imediatamente.

Mandaram que ficássemos deitados de barriga para baixo no chão, puxaram nossos braços para trás, dobraram nossas pernas e prenderam nossos pulsos aos nossos tornozelos. Uma volta apertada de uma tira de couro imobilizou nossos membros. Sem nenhum grilhão dourado ou joias incrustadas. Fizeram isso com tiras ásperas de couro cru que prendiam muito bem nossos corpos meio curvados naquela posição. Depois fomos amordaçados com outra tira de couro que enfiaram entre os lábios e amarraram ao nó que prendia os tornozelos e pulsos. Essa mordaça mantinha nossas bocas abertas, apesar de cobertas, e nossas cabeças para cima, para longe do chão, olhando para frente.

Quanto aos nossos pênis, deixaram livres e duros, pendurados embaixo de nós quando nos ergueram.

Fomos erguidos mesmo, primeiro pelos soldados que nos carregaram para o cais. Depois penduraram cada um de nós num pedaço comprido e liso de madeira que passaram por baixo das amarras dos tornozelos e pulsos, com um soldado em cada ponta para nos carregar.

Achei que aquilo parecia mais adequado para fugitivos, não para nós, fiquei confuso com a brutalidade. Mas então compreendi, quando nos carregaram ladeira acima para a vila, que nós *éramos* rebeldes. Tínhamos nos revoltado durante o resgate. E agora prestaríamos contas disso.

Foi então que percebi que realmente deixamos para trás toda a elegância suave do mundo do sultão. Éramos candidatos à punição mais violenta. Os sinos da vila tocaram, devia ser uma homenagem aos homens que conseguiram nos trazer de volta. Enquanto eu balançava de um lado para outro, pendurado naquele pau, podia ver ao longe a multidão enfileirada nos altos baluartes.

O soldado que andava na minha frente olhava para trás de vez em quando. Devia estar gostando do espetáculo que era um escravo amarrado balançando na vara. Não dava para eu ver Lexius e Tristan porque os dois vinham atrás de mim. Mas fiquei imaginando se sentiam o mesmo medo que eu. Tudo ia parecer muito mais cruel e difícil depois do refinamento que experimentamos por tão pouco tempo. E éramos príncipes de novo, Tristan e eu. Não existia mais o doce anonimato que aproveitamos tanto no palácio do sultão.

É claro que eu temia mais por Lexius. Mas havia sempre a esperança de que a rainha o mandasse de volta. Ou ficaria com ele no castelo. Eu ia perdê-lo, não importa o que acontecesse. Nunca mais sentiria aquela pele sedosa. Mas estava preparado para isso.

Nossa horrível e indigna procissão entrou na vila exatamente como eu temia. O povo nos recebeu nos portões do sul, pessoas comuns que se empurravam e acotovelavam para nos ver bem. E as batidas lentas do tambor nos anunciaram de novo quando fomos carregados pelas ruas sinuosas e estreitas, até o mercado.

Vi as pedras que calçavam as ruas embaixo de mim, ouvi a balbúrdia, vi os sapatos de couro cru das pessoas que se enfileiravam junto aos muros, rindo e apontando, curtindo aquela visão incomum de escravos amarrados como caça no espeto, enquanto avançávamos lentamente.

A tira larga de couro apertava meus dentes, mas havia bastante espaço para respirar, só que eu sabia que com cada respiração mais profunda meu peito estremecia. E apesar da visão embaçada, eu encarava os que olhavam para mim, vendo a mesma superioridade previsível naqueles rostos que não tinha visto bastante quando era um fugitivo capturado e pendurado na cruz da punição.

Era tudo muito estranho. Estávamos em casa, mas era tudo completamente novo, as variedades do palácio do sultão deram à vila um fulgor assustador, eu estava perfeitamente consciente de cada passo que os soldados davam, mas via o jardim do sultão em estranhos e belos lampejos.

No devido tempo fomos carregados pelo mercado e saímos pelos portões do norte. As torres altas e pontudas do castelo se avolumavam à nossa frente. Logo os gritos dos aldeões foram ficando para trás, éramos carregados morro acima com certa rapidez, ao sol da manhã, com os estandartes do castelo adejando com a brisa à nossa frente, como se nos saudassem.

Fiquei calmo um breve tempo. Afinal, sabia o que esperar, não sabia?

Mas quando atravessamos a ponte levadiça, meu coração disparou novamente. Os soldados se enfileiraram nos dois lados do pátio para saudar o capitão da guarda. Abriram as portas do castelo. Estávamos rodeados por toda a parafernália de poder da rainha.

E havia os lordes e as damas da corte, que tinham saído para assistir à nossa entrada, todo o velho luxo da realeza ao qual estávamos acostumados. Senti o veneno de vozes conhecidas, vi de relance rostos familiares. E fiquei com um nó na garganta quando ouvi a antiga língua, os risos. A atmosfera da corte voltou. Senhores e senhoras entediados nos inspecionavam com o canto do olho, homens e mulheres que talvez nos achassem divertidos, se não sofrêssemos tal desgraça. Dali a uma hora voltariam para suas ocupações.

O cortejo seguiu para o grande salão. Amaldiçoei a tira de couro que mantinha minha boca aberta e a cabeça levantada. Gostaria de poder abaixar a cabeça. Mas não podia. E não conseguia me forçar a olhar para baixo. Vi a corte reunida em toda a sua glória, vestidos pesados de veludo, de mangas compridas com pontas, os belos coletes dos lordes, o próprio trono, e nele Sua Majestade, já sentada, com as mãos apoiadas nos braços da cadeira, os ombros cobertos por uma capa com borda de arminho, o cabelo preto e comprido ondulado como serpentes sob o véu branco, a expressão dura feito porcelana.

Fomos postos em silêncio diante do trono, aos pés dela, tiraram as varas, os soldados saíram e ficamos lá sozinhos, três escravos amarrados, com o peito no chão, cabeça levantada, à espera do julgamento.

– Vejo que trabalhou bem. Você cumpriu a missão – disse a rainha, obviamente se dirigindo ao capitão da guarda.

Não tive coragem de olhar para ela. Mas não pude evitar olhar para a esquerda e para a direita e de repente foi um choque ver lady Elvera, de pé ao lado do trono, olhando fixo para mim. Como sempre, a beleza dela me amedrontava. Parecia fazer parte da sua frieza. Enquanto via aquela figura bem-posta, com um vestido justo de veludo cor de damasco, a lembrança da vida dela, sensual e impassível, voltou com toda a força... uma vida da qual eu tinha sido expulso. Senti o coração bater na garganta. Gemi sem querer. Senti a pedra do piso apertar minha barriga e meu pau e a antiga vergonha cresceram em mim, como aconteceu quando eu fugi. Eu não servia mais para beijar o sapato da minha senhora, nem para ser seu brinquedo do jardim.

– Sim, Majestade – dizia o capitão da guarda –, e a princesa Bela foi levada para o reino dela com a recompensa devida, como a senhora decretou. A escolta dela já deve ter cruzado a fronteira.

– Bom – disse a rainha.

No fundo eu sabia que o tom da fala da rainha devia estar divertindo muitos no salão. A rainha sempre teve ciúme do amor do príncipe herdeiro pela princesa Bela. Princesa Bela... Ah, era tanta confusão... Será que ela sentia mesmo não estar ali presa como nós, nua e indefesa diante do desprezo da corte formada por homens e mulheres que um dia seriam iguais a nós?

Mas o capitão continuou a falar e eu peguei o fio da meada aos poucos.

– ... todos demonstraram a mais terrível ingratidão, imploraram para ficar nas terras do sultão, furiosos por terem sido resgatados.

— Isso é a mais absoluta impertinência! — disse a rainha, levantando do trono. — Pagarão caro por isso. Mas este aqui, este de cabelo preto, que chora copiosamente... quem é ele?

— Lexius, o chefe de todos os criados do sultão — disse o capitão. — Foi Laurent que tirou a roupa dele e forçou-o a vir conosco. Mas ele podia ter se salvado. Escolheu vir para cá e ficar à mercê de Sua Majestade.

— Isso é muito interessante, capitão — disse a rainha.

Vi quando ela desceu os degraus do tablado. Pelo canto do olho notei que ela foi para perto da figura amarrada de Lexius, que estava à minha direita. Vi quando ela se abaixou e tocou no cabelo dele.

O que ele devia estar pensando de tudo aquilo? Daquele edifício estranho de pedra, com seu enorme salão sem nenhuma decoração, daquela mulher poderosa, tão diferente das moças trêmulas do harém do sultão. Ouvi os gemidos de Lexius, vi os movimentos da luta que ele travava. Estaria implorando para ser solto ou para servir?

— Desamarrem-no — disse a rainha. — E veremos do que ele é feito.

Cortaram rapidamente as tiras de couro. Lexius juntou os joelhos e encostou a testa no chão. Eu tinha contado para ele a bordo do navio as várias maneiras de demonstrar respeito aqui, assim como tínhamos mostrado na terra dele. E um orgulho perverso cresceu em mim quando o vi rastejar para frente e encostar os lábios no sapato da rainha.

– Foi muito bem educado, capitão – observou a rainha.
– Levante a cabeça, Lexius.
Ele obedeceu.
– E agora diga que deseja servir a mim.
– Sim, Majestade – ele disse com a voz suave e profunda.
– Eu imploro para servi-la.
– Sou eu que escolho meus escravos, Lexius – ela disse.
– Não são eles que resolvem vir a mim. Mas vamos ver se você pode ser útil. A primeira coisa que vamos fazer é tirar a vaidade, a suavidade e a dignidade com que foi criado na sua terra nativa.
– Sim, Majestade – ele respondeu aflito.
– Levem-no para a cozinha. Ele servirá lá como os escravos punidos fazem, será o brinquedinho dos criados esfregando panelas de joelhos, atendendo às necessidades deles quando quiserem. E depois de duas semanas lá, deem-lhe um bom banho, passem óleo e o levem para o meu quarto.
Sufoquei um grito por baixo da mordaça. Aquilo ia ser muito difícil para ele. Os escravos da cozinha rindo e cutucando com suas colheres de pau, batendo nele por nada, passando banha de cozinha nele antes de jogá-lo de um lado a outro pelo chão, apenas como entretenimento vespertino. Mas ia funcionar exatamente como a rainha tinha dito. Faria dele um excelente escravo. Afinal, todos sabiam que ela havia treinado o seu próprio príncipe Alexi dessa maneira e ele era incomparável.

Levaram Lexius. Nem nos olhamos para nos despedir. Mas eu tinha coisas mais importantes para pensar.

– E agora, quanto a esses dois, esses rebeldes ingratos – disse a rainha, com a atenção voltada para Tristan e para mim. – Quando é que vou parar de receber relatórios desanimadores de Tristan e Laurent? – A voz dela denotava uma irritação real. – Maus escravos, escravos desobedientes e ingratos quando foram libertados da servidão ao sultão!

O sangue latejava no meu rosto. Sentia os olhares da corte em mim, os olhos daqueles que eu conhecia, com quem tinha conversado, aos quais tinha servido no passado. O jardim do sultão pareceu muito mais seguro, com seus papéis predeterminados, do que aquela submissão propositalmente temporária. Mas não havia como escapar! Era absoluto, como o jardim tinha sido.

A rainha chegou mais perto e vi a saia dela diante de mim. Não podia me mexer para beijar seu sapato, senão teria feito.

– Tristan é um escravo jovem – ela disse –, mas você, Laurent, você serviu por um ano lady Elvera. É bem treinado, no entanto desobedece, você se rebela! – A voz dela era cáustica. – Chega até a trazer um servo do sultão por mero capricho. Está mesmo empenhado em se destacar.

Minha reação foi começar a choramingar, encostei a língua na tira de couro sobre a boca, e meu rosto pegava fogo.

Ela se aproximou mais ainda. O veludo da saia encostou no meu rosto e senti o sapato no mamilo. Comecei a chorar.

Não pude me controlar. Esqueci todas as ideias sobre o que tinha acontecido. O violento senhor que treinou Lexius no navio se vingava novamente, não vinha me socorrer. Senti apenas a tensão da desaprovação da rainha e o quanto eu era desprezível. Mas sabia que ia me rebelar outra vez, à primeira chance que tivesse, por menor que fosse. Eu era realmente incorrigível. Não merecia nada além de castigo.

– Há apenas um lugar para vocês dois – ela disse. – O lugar que dará força para a alma confusa de Tristan e que quebrará completamente seu espírito forte. Vocês serão mandados de volta para a vila, mas não serão vendidos em leilão. Irão direto para os estábulos públicos.

Chorei mais ainda. Não conseguia parar. E a tira de couro mal abafava meus soluços.

– E lá vocês servirão dia e noite, um ano inteiro – ela continuou. – Exclusivamente como cavalos de aluguel para puxar carruagens e carroças, e executar outros trabalhos similares. Passarão os dias atrelados, com bridões e os falos com rabos de cavalo no lugar apropriado, e não terão nenhuma folga para gozar da atenção e do afeto de qualquer senhor ou senhora.

Fechei os olhos. Minha mente voltou para um tempo não muito distante, quando fui carregado pela vila na cruz da punição e os cavalos humanos puxavam a carroça, Tristan entre eles. A imagem dos rabos de cavalo pretos saindo do traseiro deles, as cabeças bem levantadas com bridão e rédea, apagou todos os meus pensamentos num segundo.

Pareceu infinitamente pior do que marchar com as mãos amarradas ao falo de bronze do jardim do sultão. E seria feito não para o sultão e seus convidados da realeza, mas para o povo comum e frugal da vila.

— Só depois de um ano serei lembrada dos nomes de vocês — disse a rainha —, e dou-lhes minha palavra de que será mais provável que vão para o leilão da vila do que venham se prostrar aos meus pés quando o serviço de cavalos terminar.

— Excelente castigo, Majestade — disse o capitão da guarda em voz baixa. — E esses escravos são muito fortes, têm boa musculatura. Tristan já experimentou o bridão. Para Laurent fará maravilhas.

— Não quero mais saber disso — disse a rainha. — Esses príncipes não me servem. São cavalos que terão de trabalhar muito e serem chicoteados na vila. Tire-os da minha vista imediatamente.

Quando finalmente consegui ver, o rosto de Tristan estava vermelho, com riscos de lágrimas. Fomos ambos levantados de novo com as varas, do mesmo modo que tinham feito antes, e carregados às pressas para fora do grande salão, deixando a corte para trás.

No jardim antes da ponte levadiça penduraram placas malfeitas no nosso pescoço, as duas com uma única palavra: CAVALO.

Depois correram nos carregando pela ponte levadiça, descendo a ladeira, mais uma vez, em direção da temida vila.

Procurei não imaginar os estábulos dos cavalos. Eram completamente desconhecidos para mim. E minha única esperança era que me amarrassem bem, que a posição de serviçal fosse rigidamente mantida por disciplinadores duros, que me mostrariam como me portar.

Um ano... falos... bridões... essas palavras soaram nos meus ouvidos quando éramos carregados pelos portões e chegávamos ao movimentado mercado, ao meio-dia.

Provocamos um alvoroço, as pessoas se reuniram quando sopraram um trompete na frente do palco do leilão. Dessa vez os aldeões chegaram mais perto, mas os soldados mandaram que se afastassem. Mãos empurravam meus braços e pernas e faziam meu corpo balançar pendurado na vara. Eu engasguei com as lágrimas e me maravilhei de pensar que a compreensão que eu tinha do que estava acontecendo não diminuía a degradação que era.

O que significa compreensão?, pensei. Saber que fui eu o responsável por tudo que estava acontecendo comigo, que humilhação e submissão eram inevitáveis naquele estágio do jogo, nada disso produzia calma, não era defesa. As mãos que beliscavam meus mamilos expostos, que afastavam o cabelo do meu rosto, essas mesmas mãos tocavam em todas as minhas defesas cuidadosamente ponderadas.

O navio, o sultão, a dominação secreta de Lexius, tudo desaparecia.

— Dois ótimos cavalos — gritou o arauto — que serão acrescentados imediatamente aos estábulos da vila. Dois bons garanhões de aluguel ao preço normal para puxar a melhor carruagem ou a carroça mais pesada.

Os soldados ergueram bem alto as varas. Ficamos balançando acima de um mar de rostos. Mãos davam tapas no meu pau, se enfiavam entre as pernas para apertar minhas nádegas. E o sol brilhava nas muitas janelas que cercavam a praça, nos cata-ventos girando nas cumeeiras dos telhados, naquela paisagem quente e poeirenta da vida na vila, para a qual voltávamos.

A voz do arauto continuou anunciando que íamos servir um ano, que todos deviam agradecer à generosa rainha pelos belos garanhões que mantinha na cidade e pelos preços razoáveis que cobrava pelo serviço. Então tocaram a trombeta novamente e lá fomos nós, abaixaram as varas, nossos corpos balançando mais uma vez perto das pedras da rua, os aldeões retornaram ao trabalho. As casas da rua tranquila apareceram de repente dos dois lados e os soldados nos levaram para o sofrimento da nova vida.

PRIMEIRO DIA ENTRE OS CAVALOS
(LAURENT)

O estábulo era gigantesco, como muitos outros, eu acho, só que nunca abrigou cavalos de verdade. O chão de terra era coberto de serragem e feno, apenas para torná-lo macio e abaixar a poeira. Nos caibros havia arreios pendurados, do tipo leve e delicado que só serviam para os homens. E os cabrestos e bridões ficavam em ganchos nas paredes de madeira. Numa grande área aberta, banhada de sol pelas portas abertas que davam para a rua, havia um círculo de pelourinhos de madeira. Era suficientemente alto para um homem ajoelhado, com buracos para o pescoço e as mãos. Quando olhei para eles pensei que saberia para que serviam, talvez mais cedo do que desejava.

O que mais me interessou foram as baias no canto direito. E os homens nus dentro delas, dois ou três em cada uma, com as costas cheias de lanhos das chicotadas, as pernas fortes firmemente plantadas no chão, o torso inclinado sobre uma grossa viga de madeira e as mãos amarradas às costas. Com exceção de poucos, todos usavam botas de couro nas quais tinham pregado ferraduras, e criados trabalhavam em duas baias. Verdadeiros cavalariços, com roupas de couro e de tecido cru, que esfregavam os cavalos, passavam óleo, em atitude casual, de mero trabalho.

Aquela visão me deixou sem ar. Era estranhamente bela e completamente devastadora. E num segundo percebi o que ia acontecer conosco. Palavras apenas não eram suficientes.

Depois do mármore branco e dos tecidos com fios de ouro do palácio do sultão, da pele pintada e do cabelo perfumado, aquilo era um choque de realidade, era o próprio *mundo* para o qual tinha voltado, ao menos para recuperar o fio da meada de uma existência à qual estava fadado antes mesmo da chegada do ataque surpresa.

Puseram Tristan e a mim no chão. Cortaram nossas amarras. Vi um cavalariço alto, um jovem louro e bem musculoso, não devia ter mais de vinte anos, com sardas claras no rosto bronzeado de sol, e olhos verdes brilhantes e alegres. Ele sorriu quando andou em volta de nós, com as mãos na cintura. Tristan e eu esticamos as pernas, mas não tivemos coragem de fazer qualquer outro movimento.

Ouvi um dos soldados falar.

— Mais dois, Gareth. E ficará com eles um ano inteiro. Esfregue-os, alimente-os e ponha os arreios agora mesmo. Ordens do capitão.

— São belos, senhor, muito belos — disse o rapaz alegremente. — Muito bem, vocês dois. De pé. Já foram cavalos antes? Quero que respondam balançando a cabeça, não verbalmente. Ele deu um tapa na minha bunda quando levantei.

— Braços dobrados para trás, isso mesmo!

Vi a mão dele apertar a bunda de Tristan. Tristan ainda estava muito abalado, abaixou a cabeça e ficou curiosamente imponente, assim como passava a imagem de derrotado, uma visão comovente até para mim.

— Mas o que é tudo isso? — disse o rapaz ao pegar um lenço limpo de linho para secar as lágrimas de Tristan e as minhas.

A expressão do rapaz era inacreditável, exibia um grande e belo sorriso.

— Lágrimas de dois bons cavalos? — disse ele. — Não queremos isso agora, queremos? Cavalos são criaturas orgulhosas. Choram quando são castigados. Fora isso, marcham de cabeça erguida. Isso.

Ele deu um bom tapa embaixo do meu queixo e levantou minha cabeça. Tristan já tinha levantado a dele.

O rapaz andou em volta de nós outra vez. Meu pau latejava feito louco, mais do que nunca. Estávamos sofrendo uma nova forma de humilhação. Não havia a corte nem os aldeões para assistir agora. Estávamos entregues àquele jovem e bruto criado e só de olhar para as botas de cano alto e as mãos poderosas ainda na cintura, eu já ficava excitado.

Mas subitamente uma sombra se espalhou pelo estábulo e notei que meu velho amigo, o capitão da guarda, tinha entrado.

– Boa tarde, capitão – disse o rapaz. – Parabéns pela missão. A vila inteira está em polvorosa com a história.

– Gareth, ainda bem que está aqui – disse o capitão. – Quero que se encarregue pessoalmente desses dois. Você é o melhor cavalariço da vila.

– Está me lisonjeando, capitão. – O rapaz deu uma risada. – Mas acho que não encontrará ninguém aqui que adore mais este trabalho do que eu. E esses dois, que garanhões maravilhosos! Veja só a postura deles. Eles têm sangue de cavalo. Já dá para ver.

– Atrele os dois juntos sempre que puder – disse o capitão.

Vi quando ele levantou a mão para alisar o cabelo de Tristan. Ele pegou o lenço branco do rapaz e secou o rosto de Tristan de novo.

– Sabe, este é o melhor castigo que você podia querer, Tristan – disse o capitão bem baixo. – Você sabe que precisa disso.

– Sim, capitão – sussurrou Tristan. – Mas estou com medo.

– Não tenha. Você e Laurent serão o orgulho dos estábulos em pouco tempo. Haverá uma longa lista na porta lá fora dos moradores que irão querer alugá-los.

Tristan estremeceu.

– Preciso de coragem, capitão – ele disse.

– Não, Tristan – o capitão disse sério –, você precisa do cabresto e do bridão e de disciplina rígida, como precisou antes. Tem de entender uma coisa sobre os cavalos. Não é simplesmente outra parte da sua escravidão. É um modo de vida propriamente dito.

Um modo de vida propriamente dito.

Ele veio para perto de mim e senti meu pau endurecer, como se fosse possível ficar mais duro. O cavalariço se afastou, de braços cruzados, observando tudo aquilo, o cabelo louro caía um pouco na testa, as sardas muito bonitas à luz do sol. Tinha belos dentes bem brancos.

– E você, Laurent? Você, chorando? – disse o capitão, querendo me acalmar.

Ele secou meu rosto também.

– Não me diga que está com medo?

– Não sei, capitão – eu disse.

Tive vontade de dizer que só saberia quando o cabresto, o bridão e o falo estivessem em seus lugares. Mas isso seria o mesmo que pedir. E eu não tinha coragem de pedir. O castigo viria logo.

— É bem possível – disse ele – que mandassem você para cá se os soldados do sultão não tivessem atacado a vila.

Ele pôs o braço no meu ombro e de repente o tempo que passamos no mar pareceu real, quando nós dois açoitamos e brincamos com Lexius e Tristan.

— Isso é perfeito para você – ele disse. – Você tem mais força de vontade e força mesmo nas veias do que a maioria dos escravos. É isso que Gareth chama de sangue de cavalo. A vida de cavalo vai simplificar tudo para você. Literal e simbolicamente vai encabrestar a sua força.

— Sim, capitão – eu disse.

Fiquei olhando com a vista embaçada a longa fila de baias, as nádegas dos escravos cavalos, as botas com ferradura na terra coberta de feno.

— Mas você vai... você vem...?

— Sim, Laurent?

— Vem me contar de vez em quando como está Lexius?

Meu querido e elegante Lexius, que logo estaria nos braços da rainha.

— E a princesa Bela também... se souber de qualquer notícia.

— Nós não falamos daqueles que saem do reino – ele disse. – Mas informo se souber de alguma fofoca.

Percebi a tristeza e a saudade de Bela no rosto dele.

— Quanto ao Lexius, conto para você como ele está. E podem ter certeza, vocês dois, que virei vê-los sempre. Se não os vir trotando todos os dias pelas ruas, venho aqui procurá-los.

O capitão virou meu rosto para ele e me beijou, com força, na boca. Então beijou Tristan do mesmo jeito e eu observei os dois rostos mal barbeados juntos, a mistura de cabelo louro, os olhos semicerrados. Homens se beijando. Uma linda visão.

– Seja rígido com eles, Gareth – ele disse quando soltou Tristan. – Eduque-os bem. Se tiver dúvida, baixe o chicote.

E então ele foi embora. Ficamos sozinhos com aquele robusto jovem senhor cavalariço que já estava fazendo meu coração balançar.

– Muito bem, meus jovens garanhões – ele disse com a mesma alegria na voz. – Mantenham o queixo para cima e vão para a última baia da última fila. E façam isso como os cavalos sempre fazem, numa marcha rápida, com os braços bem cruzados nas costas, joelhos para o alto. Nunca mais quero ter de lembrá-los disso. Marchem com brio sempre, com ou sem ferraduras, seja nas ruas ou no estábulo, com orgulho da força de seus corpos.

Obedecemos. Seguimos pela fila de baias e chegamos à última, que estava vazia. Vi o cocho embaixo da janela com baldes de água limpa e alimento, e as duas vigas largas cruzadas, sobre as quais tínhamos de nos dobrar pela cintura, uma viga para sustentar o peito, a outra a barriga. Gareth nos empurrou para os cantos da baia para poder ficar entre nós dois, ordenou que dobrássemos o corpo, nós obedecemos, encostamos nas vigas, com a cabeça logo acima dos baldes do cocho.

– Agora bebam essa água e com entusiasmo – ele disse. – Não vou aceitar nenhuma vaidade aqui, nenhuma recusa. Agora vocês são cavalos.

Nada de dedos macios e sedosos ali. Nenhum óleo perfumado. Nenhuma voz suave falando naquela impenetrável língua árabe que parecia combinar tanto com a sensualidade.

A escova molhada bateu na minha nádega e começou logo a esfregar vigorosamente. A água escorria pelas minhas pernas nuas. Senti uma onda de vergonha enquanto bebia a água com lambidas, odiando o rosto todo molhado. Mas estava com sede e fiz o que ele mandou, espantosamente louco para agradá-lo. Gostei do cheiro do colete de couro cru dele, da pele queimada de sol.

Ele me esfregou muito bem, passou por baixo das vigas e ficou no meio ou na frente delas quando foi preciso, seus movimentos eram firmes e bruscos, ele falava com voz calma. Então virou para Tristan, bem na hora em que trouxeram nossa comida, uma boa porção de sopa encorpada de carne, que ele disse para tomar toda.

Eu tinha comido apenas alguns pedaços de carne quando ele me fez parar.

– Não. Estou vendo que precisamos de um treino imediatamente. Eu disse para vocês comerem, e quis dizer que é para devorarem mesmo, e rápido. Não aceito nenhum desses modos frescos aqui. Quero ver os dois atacando a comida.

Fiquei rubro de vergonha outra vez quando tive de pegar a carne e os legumes com a língua, meu rosto todo sujo de ensopado, mas não tive coragem de desobedecer. Senti um afeto extraordinário por ele.

– Ah, assim está melhor – ele disse.

Vi quando ele deu um tapinha no ombro de Tristan.

– Vou explicar agora mesmo o que significa ser um cavalo. Significa ter orgulho do que são e a perda de todo falso orgulho do que não são mais. Marchem rápido, mantenham a cabeça para cima, o pau duro e demonstrem gratidão pelas menores gentilezas. Obedeçam a todas as ordens, até as mais simples, com muito entusiasmo.

Terminamos de comer e continuamos curvados sobre as vigas. Então puseram nossas botas, os cordões foram puxados bem acima da batata da perna, as ferraduras pesadas sob meus pés, e meus olhos se encheram de lágrimas. Eu tinha conhecido aquelas botas com ferradura no caminho da noiva no castelo, quando lady Elvera me chicoteou ao lado do cavalo dela. Mas não era nada comparado a isso. Este era um mundo de austera punição. Totalmente confuso, eu comecei a chorar e não fiz esforço nenhum para parar. Sabia o que ia acontecer.

Fiquei lá parado, enfiaram o falo em mim e senti o toque suave do rabo de cavalo. Engoli em seco, desejando já estar com o freio na boca, de modo que meu choro fosse menos aparente e não provocasse raiva em Gareth.

Tristan também estava sofrendo e isso me deixou ainda mais confuso. Virei a cabeça para trás para ver o rabo de cavalo nele e aquela visão me encantou.

Enquanto isso afivelaram os cabrestos, com tiras finas que passavam pelos nossos ombros e por baixo das pernas, num gancho circular na parte de trás do falo, subindo até uma cinta em volta da cintura, onde eram presas bem firmes. Era um trabalho bem-feito e meticuloso, mas eu só senti o verdadeiro pânico, que estava realmente indefeso, depois que prenderam apertados meus braços cruzados nas costas e ao resto dos arreios.

Aliviado, percebi que a minha força de vontade não era mais tão importante. Solucei quando enfiaram o bridão de couro duro entre os meus dentes e senti as rédeas dos dois lados do rosto.

– Levante-se, Laurent – disse Gareth, dando uma forte puxada na rédea.

Fiquei de pé e recuei com aquelas pesadas botas com ferraduras. Senti quando ele prendeu grampos nos meus mamilos e os pesos neles puxavam a pele do peito para baixo, assim como os próprios mamilos. As lágrimas jorravam pelo meu rosto. E não tínhamos nem saído do estábulo.

Tristan gemeu ao receber o mesmo tratamento e eu senti aquela confusão maior ainda quando virei e olhei para ele.

Mas dessa vez Gareth puxou minha rédea com força e disse para eu olhar para frente se não quisesse uma coleira para manter minha cabeça levantada.

– Cavalos não olham em volta desse jeito, meu rapaz! – disse ele e me deu uma palmada que moveu o falo dentro de mim. – Se fizerem isso serão chicoteados e receberão antolhos.

Ele pegou meu pau e prendeu aos testículos com um anel apertado. Mal consegui suportar a gentileza daqueles dedos, a sensação excitante.

– Ah, está ótimo – ele disse, andando para lá e para cá na nossa frente.

Gareth tinha enrolado as mangas brancas e deixado à mostra a penugem dourada dos braços bronzeados. Seu quadril se movia insinuante por baixo da túnica de couro e sugeria um rebolado natural.

– E se eu tiver de aturar essas lágrimas – disse ele. – Quero que levantem bem o rosto para o mundo inteiro ver. Se têm de chorar, que seus senhores e senhoras possam apreciar isso. Mas vocês não me enganam, nenhum dos dois. São cavalos perfeitos. E suas lágrimas só farão com que eu os chicoteie com mais força. Agora marchem para a frente do estábulo!

Nós obedecemos. Senti quando ele pegou a rédea atrás de mim, o falo era como um porrete forçado dentro do meu ânus, duro, rijo como o falo de bronze, grosso e bem preso no lugar pelos arreios. Os pesos puxavam meus mamilos.

Parecia que não havia uma parte do meu corpo sem intervenção, o anel peniano apertava meu pau, as botas justas deixavam todo o resto de mim vergonhosamente nu. Os arreios e o cabresto me conduziam, me limitavam, unificavam mil sensações e tormentos.

Senti que me dissolvia nessas sensações, então ouvi o barulhento estalo do chicote de Gareth no lombo. Ouvi outro golpe e o gemido de Tristan através do bridão. Fomos conduzidos pela área onde estavam os pelourinhos e por outra porta dupla até um grande pátio do estábulo onde ficavam carruagens e carroças, cada uma na sua vaga. Havia um portão aberto que dava para a rua a leste da vila.

Entrei em pânico de novo, pânico de sermos levados lá para fora, pânico de sermos vistos com aquele novo e vergonhoso aparato, e quanto mais tremia soluçando, com a respiração entrecortada, mais o arreio me apertava e os pesos dançavam, pendendo dos meus mamilos.

Gareth veio para o meu lado e passou um pente no meu cabelo.

– Ora, Laurent – ele disse, me repreendendo. – O que há para ter medo?

Ele deu um tapinha na minha bunda, bem onde tinha chicoteado segundos antes.

– Não, eu não estou torturando você – ele disse. – Estou falando sério. Vou dizer uma coisa sobre o medo. O medo só é bom quando temos o que escolher.

Ele mexeu no falo para verificar se estava bem dentro. Senti que me arranhou mais, mais no fundo, meu ânus começou a coçar e a latejar em volta dele. Não conseguia parar de chorar.

– Mas você tem escolha? – perguntou sinceramente. – Pense nisso. Tem?

Balancei a cabeça para admitir que não tinha.

– Não, não é assim que um cavalo responde – ele disse. – Quero um bom balanço de cabeça. Assim. De novo. É isso mesmo.

Obedeci. Cada vez que balançava a cabeça os arreios ficavam mais apertados, os pesos mexiam, o falo também. Ele tocou no meu pescoço com uma ternura de enlouquecer. Quis virar para ele e chorar no seu ombro.

– Bom, como eu estava dizendo – ele disse. – E você trate de prestar atenção nisso também, Tristan. O medo só é importante quando se tem escolha. Ou algum controle. Vocês não têm nada disso. Em poucos minutos o senhor prefeito estará aqui com sua carroça da fazenda. Vai devolver a antiga parelha e vocês farão parte do novo grupo que levará a carroça de volta para a sede da fazenda com a carga desta tarde, e não têm nenhuma escolha. Serão conduzidos lá para fora e atrelados à carroça. Vão puxá-la a tarde inteira e levarão chicotadas o tempo todo. E não há absolutamente nada que possam fazer para evitar isso. Então, quando pensarem bem, o que precisam temer? Farão isso por um ano e nada poderá mudar. Vocês entenderam e sabem que será assim. Quero que balancem a cabeça concordando agora.

Tristan e eu balançamos a cabeça. E para minha surpresa, estava um pouco mais calmo, parecia que o medo tinha se transformado em outra coisa, algo inominável. Era difícil de explicar, talvez impossível, a sensação daquela vida que estava começando, apenas começando... Todas as estradas que segui tinham me levado para aquele lugar, aquele portão, aquele começo.

Gareth pegou um pouco de óleo de uma caneca na mão e esfregou nos meus testículos, murmurando que faria com que brilhassem, depois esfregou também na cabeça do meu pênis. Mal consegui aguentar aqueles estímulos, fiquei todo arrepiado e me encolhi para longe das mãos dele quando ele deu risada e beliscou meu lombo.

— Quando é que essas lágrimas vão secar? — ele disse, beijando minha orelha. — Mordam o freio com força quando chorarem. Mordam mesmo. Não é gostoso o couro macio nos dentes? Cavalos gostam disso.

Era realmente gostoso. Ele tinha razão. Morder o freio ajudava, movê-lo entre os dentes, o gosto do couro duro era bom e ele era bastante forte para suportar os puxões e as mordidas.

Com o canto do olho vi Gareth passando óleo em Tristan e pensei: estaremos na rua a qualquer momento; vamos trotar e centenas de pessoas vão nos ver... se se derem ao trabalho de levantar a cabeça, de notar.

Gareth veio para o meu lado de novo. Havia um pequeno anel de couro preto bem na ponta do meu pau que ele enfeitou com um pequeno guiso que fazia um barulho metálico baixo com cada movimento. Insuportavelmente degradante. Uma coisa tão pequena...

Fui dominado pela lembrança dos exóticos adornos do mundo do sultão. Pedras preciosas, ouro, os tapetes multicoloridos espalhados sobre a grama verde e macia do jardim, os belos grilhões de couro... e lágrimas escorreram pelo meu rosto, mas não porque quisesse estar lá! É que a mudança dramática intensificava tudo!

Tristan também teve de usar o sininho e cada movimento dos nossos paus criava um som espantoso nas coisas. Eu sabia que íamos nos acostumar com tudo aquilo. Em um mês ia parecer natural!

Vi Gareth tirar de um gancho na parede um relho com cabo que eu nunca tinha visto antes. Era um emaranhado de tiras duras mas flexíveis de couro, uma espécie de azorrague, e com isso ele nos açoitou com vontade.

Não doeu como a ponteira da tira, mas o couro era pesado e a quantidade de tiras cobria toda a nossa carne com facilidade, a cada golpe. Era quase uma carícia, envolvia a pele nua com inúmeros lanhos, espetadas e arranhões.

Gareth pegou nossas rédeas e nos fez trotar até o portão. Fiquei com o coração na boca. Vi do outro lado da rua larga o muro distante da vila. No topo desse muro os soldados passavam de um lado para outro preguiçosamente, meras silhuetas contra o céu ensolarado. Um deles parou e acenou para Gareth. Gareth retribuiu o aceno. Apareceu uma carruagem ao sul e se aproximou rapidamente, puxada por oito cavalos humanos, todos com arreios, cabrestos e freios, como nós. Fiquei olhando para aquilo, estupefato.

– Estão vendo aquilo? – perguntou Gareth.

Fiz que sim com a cabeça com o máximo de vigor.

– Agora lembrem-se, quando estiverem trotando, que é assim que ficam. E que pertencem aos que veem vocês. Andem eretos e com brio. Posso perdoar alguns erros, mas falta de brio não é um deles.

Outras duas carruagens passaram velozes, escravos correndo, ferraduras batendo nas pedras e eu fiquei ainda mais ofegante, petrificado.

Íamos passar um ano fazendo isso, aquela seria nossa vida. Em poucos segundos o primeiro teste torturante ia começar para valer.

Minhas lágrimas escorriam, mais livres do que nunca, mas engoli os soluços, mordi o freio de couro, gostei da sensação, como Gareth disse que gostaria, e quando flexionei os músculos gostei da resistência do arreio, de saber que estava muito bem preso e que nenhuma rebeldia faria qualquer diferença.

Em poucos minutos apareceu a carroça do prefeito, que chegou lenta e pesada ao portão e bloqueou tudo atrás dela.

Estava repleta de roupas de cama, mobília, outras mercadorias, que deviam ser levadas do mercado para a casa. E outros cavalariços desatrelaram rapidamente os seis escravos cavalos cobertos de poeira e sem fôlego que vieram puxando. Tiraram quatro cavalos descansados do estábulo e os atrelaram nos lugares da frente enquanto nós ficamos esperando.

Procurei lembrar se já tinha experimentado aquela tensão, um sentimento tão forte de medo e de fraqueza. Claro que tinha, milhares de vezes, mas que importância tinha isso? O passado não podia me ajudar. Eu estava no limiar do presente. Gareth pôs a mão no meu ombro. Os outros cavalariços chegaram para ajudar. Tristan e eu fomos levados para os nossos lugares, atrás dos primeiros dois pares de cavalos, com certa brutalidade.

Senti o couro ser enrolado diversas vezes nos meus braços presos às costas e passado pelo anel preso ao falo. Levantaram as rédeas atrás de mim.

E antes de poder me resignar, ou preparar meu espírito para aquilo, as rédeas e o cabresto foram puxados, o falo tirou meus pés do chão e de repente estávamos galopando.

Nem um segundo para implorar misericórdia, um tempo, um último toque de consolo de Gareth. Não. Levantamos os joelhos bem altos, seguimos céleres nas pedras da rua, passamos pela fila de tráfego que tínhamos visto com um misto de apreensão e horror.

Compreendi naqueles momentos terríveis que o arreio e o bridão, as botas e o falo eram diferentes de quaisquer aparatos aos quais eu jamais fui submetido. Todos tinham um propósito bem claro e útil! Não serviam apenas para nos torturar, humilhar, tornar-nos maleáveis para divertimento dos outros. Eram simplesmente feitos para puxar com eficiência aquela carroça pela estrada. Nós éramos, como a rainha tinha dito, cavalos de tração.

Seria menos degradante, ou mais, o fato de nos terem posto para trabalhar com tanta astúcia, canalizando tão bem nossas tendências de escravos? Eu não sabia. A única coisa que eu sabia, quando de repente começamos a correr no meio da rua, era que eu estava coberto de vergonha, que cada passo da marcha só fazia aumentar isso, mas que no entanto eu sentia o que sempre senti no meio do castigo: a chegada da tranquilidade, um lugar quieto bem no centro daquele frenesi, onde podia soltar todas as partes do meu ser.

O chicote do cocheiro desceu com forte estalo e bateu nas minhas pernas. A visão dos cavalos na minha frente era espantosa. Os rabos pretos e fartos balançavam e dançavam em seus traseiros avermelhados. As pernas bombeavam o chão, o cabelo deles brilhava nos ombros.

Éramos parte de um só quadro, mas o chicote comprido do condutor batia em nós com mais força, sem parar. E não era a ardência enlouquecedora dos açoites do sultão. Era uma boa pancada toda vez que o couro nos chicoteava.

E assim descemos a rua fazendo uma barulheira com as ferraduras das botas, com o céu brilhante lá em cima como tinha sido por mil dias quentes de verão, com outras carruagens que passavam por nós.

Não posso dizer que a estrada rural era mais fácil do que a da vila. Se havia uma diferença era que nesta havia mais trânsito. Escravos trabalhando nos campos, pequenas carroças ruidosas, uma série de escravos amarrados a uma cerca, levando chicotadas nas nádegas por um senhor furioso.

Então paramos na estrada da fazenda e nosso breve descanso atrelados não chegou a funcionar como válvula de escape da nossa nova posição. Os escravos nus e empoeirados da fazenda passaram indiferentes por nós, descarregaram a carroça e depois carregaram com frutas e legumes para o mercado. À porta da cozinha, uma lavadora de pratos desocupada nos observava.

Os cavalos experientes batiam com as ferraduras das botas no chão. De vez em quando balançavam a cabeça, quando as moscas apareciam. Alongavam os músculos como se adorassem a própria nudez.

Mas Tristan e eu ficamos quietos e parecia que cada pequena variação do cenário rural me privava de mais uma defesa mental e aprofundava a sensação da minha baixeza. Mesmo os gansos que ciscavam perto dos nossos pés faziam parte de um mundo que tinha nos condenado a sermos animais primitivos e que nos manteria naquela condição.

Se alguém gostava de ver nossos paus duros, nossos mamilos torturados, não demonstrava. O cocheiro da carroça andava de um lado para outro e nos chicoteava com a tira dupla de couro, mais por tédio do que por inclinação.

E quando dois cavalos se esfregaram um no outro o condutor os castigou pesadamente, com frieza e irritação.

– Ninguém se toca aqui – declarou ele.

A lavadora de pratos levantou lentamente para pegar uma palmatória de madeira para ele. O homem ficou na nossa frente e tinha bastante espaço para punir os ofensores, alternando nos lombos dos dois, puxando os falos para cima pelo gancho com a mão esquerda e batendo nas nádegas e coxas com a palmatória.

Tristan e eu observamos, petrificados, os cavalos gemendo com as batidas duras. Eles contraíam e soltavam os músculos das nádegas vermelhas, indefesos. Eu sabia que nunca devia cometer o erro de encostar em outro corpo atrelado. No entanto tinha certeza de que um dia faria isso.

Finalmente partimos de novo. Trotamos rápido, nossos músculos formigavam, as costas ardiam sob o relho, os freios puxavam para trás com força e o ritmo ficou rápido demais para nós, por isso logo começamos a chorar.

Fomos para o mercado e lá pudemos descansar. O povo que estava ali ao meio-dia não deu mais importância para nós do que os servos da fazenda. Às vezes alguém parava para dar um tapa no lombo de um, no pau de outro, e os cavalos que levavam os tapas balançavam a cabeça e batiam os pés no chão, como se gostassem. Eu sabia que quando um dia um transeunte tocasse em mim eu faria a mesma coisa. E de repente comecei a fazer, balancei a cabeça, mordi com força o bridão quando um jovem que carregava um saco no ombro parou, chamou-nos de belos cavalos e brincou com os pesos pendurados nos meus mamilos.

Vai nos dominar, pensei. Acabará sendo nossa segunda natureza.

A tarde passou numa sucessão de viagens iguais e fui me acostumando, além de sentir uma profunda resignação com tudo aquilo. Mas sabia que a verdadeira compreensão, o verdadeiro valor da vida de cavalo só viria com o passar de dias e de semanas. Eu não conseguia imaginar como estaria minha cabeça dali a seis meses. Seria uma revelação interessante.

Ao anoitecer, fizemos nossa última viagem, não mais atrelados à carroça do prefeito, mas à do lixo que passava pelo mercado deserto para recolher o que tinham varrido. Nós nos movíamos devagar enquanto enchiam a carroça, escravos nus postos a trabalhar pelos feitores violentos e impacientes.

Os aldeões, agora em trajes de noite, passavam pelas lojas e barracas vazias, indo para a praça das punições públicas ali perto. E podíamos ouvir as palmatórias e os chicotes sendo usados lá, os aplausos e gritos da multidão, o vozerio geral das festividades. Disso nós também éramos excluídos, por via das dúvidas.

Para nós era o mundo do estábulo, onde os jovens cavalariços tiravam nossos arreios com palavras simples:

"Calma", e "pronto", e "cabeça para cima, bom garoto", quando nos guiavam para nossas baias, para comer e beber por cima das vigas.

Foi uma sensação boa tirar aquelas botas, sentir a sola dos pés no chão macio e um pouco úmido, sentir a escova me limpando. Soltaram meus braços e pude alongá-los um pouco antes de dobrá-los para trás novamente.

Dessa vez ninguém precisou dizer para comer ou beber com entusiasmo. Estávamos famintos! Mas também atormentados pelo desejo. Quando me apoiei nas vigas e o cavalariço levantou minha cabeça para limpar meu rosto e meus dentes, senti que meu pau era uma vara empinada de pura fome. Eu estava longe da madeira áspera que me sustentava. Eles eram muito espertos para cair nessa. E eu sabia o que acontecia com os que tentavam tocar nos outros.

Desejei demais algum alívio. E certamente nos deram um pouco. Mas quando levaram embora os recipientes de comida e de água puseram uma grande almofada de penas no cocho e empurraram minha cabeça nela para descansar. O efeito disso em mim foi notável. Entendi que íamos dormir daquele jeito, com o peso do corpo sobre as vigas e a cabeça na almofada. Podíamos esticar as pernas se quiséssemos, ou apenas descansar os pés na terra. Era uma posição completamente humilhante. Virei a cabeça para Tristan. Ele estava olhando para mim. Quem ia ver se eu esticasse o braço e tocasse no pau dele? Eu podia fazer isso. Os olhos dele eram duas órbitas molhadas e cintilantes no escuro.

Enquanto isso cavalos marchavam para dentro e para fora do estábulo. Ouvi o barulho quando punham e tiravam os arreios, as vozes dos aldeões no pátio pedindo este ou aquele garanhão. Estava mais escuro no estábulo, mas não mais calmo do que de manhã. Os cavalariços assobiavam enquanto executavam suas tarefas. De vez em quando provocavam um cavalo afetuosamente, em voz alta.

Continuei a olhar para Tristan e não podia ver o pau dele por causa das vigas de madeira. Já era ruim ver seu belo rosto naquela almofada. Em quanto tempo me pegariam se eu montasse nele e enfiasse meu pau bem fundo e... Mas deviam usar castigos que eu nem imaginava...

De repente Gareth apareceu. Ouvi a voz dele na mesma hora que senti sua mão alisando minhas costas doloridas.

– Ora, os condutores fizeram seu trabalho em vocês dois – ele disse. – E por todos os relatos vocês foram bons cavalos. Estou orgulhoso de vocês.

A onda de prazer que senti foi só mais uma humilhação extraordinária.

– Agora de pé, os dois, braços dobrados firmemente nas costas e cabeça para cima, como se estivessem com o freio. Lá para fora, andem rápido.

Ele nos levou pela porta até o pátio das carroças e vi outra porta dupla aberta na lateral do estábulo. Havia um facho de luz como um raio atravessando a largura da abertura, à meia altura. Um homem teria de se abaixar ou pular para passar por ele e entrar ali. Por baixo era muito mais fácil.

– Aquele é o pátio de recreação e vocês ficarão uma hora lá – disse Gareth. – Agora fiquem de quatro e tratem de se manter abaixados no pátio. Nenhum cavalo anda ereto, a não ser para marchar sob as ordens de seu senhor ou para trotar atrelado. Desobedeçam e prenderei seus braços aos tornozelos com correntes, de modo que não poderão se levantar. Não vão querer que eu faça isso.

Nós nos abaixamos, ficamos de quatro e ele bateu com a mão no nosso lombo para passar pela porta.

Entramos imediatamente num pátio de terra limpo, iluminado por tochas e lampiões, com algumas árvores grandes e antigas perto do muro mais distante e cavalos nus sentados ou passeando de quatro por toda parte. A atmosfera era de tranquilidade até sermos vistos. No mesmo instante os outros garanhões se aproximaram de nós.

Compreendi o que ia acontecer. E não tentei evitar nem fugir. Para todo lado que olhava eu via flancos nus, pênis compridos e indisciplinados, rostos sorridentes. Bem na minha frente um belo jovem cavalo, louro, de olhos cinzentos, sorriu, acariciou meu rosto e abriu minha boca com o polegar.

Esperei, porque não sabia ao certo até que ponto deixaria aquilo continuar, então senti outro atrás de mim, já enfiando o pau no meu ânus, e um terceiro tinha posto o braço no meu ombro e puxava meus mamilos com brutalidade. Recuei, empinei, com isso o pau só foi mais fundo e fui agarrado pela frente pelo belo, que deu risada, sentou sobre os tornozelos e puxou minha cabeça com força para baixo, para o pau dele. Outro cavalo puxou meus braços de baixo de mim e abri a boca sobre aquele pau, mesmo sem saber se queria. Eu gemi por causa das estocadas violentas que recebia por trás. E também estava fervilhando de excitação. Gostei daqueles garanhões, se ao menos...

Então senti uma boca molhada e firme no meu próprio órgão, chupando com força, e a língua de outro cavalo lambia ferozmente meus testículos. Não me importei mais com quem tomava as decisões. Chupei o garoto bonito, fui chupado e enrabado com violência e me senti mais feliz do que estive no jardim do sultão.

Logo que gozei fui jogado de costas. O rapaz bonito não queria mais ser chupado e estava pronto para me pegar. Sorriu para mim quando penetrou com ainda mais força do que o primeiro cavalo, ergui as pernas e apoiei nos ombros dele, ele me segurou e me levantou.

– Você é bonito, Laurent – ele sussurrou entre as respirações ofegantes.

– Você também não é de se jogar fora – sussurrei de volta.

Outro cavalo segurava minha cabeça e o pau dele dançava bem em cima de mim.

– Não fale tão alto – sussurrou o belo.

Então ele gozou, com o rosto muito vermelho, os olhos fechados, bem apertados. Foi tirado de cima de mim por um dos outros, antes de terminar. Agora era outro me chupando, abraçando meu quadril. Alguém montou na minha cabeça e ficou com o pau balançando em cima de mim. Lambi, fiz com que dançasse mais, então ele desceu, abri a boca para recebê-lo, mordi um pouco, enfiei a língua no pequeno orifício e então chupei.

Perdi a conta de quantos me usaram. Mas fiquei de olho no louro bonito. Ele estava ajoelhado perto do cocho, lavando o pau com água corrente e limpa. Era assim depois de ter estado em outro rabo. Era preciso lavá-lo antes de botar na boca de alguém, foi isso que eu vi. E resolvi que ia enrabá-lo agora, antes que ele fosse embora.

Ele riu alto quando passei os braços por baixo dos dele e o puxei para trás, para longe do cocho. Enfiei com força e o levantei na linha do meu quadril.

– Gosta disso, seu diabinho? – sussurrei no ouvido dele. Ele ficou sem ar.

– Vá com calma!

– Não vou mesmo – eu disse.

Apertei os mamilos dele entre os polegares e indicadores enquanto bombeava dentro dele, subindo e descendo no meu colo.

Depois que eu gozei joguei-o para frente, ele caiu de quatro e comecei a bater nele com a mão aberta até que ele se arrastou para debaixo das árvores. Fui atrás dele.

– Por favor, Laurent! Tenha um pouco de respeito por um garanhão mais velho! – ele disse.

Ele deitou na terra macia, olhando para o céu, arfando. Deitei ao lado dele, apoiado no cotovelo.

– Como é seu nome, menino bonito? – perguntei.

– Jerard – ele disse.

Jerard olhou para mim e se abriu num sorriso de novo. Ele era adorável.

– Vi você atrelado esta manhã. Vi diversas vezes na estrada. Vocês são os melhores aqui do estábulo, você e Tristan.

– Não esqueça disso. – Sorri para ele. – E na próxima vez que nos encontrarmos neste pátio, você vai se apresentar direito para mim. Não terá o que quer sem pedir.

Passei a mão por baixo do ombro dele e fiz com que deitasse de bruços. Dava para ver a marca da minha mão no traseiro dele. Encostei o peito nas costas dele e dei-lhe uma surra de palmadas com toda a força.

Ele ria e gemia ao mesmo tempo, mas o riso acabou e os gritos foram ficando cada vez mais altos. Ele esperneava e se remexia na terra. O rabo dele era tão estreito e magro que eu conseguia segurá-lo todo com uma das mãos quando queria descansar. Mas eu não queria muito descansar. Bati nele talvez com mais força do que os chicotes dos condutores que o tinham usado.

– Laurent, por favor, por favor... – ele arfava.

– Você vai ter de pedir para ter o que quer...

– Eu vou implorar! Eu juro. Vou implorar! – ele gritou.

Eu sentei e encostei no tronco de uma árvore. Havia outros descansando dessa maneira. Pude ver que só era proibido ficar de pé.

Jerard levantou a cabeça, com o cabelo todo embaraçado sobre os olhos e sorriu, um sorriso bem corajoso, eu achei, mas de boa paz. Gostei dele. Ele pôs timidamente a mão esquerda nas nádegas e massageou a pele ardida. Aquilo eu nunca tinha visto antes. Era bom ter um tempo para descansar e poder fazer esse tipo de coisa, pensei. Não consegui lembrar de nenhuma oportunidade na vida que tive no castelo, na vila, ou no palácio, de poder esfregar meu traseiro depois de ser chicoteado.

– Isso não é gostoso? – perguntei.

Ele fez que sim com a cabeça.

– Você é um demônio, Laurent! – ele murmurou.

Jerard se inclinou para frente e beijou minha mão, que estava apoiada na grama.

– Precisa ser tão bruto como nossos senhores?

– Estou vendo um balde lá perto do cocho – eu disse. – Pegue-o com os dentes e volte aqui para lavar meu pau, depois lave de novo com a sua boca. E depressa.

Enquanto esperava Jerard cumprir minhas ordens, olhei em volta. Alguns cavalos sorriam para mim, descansando sentados. Tristan estava nos braços de um enorme garanhão de cabelo preto, que cobria o peito dele com beijos bem suaves. Outro cavalo se aproximou deles, o garanhão de cabelo preto fez um pequeno gesto ameaçador e o intruso saiu correndo.

Sorri. Jerard estava de volta. Banhou meu pau lenta e completamente. Estava endurecendo de novo com a água morna.

Pensei comigo mesmo enquanto brincava com o cabelo dele, isso é o paraíso.

A VIDA NA CORTE
EM TODA A SUA GLÓRIA
(BELA)

Vestida e enfeitada com joias, Bela andava de um lado para outro no quarto, comendo uma maçã, de vez em quando jogava uma mecha longa e lisa do cabelo louro para trás e olhava para o robusto e esplendidamente vestido jovem príncipe que tinha ido ao lúgubre castelo do pai dela para cortejá-la.

Um rosto tão inocente.

Em voz baixa e febril ele dizia as palavras previsíveis, que adorava Bela, que ficaria muito feliz de poder fazê-la sua rainha, que as duas famílias deviam gostar demais da união deles.

E meia hora antes Bela interrompeu a falação enjoativa para perguntar se ele já tinha ouvido falar dos estranhos hábitos de prazer do reino da rainha Eleanor.

Ele virou surpreso para ela, de olhos arregalados.
– Não, minha dama – ele disse então.
– Que pena – ela sussurrou com um sorriso ácido.

Agora Bela imaginava por que não tinha despachado o príncipe. Mandava homens embora desde que voltou para a casa do pai. Mas o pai dela, apesar de cansado e desapontado, continuava a escrever cartas, a receber mais hóspedes, a abrir suas portas para mais pretendentes.

À noite, Bela chorava com a cabeça no travesseiro, e seus sonhos, acordada e dormindo, eram iguais: sobre os prazeres perdidos do mundo que tinha conhecido além da fronteira das terras do pai, assunto que ninguém abordava na corte e que nem ela mencionava, em público ou privadamente.

Nesse momento, Bela parou e olhou bem para o jovem príncipe. Jogou fora a maçã pela metade. Alguma coisa naquele jovem a fascinava. Claro que era bonito. Bela tinha dito que só se casaria com um homem bonito. Ninguém achou isso estranho para uma princesa com seus predicados.

Mas ele tinha outras características. Os olhos eram azul-violeta, parecidos com os de Inanna, na verdade mais parecidos com os de Tristan. Ele era louro como Tristan, seu cabelo era ouro-escuro, farto e cheio em volta do rosto, mas deixava o pescoço livre. Era bem atraente ver o pescoço assim à mostra, pensou Bela. E o jovem era grande, tinha ombros largos como o capitão da guarda, como Laurent.

Ah, Laurent! Era em Laurent que ela mais pensava, de quem mais lembrava. O capitão da guarda era um sentinela moreno e sem rosto em seus sonhos. O barulho do chicote dele aumentava e diminuía. Mas era o rosto sorridente de Laurent que ela via, o pênis enorme de Laurent que ela desejava. Laurent!

Alguma coisa mudou no quarto.

O príncipe parou de falar. Ele olhava para ela. Seu flerte ardoroso desapareceu e se transformou num silêncio raro e sincero. Ficou lá parado com as mãos para trás, a capa pendurada em um ombro, com uma expressão muito triste.

– Vai me recusar também, não vai, minha dama? – ele perguntou. – E depois disso assombrará minhas noites para sempre.

– É mesmo? – perguntou ela.

Bela sentiu certa agitação. Não foi uma resposta sarcástica. De repente aquele momento adquiriu importância.

– Quero agradá-la, princesa – ele murmurou.

Agradá-la, agradá-la, agradá-la. As palavras fizeram Bela sorrir. Com que frequência tinha ouvido aquilo, dito em um mundo distante do castelo e da vila, e no mundo de fantasia do sultão, mais distante ainda. E quantas vezes ela mesma disse isso...

– Quer mesmo, meu querido príncipe? – Bela perguntou gentilmente.

Ela percebeu que sua atitude tinha mudado e que ele notou isso. O príncipe ficou imóvel, olhando para ela do outro lado do quarto, com o sol iluminando em faixas largas o chão entre eles. Brilhava no cabelo e nas sobrancelhas dele.

Bela se adiantou e teve a impressão de que ele recuou um pouco, ela viu um sinal de sentimento indefinido no rosto dele.

– Responda, príncipe – disse Bela com frieza.

Sim, ela tinha visto e a onda de vermelhidão que cobriu o rosto dele provou isso. Ele estava desconcertado.

– Então tranque as portas – ela disse em voz baixa – Todas.

Ele hesitou um segundo. Parecia tão virginal. O que havia dentro daquela calça? Bela examinou o jovem de alto a baixo e viu novamente, ele se encolhia por dentro, a vulnerabilidade que tornava subitamente sua robustez e sua pele clara irresistíveis.

– Tranque as portas, príncipe – ela repetiu em tom ameaçador.

Movendo-se como um sonâmbulo, ele obedeceu e olhou para ela timidamente.

Havia um banco num canto, grande, de três pernas. A criada de Bela sentava nele quando seus serviços não eram necessários.

– Ponha o banco no meio do quarto – ela disse e sentiu um aperto no peito quando o viu obedecer. Ele olhou para ela antes de se endireitar, depois de botar o banco no lugar, e Bela gostou disso, do corpo curvado olhando para cima, do rubor na face dele. Cor divina.

Bela cruzou os braços e encostou na lateral do mantel da lareira. Sabia que não era pose para uma dama. Estava irritada com o vestido de veludo.

— Tire a roupa — ela disse baixinho. — Toda ela.

Por um segundo ele ficou atônito demais para reagir. Olhou espantado para ela como se tivesse ouvido mal.

— Dispa-se — ela disse friamente. — Quero ver seu corpo, ver como você é.

Ele vacilou de novo, o rubor no rosto ficou mais profundo quando abaixou a cabeça e começou a desamarrar o colete. Adorável aquela visão do rosto esfogueado, do colete se abrindo e revelando a camisa amassada. Ele puxou os laços que prendiam a camisa, e lá estava seu peito nu. Sim, mais e mais. Sim, mostre os braços. Torso nu.

Belos mamilos, talvez um pouco claros demais e ambos rodeados por pelos louros. Os pelos do meio do peito desciam até um tufo mais crespo na barriga.

Ele abaixou a calça e estava tirando as botas. Belo pau. E bem duro. É claro. Quando é que tinha endurecido? Quando ela ordenou que trancasse as portas? Ou que tirasse a roupa? Mas isso não importava. Estava molhado e quente entre as suas pernas.

Quando ele olhou para ela de novo estava completamente nu, o único homem nu que Bela tinha visto desde que desembarcara do navio no cais da rainha Eleanor. Ela sentiu o rosto esquentar e os lábios formaram um sorriso impudente.

Mas não era bom sorrir para ele assim tão cedo. Ela ficou mais séria. Sentiu um enorme calor nos seios. Odiava aquele vestido de veludo que a cobria.

— Suba no banquinho, príncipe, para eu poder dar uma boa olhada.

Aquilo era demais, pelo menos foi o que pareceu naquele instante. Ele abriu a boca, mas acabou engolindo. Ah, muito lindo. Ele seria muito bem recebido pela rainha Eleanor e sua corte voluptuosa. E que provação seria! Aquela pele clara, que revelava tudo, como a de Tristan. E ele não tinha a sagacidade de Laurent.

Ele virou e olhou para o banquinho. Ficou paralisado.

— Suba no banquinho, príncipe – ela repetiu e deu um passo à frente. – Ponha suas mãos cruzadas na nuca. Assim poderei vê-lo bem. Suas mãos e braços não ficarão no caminho.

Ele ficou olhando para ela, ela devolveu o olhar. Então ele deu meia-volta e, de um jeito quase sonolento, subiu no banquinho e botou as mãos na nuca conforme Bela havia ordenado. Ele parecia atônito, espantado de ter feito aquilo.

Quando olhou para ela de novo, o rosto dele estava mais vermelho do que qualquer rosto que Bela tinha visto, por isso os olhos dele faiscavam e o cabelo parecia ouro, como o de Tristan muitas vezes parecia.

Ele engoliu em seco outra vez, olhou para baixo, mas provavelmente nem viu seu pênis ereto. Olhou além dele, para a própria alma recém-despertada, ponderando envergonhado que estava completamente indefeso.

Para Bela isso não tinha importância. Ela olhou para o pênis dele. Servia. Não era o órgão de Laurent, mas também não havia tantos tão grossos, não é mesmo? Na verdade era um bom pau, bem curvo acima dos testículos e agora muito vermelho, tão vermelho quanto o rosto do príncipe.

À medida que ela se aproximava o pau ia ficando mais vermelho. Bela estendeu o braço e tocou nele com o polegar e o indicador. O príncipe se encolheu para trás.

– Fique parado, príncipe – ela disse. – Quero examiná-lo. E para isso preciso de sua aquiescência e que fique quieto.

Ele ficou muito envergonhado quando ela o beliscou e olhou para ele. O príncipe não conseguiu encará-la. O lábio inferior dele tremia intensamente. Se o tivesse visto no castelo, Bela se sentiria atraída por ele, como foi por Tristan. Sim, sem nada ele era um belo projeto de príncipe que floresceria por completo sob o açoite.

O açoite. Ela olhou em volta. O cinto dele havia de servir. Mas ela não estava pronta para isso, ele teria de descer do banquinho e dar para ela. Enquanto isso ela deu a volta, ficou atrás dele e olhou para suas nádegas. Sentiu a pele virginal, sorriu, e ele estremeceu nitidamente, ficou arrepiado na nuca e foi tocante vê-lo assim.

Ela segurou as nádegas dele com firmeza e afastou-as. Aquilo estava quase indo longe demais. Ele estremeceu e retesou os músculos.

– Abra para mim. Quero dar uma olhada em você.

– Princesa! – ele engasgou.

– Você me ouviu, príncipe – ela disse gentilmente, mas com um tom autoritário. – Relaxe esses belos músculos para eu poder examiná-lo.

Bela achou que ouviu um grito abafado quando ele obedeceu. A carne bem modelada ficou maleável, ela separou as nádegas e olhou para o ânus cercado de pelos. Era bem pequeno, cor-de-rosa, enrugado, discreto. Quem diria que poderia receber um falo grande, um pau, um punho envolto em couro dourado?

Mas para aquele jovem iniciante algo menor serviria. Aliás, podia ser qualquer coisa. Ela olhou em volta. Uma vela era a coisa mais óbvia, e havia muitas por ali, algumas com quase três centímetros de diâmetro.

Quando foi pegar uma do castiçal, Bela lembrou que tinha enrabado Tristan daquele jeito quando fizeram amor na casa de Nicolas, na vila. A lembrança imobilizou-a. Teve uma sensação nova, de poder.

Voltou e viu lágrimas no rosto do príncipe, ficou ainda mais excitada. E a umidade entre as pernas a surpreendeu.

– Não tenha medo, meu querido – ela disse. – Olhe para o seu pau. O seu pau sabe do que você precisa e o que você deseja, melhor ainda do que eu. O seu pau agradece por você ter me encontrado.

Ela foi para trás dele de novo, abriu as nádegas com uma mão, afastou bem, inseriu lentamente a ponta do pavio da vela. Suavemente foi enfiando, um centímetro de cada vez, ignorando os gemidos profundos do príncipe, até entrar com quase quinze centímetros. O resto da vela ficou para fora, uma visão esplêndida de humilhação, e mexeu quando ele contraiu as nádegas de novo, gemendo baixo, mas profundo, implorando.

Ela recuou excitada com a sensação de possuí-lo. Ora, podia fazer qualquer coisa com ele, não podia? Com o tempo...

– Fique com ela aí – Bela disse. – Se forçá-la para fora, ousar deixá-la cair, ficarei muito decepcionada e zangada com você. Ela está aí para lembrar que neste momento você pertence a mim, você é meu. Você é enrabado por ela, ela é sua dona e você está indefeso.

Bela ficou simplesmente deslumbrada quando ele fez que sim com a cabeça lentamente. Ele não discutiu com ela.

– Estamos falando a linguagem universal do prazer, não estamos, príncipe? – Bela disse em voz baixa.

Ele fez que sim com a cabeça mais uma vez. Mas era muito difícil para ele, estava sofrendo demais. O coração de Bela se abriu para ele, e misturada com a compaixão ela sentiu uma solidão terrível, uma inveja terrível. Aquela sensação de poder era forte, mas mais fortes ainda eram suas lembranças de ter sido dominada. Era melhor não pensar nas duas coisas ao mesmo tempo...

– Agora, príncipe, quero chicoteá-lo. Desça daí, pegue seu cinto nas suas roupas e dê para mim.

Quando ele obedeceu devagar, suas mãos tremiam descontroladamente. Com a vela saindo do traseiro dele, Bela continuou a falar com voz suave.

– Não é que você tenha feito qualquer coisa errada. Vou chicoteá-lo porque eu quero – ela disse.

Ele virou, pôs o cinto na mão dela, mas não se afastou depois disso. Ficou bem na frente de Bela, tremendo. Ela tocou com os dedos nos pelos encaracolados do peito dele, depois passou em volta do mamilo esquerdo.

– Sim, o que foi? – ela perguntou.

– Princesa... – ele disse com a voz entrecortada.

– Fale, meu querido – ela disse. – Afinal, ninguém disse que você não pode falar.

– Eu te amo, princesa.

– Claro que ama – ela disse. – Agora volte para o banquinho e depois que eu tiver chicoteado você, direi se estou ou não satisfeita. Lembre de manter a vela no lugar. Agora mexa-se, meu amor. Não podemos desperdiçar esses momentos a sós.

Ele obedeceu e ela foi para trás dele. Golpeou forte com o cinto e viu fascinada que deixou uma marca rosa na lateral da nádega direita. Bateu de novo e ficou maravilhada de ver que a força da chicotada provocava eco em todo o corpo dele, até no tremor do cabelo, as mãos ainda tremiam, mesmo segurando a nuca obedientemente.

Deu-lhe a terceira chibatada, mais forte do que as outras duas, pegando logo embaixo das nádegas, abaixo da vela e a visão de que mais gostou foi essa, por isso continuou batendo ali, fazendo a vela se mexer quando ele se mexia, ele ficava na ponta dos pés quando se esforçava para ficar quieto, os gemidos estranhamente eloquentes.

– Já foi açoitado por alguém antes, príncipe? – ela perguntou.

– Não, princesa – ele disse com a voz rouca e debilitada. Refinado.

Para agradecer ela bateu nas coxas e nas batatas das pernas, atrás dos joelhos e nos tornozelos. As pernas dele pareciam se mexer, sem se mexer. Que controle ele tinha. Ela procurou lembrar se teve esse tipo de controle. Mas isso não importava. Tudo aquilo era passado. E agora ela tinha isso, então lembrou, não das chicotadas que recebeu, mas dos momentos no mar quando viu Laurent açoitando Lexius e Tristan.

Foi ficar na frente do príncipe. O rosto dele estava mais contorcido do que ela imaginava.

– Comportou-se maravilhosamente, meu querido – ela disse. – Estou muito impressionada com o seu controle.

– Princesa, adoro você – ele murmurou.

Ele era dotado de uma beleza extraordinária. Por que não tinha dado valor a isso antes?

Bela enrolou o cinto na mão e deixou só uma língua mais curta livre. Com isso ela bateu com força no pau dele, o príncipe se assustou e ficou com medo.

– Princesa! – ele deu um grito sufocado.

Ela apenas sorriu. Era melhor bater na barriga dura dele. Ela fez isso, depois bateu no peito e viu as marcas se destacando como rastros na água. Bateu num mamilo.

– Oh, princesa, eu suplico... – ele sussurrou, mal abrindo os lábios.

– Queria ter tempo para fazê-lo lamentar ter suplicado – ela disse. – Mas não há tempo. Desça aqui, príncipe e fique de quatro. Agora você vai me dar prazer.

Ele obedeceu, ela soltou os colchetes da saia e o vestido caiu para trás, até abaixo da cintura. Ela achou que isso era tudo que ele precisava ver. E sentiu os próprios fluidos escorrendo pelas coxas. Estalou os dedos para ele se aproximar.

– Sua língua, príncipe – ela disse, abriu as pernas, sentiu o rosto dele encostar e a língua dele lamber.

Fazia tanto tempo, tanto, tanto tempo! A língua dele era forte, rápida e sedenta. Ele enfiou a cara nela, o cabelo empurrava as saias de veludo ainda mais, fazia cócegas no ventre dela. Bela suspirou e deu alguns passos para trás. Ele esticou o braço e a segurou.

– Possua-me, príncipe – ela disse.

Não suportava mais a roupa. Arrancou tudo, deixou cair no chão. Ele a puxou para deitar no chão duro de pedra.

– Ah, minha querida, minha querida – ele disse ofegante.

Ele afastou bem as pernas dela e a penetrou. Ela pegou a vela com as duas mãos e mexeu dentro dele. Ele cerrou os dentes e bombeou dentro dela com força, enquanto ela fazia o mesmo com a vela.

– Mais força, meu príncipe, mais forte, senão eu juro que vou chicotear cada centímetro seu com o cinto! – ela sussurrou, mordeu a orelha dele, o cabelo dele cobriu seu rosto.

Então ela gozou numa explosão incandescente de êxtase louco, quase inconsciente dos fluidos dele jorrando dentro dela.

Alguns minutos de torpor. Bela tirou a vela de dentro dele e beijou seu rosto. Tinha feito aquilo com Tristan tanto tempo atrás? Que importância tinha isso?

Ela levantou, pôs o vestido e prendeu os colchetes com impaciência. Ele também começou a levantar.

– Vista-se – ela disse –, e vá embora, príncipe. Saia do reino. Não quero casar com você.

– Mas princesa! – ele gritou.

O príncipe ainda estava ajoelhado. Ele se jogou sobre ela e segurou a saia.

– Não, príncipe. Eu já disse. Recuso a sua corte. Deixe-me.

– Mas, princesa, eu serei seu escravo, seu escravo secreto! – implorou ele. – Na privacidade dos nossos aposentos...

– Eu sei, meu querido. E você é um bom escravo, sem dúvida nenhuma – ela respondeu. – Mas, sabe, eu não quero um escravo. Eu é que quero ser uma escrava.

Ele ficou um bom tempo olhando para ela. Bela sabia a tortura pela qual ele estava passando. Mas na verdade não importava o que ele pensava. Ele jamais conseguiria dominá-la. Ela sabia disso e não importava se ele sabia ou não.

– Vista-se! – ela disse outra vez.

Dessa vez ele obedeceu. Mas o rosto dele continuou vermelho. E ainda estava tremendo quando acabou de se vestir, com a capa sobre os ombros.

Bela olhou para ele bastante tempo. E então começou a falar, em voz baixa e rápido.

– Se quer ser escravo do prazer – ela disse –, vá direto para o leste saindo daqui, para a terra da rainha Eleanor. Atravesse a fronteira. Assim que avistar uma vila, tire sua roupa, guarde na sua bolsa de viagem e enterre. Enterre bem fundo para ninguém encontrar. Depois vá até a vila e quando os aldeões o virem, fuja deles. Eles vão pensar que você é um escravo fugitivo, irão pegar você e levar para o capitão da guarda para ser castigado. Então conte a verdade para ele e implore para servir a rainha Eleanor. Agora vá, meu amor, e acredite em mim. Vale a pena.

Ele não parava de olhar para ela, talvez mais espantado com o que ela disse do que com qualquer outra coisa.

– Eu iria com você, se pudesse, mas eles me mandariam de volta para cá – ela disse. – Não adianta. Agora vá. Pode chegar à fronteira antes de escurecer.

Ele não respondeu. Arrumou a espada e o cinto. Então chegou mais perto e olhou para ela.

Bela deixou que ele a beijasse, então segurou a mão dele com força.

– Você vai? – ela sussurrou. Mas não esperou a resposta. – Se for, e se vir o escravo príncipe Laurent, diga que lembro dele e que o amo. Diga isso para Tristan também...

Recado fútil, associação inútil com o que tinha sido tirado dela.

Mas ele deu a impressão de estar pesando bem aquelas palavras. E então ele foi embora, saiu do quarto e desceu a escada. E ao sol suave da tarde ela ficou sozinha mais uma vez.

– O que eu vou fazer? – ela disse baixinho para si mesma. – O que eu vou fazer?

E chorou amargamente. Pensou em Laurent, com que facilidade tinha passado de escravo a senhor. Ela não seria capaz. Tinha muita inveja do sofrimento que causava, queria muito ser subjugada. Não poderia seguir os passos de Laurent. Não poderia imitar o exemplo da feroz lady Juliana, que passou de escrava nua para senhora, diziam que sem piscar um olho. Talvez ela não tivesse aquela dimensão espiritual que Laurent e Juliana tinham.

Mas será que Laurent tinha conseguido voltar para a fileira dos escravos com facilidade? Certamente Tristan e ele tiveram de enfrentar uma severa punição. Como Laurent se saiu? Se ao menos ela soubesse. Se ao menos tivesse passado por uma parcela do castigo que ele estava sofrendo agora...

No fim da tarde ela saiu do castelo. Foi passear pelas ruas da vila seguida pelas damas de companhia e cortesãs. As pessoas paravam para cumprimentá-la com mesuras. As mulheres apareciam à porta de suas casas para prestar respeito em silêncio.

Ela olhava para o rosto dos que passavam. Olhava para os impassíveis fazendeiros, as ordenhadoras e os ricos burgueses, e imaginava o que acontecia na profundeza de suas almas. Será que nenhum deles sonhava com reinos sensuais, onde as paixões eram incendiadas ao calor máximo, com rituais rebuscados e exóticos que desnudavam o próprio mistério do amor erótico? Será que nenhuma daquelas pessoas simples desejava senhores e escravos lá no fundo do coração?

Vida normal, vida comum. Bela imaginou se não havia mentiras entremeadas naquele tecido, mentiras que poderia descobrir se assumisse o risco. Mas quando observou a servente na porta da estalagem, ou o soldado que desmontou para fazer uma mesura para ela, viu apenas máscaras de atitude e temperamento comuns, as mesmas que via nos rostos de suas cortesãs, suas criadas. Todos empenhados em demonstrar respeito pela princesa, já que ela, por costume e segundo a lei, era destinada a ocupar seu lugar num plano mais elevado.

Sofrendo em silêncio, Bela voltou para seus aposentos solitários.

Sentou à janela, apoiou a cabeça nos braços cruzados sobre o parapeito de pedra, sonhou com Laurent e todos que ficaram para trás, com uma educação rica e inestimável de corpo e alma que foi interrompida e que estava perdida para sempre.

– Querido jovem príncipe – ela suspirou ao lembrar do pretendente rejeitado –, espero que tenha conseguido chegar ao país da rainha. Eu nem lembrei de perguntar seu nome.

A VIDA ENTRE OS CAVALOS
(LAURENT)

Aquele primeiro dia com os cavalos teve suas revelações significativas, mas as verdadeiras lições daquela nova vida só vieram com o tempo, com a disciplina constante no dia a dia do estábulo e os inúmeros pequenos aspectos de qualquer servidão prolongada e rígida.

Já tinha passado por muitas provações antes, mas nenhuma prova tinha sido tão duradoura como aquela existência. E levei algum tempo para entender o que significava Tristan e eu termos sido condenados a doze meses, não termos sido tirados do estábulo para a plataforma pública, ou para uma noite com os soldados na estalagem, ou para qualquer outra diversão.

Dormíamos, trabalhávamos, comíamos, bebíamos, sonhávamos e fazíamos amor como cavalos. E como Gareth tinha dito, cavalos são animais imponentes e logo admitimos esse orgulho, um vício profundo pelas longas galopadas ao ar livre, pela sensação de firmeza dos nossos arreios e cabrestos, e pela rápida refrega com nossos companheiros garanhões no pátio de recreação.

Mas a rotina nunca facilitou as coisas. A disciplina nunca arrefeceu. Cada dia era uma aventura de realizações e fracassos, de choques e de humilhações, de recompensas e de severos castigos.

Dormíamos, como já descrevi, nas nossas baias, com o corpo dobrado para frente e a cabeça apoiada nas almofadas. Essa posição, apesar de bastante confortável, era como praticamente todo o resto, também reforçava a sensação de que tínhamos deixado para trás o mundo dos homens. Ao amanhecer nos alimentavam e passavam óleo rapidamente, nos levavam para o pátio de aluguel, para os que aguardavam lá. E não era incomum os aldeões apalparem nossos músculos antes de escolher, até testavam-nos com algumas chicotadas para ver se reagíamos ou não com rapidez e disposição.

Não passava um só dia sem que Tristan e eu fôssemos requisitados uma dúzia de vezes, e Jerard, que pedira esse privilégio para Gareth, costumava ser atrelado no mesmo grupo que nós. Eu me acostumei a ter Jerard por perto, assim como estava acostumado com Tristan, e sussurrava pequenas ameaças no ouvido de Jerard.

Nos horários de recreio Jerard era meu, completamente, e ninguém ousava me desafiar, menos ainda o próprio Jerard.

Eu chicoteava o rabo dele com luxúria e ele logo ficou tão bem treinado que nem esperava mais eu dizer para ficar na posição adequada para as chibatadas. Ficava de quatro sabendo o que ia acontecer e depois beijava minhas mãos. Virou piada no estábulo que eu o chicoteava com mais força do que qualquer cocheiro, e que ele ficava duas vezes mais vermelho do que qualquer outro garanhão.

Mas esses pequenos interlúdios eram breves. O que formava nossa verdadeira vida era o trabalho diário. Os meses foram passando e acabamos conhecendo todos os tipos de carroças, carruagens e carros. Puxávamos as luxuosas carruagens douradas dos ricos senhores do campo, que dividiam seu tempo entre o castelo e a mansão. Puxávamos os fugitivos e levávamos para suas cruzes das punições, para exposição e castigo. E com a mesma frequência puxávamos arados nos campos, ou éramos escolhidos para a tarefa solitária de puxar um pequeno carrinho com cesto até o mercado.

Essas viagens solitárias, apesar de serem fáceis fisicamente, muitas vezes eram especialmente degradantes. Descobri que odiava quando era separado dos outros cavalos e atrelado sozinho a uma pequena carroça. E ser conduzido por um fazendeiro cansado a pé, com o relho sempre em uso por mais que o dia estivesse quente, me deixava com medo e agitado. Ser conhecido pelos fazendeiros assim só piorava, pois eles começavam a me chamar pelo nome e dizer o quanto apreciavam o meu tamanho, minha força e a dizer que era muito divertido me chicotear até o mercado.

Era sempre um alívio estar de novo com Tristan, Jerard e os outros, na frente de uma grande carruagem, apesar de nunca ter me acostumado aos aldeões ficarem apontando para o conjunto e murmurando sua aprovação. Os aldeões sabiam ser um verdadeiro tormento. Havia jovens, homens e mulheres, que adoravam encontrar um grupo com arreios à beira da estrada, indefeso e mudo à espera do cocheiro, do senhor ou da senhora. Eles nos provocavam sem piedade, puxavam e empurravam nossos rabos de cavalo, os pelos raspavam nas nossas pernas e faziam cócegas, nossos pênis balançavam e produziam aquele som degradante dos sininhos tocando.

Mas o pior momento era quando algum rapaz ou moça mais ousado resolvia masturbar um pau grande até esvaziá-lo. Por mais que os cavalos gostassem uns dos outros, eles riam através dos bridões do sofrimento da vítima, sabendo que o cavalo se esforçava para não gozar com as mãos que o alisavam e brincavam com ele. Claro que gozar e ser descoberto resultava em severo castigo. E os aldeões que brincavam conosco sabiam disso. Durante o dia os pênis dos cavalos tinham de ficar duros. Qualquer satisfação para ele era proibida.

A primeira vez que pregaram essa infeliz peça em mim, estávamos atrelados à carruagem do prefeito e o tínhamos levado da fazenda para sua bela casa na estrada principal. Estávamos do lado de fora à espera dele e da mulher quando os garotos violentos me cercaram e um começou a esfregar meu pau sem dó. Recuei repuxando os arreios, tentando escapar daquelas mãos, cheguei a implorar mordendo o freio, outra coisa que era estritamente proibida, mas a fricção foi forte demais e acabei gozando na mão da peste, que então me repreendeu, como se eu tivesse ousado fazer o indizível. E ainda teve a cara de pau de chamar o cocheiro.

Fui tolo de pensar que poderia falar em minha defesa. Mas cavalos não falam, são criaturas mudas, presas.

Quando voltamos para o estábulo tiraram meus arreios e me levaram para um dos pelourinhos. Ajoelhado no feno, inclinei-me para frente para prenderem minhas mãos e minha cabeça nos lugares naquela armação de madeira, e fiquei ali até Gareth aparecer, me repreendendo furiosamente. Gareth repreendia tão bem quanto era afetuoso.

Implorei com gemidos e lágrimas que me deixasse explicar. Eu devia saber que não importava. Gareth fez uma mistura de farinha com mel, descreveu exatamente o que estava fazendo, e com isso pintou meu rabo, meu pênis, meus mamilos e minha barriga. A coisa grudou na minha pele, uma desfiguração horrenda comparada com a beleza dos arreios. Gareth finalizou sua obra escrevendo a letra P com a mistura no meu peito, que explicou querer dizer "punição".

Então fui atrelado com arreios velhos e pesados a uma carroça de varredor de rua, o único lugar adequado para um escravo marcado daquele jeito, e logo vi o verdadeiro significado do castigo. Mesmo quando trotava mais rápido, coisa rara com uma carroça desengonçada de lixeiro, as moscas me cobriam por causa do mel. Andavam pelas minhas partes íntimas e nas minhas nádegas, infernais, irritantes.

O castigo durou horas e pareceu que tudo que eu tinha conquistado em termos de aceitação e compostura se reduzia a pó. Quando finalmente fui conduzido para casa, me puseram no pelourinho de novo e os escravos a caminho do recreio tinham permissão para estuprar minha boca e o meu rabo o quanto quisessem, enquanto eu permanecia ali indefeso.

Era uma odiosa combinação de degradação e desconforto, mas o pior aspecto daquilo tudo foi a contrição que senti, a profunda desgraça de ter sido um mau cavalo. Para mim tinha pouco humor, ou volúpia. Eu me comportei mal. E jurei nunca mais falhar, de maneira nenhuma, objetivo que, apesar de muito difícil, não era totalmente impossível.

Claro que não consegui. Naqueles meses todos houve muitas vezes em que os rapazes e moças da vila me usaram daquela forma e eu não consegui me controlar. Fui pego e castigado em pelo menos a metade das vezes.

Mas o pior castigo veio quando fui pego beijando Tristan, por vontade minha, pura fraqueza e falta de força de vontade. Estávamos na nossa baia e achei que ninguém ia saber. Mas um cavalariço viu de relance quando passou, e de repente Gareth pôs o freio em mim, tirou-me da baia e me espancou com o cinto sem piedade.

Fiquei atordoado de tanta vergonha quando Gareth perguntou como eu podia me comportar daquela maneira, se eu não queria agradá-lo. Fiz que sim com a cabeça e as lágrimas escorreram pelo meu rosto. Acho que nunca, em toda a minha existência, quis tanto agradar alguém. Quando ele pôs o cabresto em mim, imaginei como ia me punir. Logo tive a resposta.

O falo que eu ia usar foi antes mergulhado num líquido espesso cor de âmbar, deliciosamente perfumado com especiarias, que fizeram com que meu ânus coçasse desesperadamente assim que foi introduzido. Gareth esperou que eu sentisse, que começasse a mover o quadril e a chorar.

– Costumamos reservar esse para cavalos desanimados – ele disse e me deu uma palmada. – Eles se agitam na mesma hora. Ficam mexendo o quadril todo o percurso, sempre que podem, tentando aliviar a coceira. Você não precisa disso para se animar, menino bonito. Precisa pela desobediência. Nunca mais cometerá esses pequenos pecados com Tristan.

Fui levado para o pátio e atrelado a uma carruagem que ia para as mansões. Derramei lágrimas de desespero me esforçando para não rebolar. Perdi a batalha. E quase imediatamente os outros cavalos começaram a rir e a cochichar. Está gostando disso, Laurent? Isso não é gostoso, Laurent?

Não respondi com as ameaças que me vieram à cabeça. Ninguém era capaz de escapar de mim no pátio de recreação, mas que tipo de ameaça seria essa, se a maioria deles não queria escapar de mim?

Começamos a andar e não suportei mais aquilo, rebolava e movia o quadril para aliviar a coceira, a sensação aumentava e diminuía em ondas latejantes que percorriam todo o meu corpo.

Cada segundo de cada hora era enfatizado pela sensação. Não piorava, e não melhorava. Contorcer-me adiantava, e não adiantava. Muitos aldeões riam de mim, sabiam muito bem o que estava provocando aqueles meus movimentos desprezíveis. Foi a pior e mais angustiante tortura para mim.

Quando voltei para o estábulo, estava exausto. Soltaram os arreios, mas deixaram o falo bem preso onde estava. Caí de quatro e chorei, gemi aos pés de Gareth com a rédea arrastando no chão e o freio na boca.

– Vai ser um bom menino? – Gareth perguntou, com as mãos na cintura.

Fiz que sim com a cabeça desesperadamente.

– Fique de pé na porta daquela baia – ele disse – e segure naqueles ganchos que pendem do caibro.

Obedeci, estiquei os braços bem abertos para segurar os dois ganchos. Fiquei na ponta dos pés para alcançá-los. Ele veio por trás, pegou a rédea que pendia solta do freio na minha boca e amarrou com força na minha nuca. Então senti que estava soltando o falo e aquele pequeno deslocamento já provocou um delicioso alívio da coceira por toda parte. Gareth tirou de dentro de mim, abriu o pote de óleo e cobriu o falo rapidamente com o óleo. Mordi o freio com força e não parava de gemer.

Então senti o falo de novo, entrando em mim, passando da carne quente que coçava e quase morri de puro êxtase. Gareth movia para dentro e para fora, diminuindo a coceira, acabando com ela, levando-me a um frenesi. Chorei como antes, mas de gratidão. Quando apertei as nádegas o falo balançou dentro de mim e de repente gozei com espasmos poderosos e incontroláveis.

– Pronto – ele disse, e desfez o meu medo num instante –, pronto.

Apoiei a cabeça no braço levantado. Eu era seu escravo dedicado e submisso, sem reservas. Pertencia a ele, ao estábulo e à vila. Não havia nenhuma divisão em mim e ele sabia disso.

Não soltei nem um gemido quando ele me botou de novo no pelourinho.

Aquela noite, quando os outros cavalos me possuíram, fiquei quase dormindo, consciente, mas sem palavras para descrever como gostava de seus tapinhas carinhosos, quando passavam a mão no meu cabelo, de suas palmadas no meu traseiro, quando diziam que eu era um bom garanhão, que todos já tinham sentido o terrível falo que provocava coceira, que eu tinha me saído bem, levando em conta o tormento que era.

Quando me enrabavam às vezes sentia um eco pronunciado da coceira horrorosa, mas acho que não devia ter sobrado muito daquele líquido perfumado em mim para desencorajar os outros.

Como seria se tivessem posto no nosso pau?, imaginei. Era melhor não pensar nisso, disse para mim mesmo.

O que eu pensava no dia a dia era em ficar mais em forma, marchar melhor do que os outros cavalos, resolver de qual condutor eu gostava mais, quais veículos eu preferia puxar. Passei a adorar os outros cavalos, a entender seu estado de espírito.

Cavalos se sentiam seguros com seus cabrestos. Suportavam qualquer tipo de violência desde que confinados ao papel que tinham recebido. Era a intimidade que os apavorava, mais do que qualquer outra coisa, a possibilidade de lhes tirarem o cabresto e levá-los para algum quarto na vila, para que um homem ou uma mulher conversasse e brincasse com eles, a seu bel-prazer. Até a plataforma pública era íntima demais para eles. Estremeciam ao ver os escravos lá em cima, sendo espancados diante da multidão. Por isso era um grande tormento quando os rapazes e moças da vila brincavam com eles. Mas o que mais adoravam era puxar as quadrigas na corrida das feiras, sob os olhares de toda a vila. Era para isso que tinham "nascido".

Passei a ter essa mentalidade sem compartilhá-la inteiramente. Afinal, eu adorava os outros castigos também. Mas não sentia falta deles. Era mais feliz com cabresto e freio do que sem eles. E mesmo que esses outros castigos do castelo e da vila tendessem a isolar o escravo, a existência como cavalos nos unia. E nós ampliávamos o prazer e a dor uns dos outros.

Acabei me acostumando com todos os meninos do estábulo, com suas saudações e reações joviais. Na realidade eles faziam parte da camaradagem, mesmo quando nos batiam ou nos atormentavam. E não era segredo nenhum que gostavam do trabalho deles.

Esse tempo todo Tristan parecia tão satisfeito quanto eu, e em um recreio ele admitiu isso. Mas as coisas eram mais difíceis para ele. Ele tinha uma natureza mais gentil do que a minha.

Mas a verdadeira prova e a verdadeira mudança partiram dele, quando seu antigo senhor, Nicolas, começou a aparecer por lá.

No início víamos Nicolas só de vez em quando, de passagem pelo pátio das carruagens. E apesar de não ter me interessado muito por ele na viagem de volta do sultanato, passei a perceber que ele era um jovem bem charmoso e aristocrático. O cabelo branco era um encanto especial, e ele sempre vestia roupas de veludo, como se fosse um lorde. A expressão dele impunha terror aos cavalos, especialmente aos que já tinham puxado a carruagem dele.

Depois de algumas semanas indo e vindo, começamos a vê-lo no portão todos os dias. Ele estava lá de manhã, observando quando saíamos trotando, e à noite, quando voltávamos. E apesar de fingir que não observava tudo em volta, não parava de olhar para Tristan.

Uma tarde ele finalmente mandou chamar Tristan para puxar um carrinho de mercado para ele, exatamente o tipo de tarefa que enregelava minha alma. Fiquei com medo por Tristan. Nicolas iria a pé ao lado dele e certamente iria atormentá-lo. Detestei ver Tristan de cabresto e atrelado ao carrinho. Nicolas ficou ao lado com um chicote comprido e duro na mão, do tipo que realmente marca as pernas, só estudando Tristan quando lhe punham o freio e ajustavam as correias. Então ele bateu com força nas coxas de Tristan para tirá-lo do pátio.

Que coisa terrível para Tristan, pensei. Tristan é gentil demais para essas coisas. Se ele tivesse uma índole má, como eu tenho, saberia como lidar com aquele imprestável autoritário. Mas não tem.

Só que eu estava enganado. Não sobre a falta de uma índole perversa em Tristan, mas sobre ser uma coisa terrível.

Tristan só voltou para o estábulo perto da meia-noite. Depois de alimentado, massageado e de passarem óleo nele, contou-me cochichando baixinho o que tinha acontecido.

– Você sabe que eu morria de medo dele – disse ele –, da agressividade dele, do fato de ter se decepcionado comigo.

– Sim, continue.

– Nas primeiras horas ele me chicoteou sem piedade, até o mercado. Procurei ficar frio, pensar só em ser um bom cavalo, incluí-lo no padrão das coisas, como uma estrela em uma constelação. Não pensar em quem ele realmente era. Mas só pensava em quando nos amamos, ele e eu. Por volta do meio-dia eu sabia que me sentia grato só por estar perto dele. E foi horrível. Ele não parava de me açoitar, por melhor que eu trotasse. E nunca me dirigiu uma só palavra.

– E depois? – perguntei.

– Bom, no meio da tarde, depois que eu bebi água e descansei perto do mercado, ele me conduziu pela estrada principal, até a porta da casa dele. É claro que eu lembrava da casa. Eu a reconhecia toda vez que passava por ela. Quando percebi que ele estava me desatrelando do carrinho, meu coração parou. Ele me deixou de freio e cabresto e foi me chicoteando pelo corredor, até o quarto dele.

Imaginei se aquilo não era proibido. Mas que importava? O que um cavalo podia fazer em casos como esse?

– Bem, lá estava a cama onde tínhamos feito amor, o quarto onde tínhamos conversado. Ele me fez ficar de cócoras, de frente para a escrivaninha. Então ele sentou à escrivaninha, olhou para mim, e fiquei esperando. Dá para imaginar como eu estava me sentindo. Aquela posição é a pior, de cócoras, e meu pau estava incrivelmente duro, eu continuava de cabresto, com os braços fortemente amarrados nas costas e o freio, as rédeas sobre os ombros. E ele pegou a maldita pena para escrever!

"Cuspa o freio, ele disse, e responda às minhas perguntas, como já fez uma vez. Fiz o que ele mandou, e ele começou a me interrogar a respeito da nossa existência como cavalos: o que comíamos, como éramos tratados, as piores provações. Respondi a tudo com toda a calma possível, mas acabei chorando. Não pude me controlar. E ele só ficou escrevendo tudo que eu dizia. Por mais que minha voz mudasse, ou que eu me contorcesse, ele continuava escrevendo. Confessei que adorava a vida de cavalo, mas que era difícil. Admiti que não tinha a sua força, Laurent. Disse para ele que você era meu ídolo em tudo, que você era perfeito. Mas que eu ainda desejava um senhor rígido, um senhor rígido e amoroso. Confessei tudo, coisas que nem sabia que ainda sentia."

Tive vontade de dizer, Tristan, você não precisava contar nada para ele. Podia ter escondido sua alma. Podia ter enfrentado e insultado Nicolas. Mas sabia que isso não funcionava com Tristan, essa linha de raciocínio.

Fiquei em silêncio e Tristan continuou.

– Então aconteceu a coisa mais espantosa – disse ele –, Nicolas largou a pena. Ficou um breve tempo sem dizer nada, sem fazer nada, a não ser sinalizar para que eu ficasse quieto. Então ele se ajoelhou na minha frente, me abraçou e desabou. Disse que me amava, que nunca deixou de me amar e que esses meses tinham sido uma tortura para ele...

– Pobrezinho – murmurei.

– Laurent, não deboche. Isso é sério.

– Desculpe, Tristan. Continue.

– Ele me beijou, me abraçou. Disse que tinha errado quando partimos do sultanato. Que devia ter me chicoteado, por eu ter ficado confuso, não saber se queria ser resgatado, e me orientado sobre tudo...

– Já não era sem tempo ele reconhecer isso.

– E agora ele queria compensar isso. Não era permitido tirar meu cabresto, havia uma multa bem pesada para isso e ele precisava respeitar a lei, mas podíamos fazer amor, disse ele. E fizemos. Deitamos juntos no chão, como você e eu no quarto do sultão, chupamos o pau um do outro. Laurent, nunca senti tanto prazer. Ele é meu amante secreto outra vez e meu senhor secreto.

– O que aconteceu depois disso?

– Ele me levou de volta para a rua e a partir daí ficou com a mão no meu ombro. Quando me chicoteava eu sabia que lhe dava prazer. Tudo ficou maior, mais intenso. Fiquei exaltado novamente. Mais tarde, na floresta perto da casa dele, fizemos amor mais uma vez e antes de pôr o freio na minha boca ele o beijou carinhosamente. E disse que devia manter segredo de tudo aquilo. Que as regras para os cavalos da vila eram muito rígidas.

"Amanhã vamos liderar os cavalos da carruagem quando ele for para o campo. Vamos ficar atrelados ao carro dele algum tempo, quase o dia todo, e teremos nossos momentos secretos sempre que pudermos."

– Estou feliz por você, Tristan – eu disse.

– Mas, Laurent, vai ser tão difícil aguardar oportunidades para estar com ele... De qualquer forma, é excitante não saber quando vai acontecer, não é?

***

Nunca mais me preocupei com Tristan depois disso. E se os outros souberam do seu renovado amor com Nicolas, nunca demonstraram. Quando o capitão da guarda veio falar comigo, não disse nada a respeito e tratou Tristan com o mesmo afeto de antes. Contou para nós dois que Lexius tinha sido tirado da cozinha do castelo quase imediatamente e que agora estava servindo à rainha na senda dos arreios todos os dias.

A voluntariosa lady Juliana também tinha gostado dele e ajudava a treiná-lo. Ele estava se tornando um excelente escravo.

Então agora não tenho mais que me preocupar com Lexius, nem com Tristan, pensei.

Mas tudo isso me fez pensar de novo sobre o amor. Será que tinha amado algum dos meus senhores? Ou só os meus escravos conquistavam meu amor? Certamente senti um amor assustador por Lexius quando o açoitei no quarto dele. E sentia amor, profundo amor, por Jerard, agora. Na realidade, quanto mais forte batia em Jerard com a mão, mais o amava. Acho que seria sempre assim comigo. Os momentos em que minha alma cedia, em que tudo formava um desenho completo, eram os momentos em que eu estava no comando.

Mas uma estranha contradição nisso me incomodava. Era Gareth, meu belo cavalariço e senhor. Conforme os meses foram passando, eu comecei a amá-lo demais.

Toda noite Gareth ficava algum tempo na nossa baia, beliscando meus lanhos, arranhando com as unhas, enquanto me cumprimentava pelo que eu tinha aprendido, ou dizendo que tinha me saído bem, ou dizendo que algum aldeão generoso tinha me elogiado.

Se achasse que Tristan e eu não tivéssemos sido bem açoitados aquele dia – e isso era comum quando não éramos os dois últimos em linha –, ele nos levava para o pátio de treinamento, um lugar espaçoso no outro extremo dos outros pátios do estábulo, e lá ele açoitava nós dois, junto com outros cavalos negligenciados, até ficarmos bem marcados, daí nos fazia correr diante dele num pequeno círculo.

Todos os cuidados ele providenciava pessoalmente em Tristan e em mim. Escovava nossos dentes, barbeava nosso rosto, lavava e penteava nosso cabelo. Cortava nossas unhas. Aparava nossos pelos públicos e passava óleo. Passava óleo também nos nossos mamilos para amaciá-los depois da pressão dos grampos.

E quando fomos pela primeira vez para as corridas da feira, foi Gareth que nos acalmou porque ficamos nervosos com a gritaria e a torcida do público. Gareth nos levou para as pequenas quadrigas que tínhamos de puxar e nos disse para manter a pose quando competimos.

Gareth estava sempre por perto.

Naquelas raras ocasiões em que íamos receber um novo tipo de cabresto ou bridões, ele punha em nós pessoalmente e explicava tudo.

Por exemplo, depois que já estávamos no estábulo há quatro meses, passaram a usar o buçal de pescoço, parecido com o que usamos por um breve tempo no jardim do sultão. Eram duros para manter o queixo elevado, e quando estávamos usando não podíamos virar a cabeça. Gareth gostava muito disso. Achava que eram elegantes e que auxiliavam na disciplina.

Com o tempo usávamos mais e mais esse cabresto. As rédeas dos nossos freios passavam por argolas nas laterais dessa pescoceira, de modo que facilitasse puxar nossa cabeça. No princípio foi difícil fazer curvas com esses buçais. Não conseguíamos virar a cabeça nem um pouco, como estávamos habituados. Mas logo aprendemos e já fazíamos direito, como os verdadeiros cavalos.

Nos dias de muito sol punham antolhos que protegiam em parte nossos olhos e só permitiam que víssemos um pouco, diretamente à nossa frente. De certa forma nos acalmava, mas fazia com que corrêssemos desajeitados, porque dependíamos completamente dos comandos do cocheiro para nos orientar.

Nos dias de festa e de festivais recebíamos cabrestos ornamentais. No aniversário da coroação da rainha todos os cavalos usavam correias de couro com belas fivelas, medalhões pesados de bronze e sinos. Isso tudo pesava bastante e nos dava consciência da servidão... como se precisássemos...

Mas o fato era que nossos arreios eram sempre os mesmos, de modo que qualquer mudança, por menor que fosse, podia ser usada como castigo. Se eu manifestasse o menor desleixo, ou mau humor, para Gareth, ele me fazia usar um freio mais comprido e mais grosso que desfigurava minha boca e me fazia sofrer. Sempre usavam um falo extremamente grande, pelo menos duas vezes por semana, para nos fazer lembrar como tínhamos sorte de usar os menores o resto do tempo.

E muitas vezes os cavalos mais ariscos e nervosos eram completamente encapuzados com couro, as orelhas cheias de algodão. Só com as bocas e as narinas expostas para respirar, trotavam em silêncio, na escuridão. E parecia que isso os acalmava lindamente.

Mas nas vezes em que fizeram isso comigo, como punição, achei completamente desmoralizante. Chorei do princípio ao fim do dia, apavorado de não poder ouvir ou ver, gemendo cada vez que uma mão tocava em mim. Naquele isolamento cego eu estava muito mais consciente da imagem do que eu era do que antes, eu acho.

Mas à medida que o tempo passava eu não era mais tão castigado, e tornou-se mais e mais uma catástrofe do coração quando era, pois Gareth não me poupava de nem um pingo do seu desapontamento e da sua agressividade. Eu estava apaixonado demais por Gareth e sabia disso. Adorava sua voz, seu jeito, sua mera presença silenciosa. Era para Gareth que eu exibia minha melhor forma, trotava melhor, suportava castigos duros com contrição sincera, obedecia com presteza e até alegria.

Gareth muitas vezes me cumprimentava pelo modo com que eu tratava Jerard. Ele ia ao pátio para observar. Dizia que as chicotadas a mais deixavam Jerard mais animado e mais ágil. E eu gostava do elogio.

Mas por mais forte que esse amor por Gareth ficasse, o amor especial por Jerard crescia junto. Fiquei cada vez mais terno com Jerard depois das surras, beijando, lambendo e brincando com ele, coisas que não eram muito comuns no pátio de recreação dos cavalos. Eu me banqueteava com o corpo dele por uma hora inteira. E naqueles dias em que não o tiravam da baia para eu brincar, não tinha problema de encontrar substitutos obedientes. Era espantosa a dor que eu provocava só com a mão.

De fato, às vezes ficava pensando na paixão que sentia por açoitar os outros. Adorava, tanto quanto adorava ser açoitado. E lá no fundo do coração eu sonhava açoitar Gareth.

Eu sabia que se chicoteasse Gareth, o amor que sentia por ele ia transbordar. Ficaria fora do meu controle e não teria mais volta.

Isso nunca aconteceu.

Mas eu possuí Gareth. Talvez ele tivesse um amante nos primeiros meses. Eu nunca saberia. Mas no fim do primeiro semestre ele vinha sorrateiro para a minha baia e ficava lá, cada vez mais inquieto e estranho.

– O que está te perturbando, Gareth? – acabei perguntando, reuni coragem para sussurrar isso para ele no escuro.

Ele até podia me açoitar por eu ter falado, mas não fez isso. Ele tinha posto minhas mãos atrás da nuca para poder encostar a cabeça nos braços cruzados sobre as minhas costas. Até gostei quando fez isso, descansar nas minhas costas, o contato com ele. Ele passava a mão no meu cabelo, preguiçosamente. De vez em quando encostava o joelho no meu pau.

– Cavalos são os únicos escravos verdadeiros – ele murmurou como se sonhasse. – Prefiro os cavalos à mais linda princesa. Os cavalos são magníficos. Todos os homens deviam ter a chance de servir como cavalos um ano de suas vidas. A rainha deveria ter um belo estábulo no castelo. Os lordes e as damas já pediram isso inúmeras vezes. Eles poderiam partir em breves passeios pelo campo com cavalos em arreios esplêndidos. Haveria uma ótima academia para eles, e mais corridas, você não acha?

Não respondi. Eu temia as corridas. Costumava vencer, mas era a coisa mais assustadora que já tinham me obrigado a fazer. As corridas eram para divertimento, não eram trabalho. Gosto de disciplina rígida e trabalho duro.

Lá estava aquele joelho de novo encostando no meu pau.

– O que quer de mim, menino bonito? – perguntei baixinho usando a frase que ele costumava usar comigo.

– Você sabe o que eu quero, não sabe? – ele cochichou.

– Não – eu disse. – Se soubesse não teria perguntado.

– Os outros vão debochar de mim se eu fizer isso – ele disse. – Posso usar os cavalos quando eu quiser, você sabe...

– Por que não faz o que quer e para de se preocupar com os outros? – perguntei.

Era disso que ele precisava. Ele caiu de joelhos, enfiou meu pau na boca e logo eu disparava para o gozo na mais pura felicidade.

É Gareth, meu lindo Gareth, fiquei pensando. E então não pensei em mais nada. Ele se aconchegou a mim, disse que eu era ótimo, que adorava o gosto dos meus fluidos. Quando enfiou o pau no meu ânus eu quase fui ao paraíso de novo.

E apesar de isso acontecer com frequência, sua boca deliciosa me dando prazer, ele continuou sendo um senhor rígido depois, e eu fiquei três vezes mais seu escravo submisso, chorava diante da menor desaprovação dele. Agora, quando ele ficava zangado, não pensava só no seu lindo rosto e na sua voz agradável, mas naquela boca me chupando com força, no escuro. Chorava freneticamente sempre que ele me repreendia.

Uma vez tropecei quando estava puxando uma bela carruagem, e quando ele soube mandou que eu abrisse as pernas encostado na parede do estábulo, chicoteou-me com uma larga tira de couro, até ficar exausto. Tremi de tanto sofrimento, sem querer esfregar meu pau nas pedras, com medo de gozar. Quando ele me soltou ajoelhei aos seus pés e beijei sem parar suas botas ásperas de couro cru.

– Nunca mais seja desajeitado assim, Laurent – ele disse. – É ruim para mim quando vocês perdem o passo.

Chorei de gratidão quando ele deixou que beijasse suas mãos.

A primavera voltou e mal pude acreditar que tinham passado nove meses. Tristan e eu estávamos deitados juntos no pátio de recreação, confessando nossos medos um para o outro.

– Nicolas vai falar com a rainha – disse Tristan. – Ele vai pedir para me comprar quando o ano acabar. Mas a rainha não está satisfeita com o ardor dele. O que vamos fazer quando isso aqui acabar?

– Eu não sei. Talvez sejamos vendidos de volta para o estábulo – eu disse. – Somos bons garanhões.

Mas foi como toda conversa desse tipo que tínhamos. Pura especulação. Só sabíamos mesmo que a rainha ia pensar no nosso caso ao final de um ano.

E quando vi o capitão da guarda, quando ele foi ao estábulo, mandou me chamar e pudemos conversar, contei que

Tristan estava desesperado para voltar para Nicolas, e que eu estava igualmente desesperado para ficar exatamente onde estava.

Depois dessa vida de cavalo, como poderia suportar qualquer outra?

Ele ouviu com nítida compaixão.

– Vocês são um crédito para o estábulo, vocês dois – ele disse. – Merecem sua ração multiplicada por dois, por três.

Mais do que isso, pensei, mas não disse.

– A rainha talvez conceda o que Nicolas quer e, quanto a você, seria natural ficar mais um ano. A rainha está muito satisfeita de saber que vocês dois se acalmaram e que se comportaram bem. E tem muitos brinquedos para satisfazê-la, no castelo.

– Lexius continua com ela? – perguntei.

– Sim, ela é tremendamente dura com ele, mas é disso que ele precisa – disse o capitão. – E há também um adorável e jovem príncipe que apareceu nesta terra e que se pôs à mercê dela. Disse que soube dos hábitos da rainha pela princesa Bela. Imagine só. Ele implorou para não ser mandado embora.

– Ah, Bela...

Senti uma súbita pontada de dor. Acho que não passei um dia sem pensar nela, com seu vestido de veludo, uma flor nas mãos enluvadas, cujas pétalas pareciam ainda mais delicadas sobre o tecido. Ela foi embora para uma vida de decoro, para sempre... pobre querida Bela.

— Para você é princesa Bela, Laurent — corrigiu o capitão.

— Claro, princesa Bela — eu disse baixinho, respeitosamente.

— Quanto ao que vai acontecer — disse o capitão, voltando para o assunto do momento —, tem a lady Elvera, que sempre pergunta por você.

— Capitão, estou tão feliz aqui... — eu disse.

— Eu sei. Farei o possível. Mas continue a ser obediente, Laurent. Você tem mais três anos para servir em outros lugares, tenho certeza disso.

— Capitão, só mais uma coisa — eu disse.

— O que é?

— A princesa Bela... Tem tido alguma notícia dela?

A expressão dele ficou um pouco triste, pensativa.

— Só que a essa altura ela já deve estar casada. Havia uma fila de pretendentes à sua porta.

Virei para o lado para não revelar a minha expressão. Bela casada. O tempo não tinha feito com que eu sentisse menos falta dela.

— Ela é uma grande princesa agora, Laurent — disse o capitão, para me provocar. — Você está tendo pensamentos desrespeitosos, dá para notar!

— Sim, capitão — eu disse.

Nós dois sorrimos. Mas não foi fácil.

— Capitão, faça-me um favor. Quando souber com certeza que ela se casou, não conte para mim. Prefiro não saber.
— Isso não faz o seu gênero, Laurent — ele disse.
— Eu sei. Como explicar? Só a conhecia há pouco tempo...
Fazendo sexo no escuro, no porão do navio, o rostinho dela vermelho-sangue quando gozou embaixo de mim, o quadril bombeando com tanto êxtase que ela praticamente erguia todo o meu peso com ela, para longe do chão. Claro que o capitão não conhecia essa parte da história. Ou será que conhecia? Procurei tirar isso da cabeça.

※

Semanas passaram. Perdi a conta. Não queria saber com que velocidade o tempo estava acabando.

Então uma noite Tristan confidenciou, com lágrimas de alegria, que a rainha ia dá-lo para Nicolas quando o ano terminasse. Ele seria o cavalo particular de Nicolas e dormiria de novo no quarto dele. Tristan estava em êxtase.

— Fico feliz por você — eu disse mais uma vez.

Mas o que ia acontecer comigo quando chegasse a hora? Será que me poriam no bloco do leilão, será que eu seria comprado por algum velho e malvado sapateiro e teria de varrer a oficina dele, enquanto os cavalos passavam trotando pela porta, em toda a sua glória? Ah... não suportava nem pensar nisso. Não acreditava em mais nada além disso! Dias após dias...

No pátio de recreação eu devorava Jerard como se cada minuto fosse o nosso último. Então num começo de noite, quando eu tinha acabado com ele e o puxei para os meus braços para ficarmos só assim, fazendo carinho um no outro, vi um par de botas parado na minha frente. Olhei para cima e vi que era o capitão da guarda.

Ele nunca ia ao pátio de recreação. Empalideci.

– Majestade – ele disse. – Levante-se, por favor. Tenho um recado da maior importância para dar. É preciso que venha comigo.

– Não! – eu disse.

Olhei para ele horrorizado, enlouquecido, pensando que, se de alguma forma imobilizasse os lábios dele, as palavras não poderiam efetuar seu feitiço.

– Não pode ser a minha hora ainda! Devo servir mais três anos!

Todos tinham ouvido os gritos de Bela quando soube de seu resgate. Eu queria rugir alto assim, agora.

– Temo que seja verdade, majestade! – ele disse.

O capitão estendeu a mão e me ajudou a levantar.

Foi incrível como ficamos sem jeito um com o outro. E lá mesmo no estábulo havia roupa para mim e dois rapazes de cabeça baixa para não verem a minha nudez, que me ajudaram a me vestir.

– Isso tem de ser feito aqui? – perguntei.

Eu estava furioso. Mas tentava esconder a tristeza, o mais completo choque. Olhei para Gareth quando os meninos abotoavam minha túnica e amarravam minha calça. Olhei furioso e em silêncio para minhas botas, minhas luvas.

– Não podiam ter a decência de me levar para o castelo para executar esse ritualzinho? Nunca vi fazerem isso bem aqui, nesse chão coberto de feno!

– Perdoe-me, majestade! – disse o capitão. – Mas essa notícia não podia esperar.

Ele olhou para a porta aberta. Vi dois dos conselheiros mais importantes da rainha, que tinham me usado bem no castelo, e que agora também estavam lá parados, de cabeça baixa. Eu estava quase chorando. Olhei mais uma vez para Gareth. Ele também estava com cara de choro.

– Adeus, meu belo príncipe – ele disse, ajoelhou no feno e beijou minha mão.

– Príncipe não é mais o título adequado para sua graça, nosso aliado – disse um dos conselheiros, que se adiantou. – Majestade, trago-lhe a triste notícia de que agora é o governante do seu reino. O rei está morto, viva o rei.

– Maldição – sussurrei. – Ele sempre foi um completo filho da mãe e é bem do feitio dele escolher essa hora para morrer!

HORA DA VERDADE

Não havia mais tempo para ficar no castelo. Precisava ir para casa imediatamente. Sabia que meu reino estaria à beira da anarquia. Meus dois irmãos eram uns perfeitos idiotas e o capitão do exército, apesar de muito dedicado ao meu pai, agora ia querer o poder para ele.

Então, depois de uma hora de conferência com a rainha, na qual conversamos principalmente sobre guerra e acordos diplomáticos, eu parti, levando comigo um tesouro dado por ela e também alguns enfeites e lembranças da vida na vila e no castelo.

Ainda estava espantado de ver que aqueles trajes incômodos e pesados iam para onde quer que eu fosse... era irritante não estar nu... mas precisava ir e nem olhei para a vila ao passar por ela.

É claro que mil príncipes tinham passado por essa transformação súbita, pelo choque da roupagem e da cerimônia, mas poucos tiveram de tomar as rédeas dos reinos para os quais retornaram. Não havia tempo para lamentações, nem para ficar numa estalagem rural no caminho e beber até desmaiar enquanto procurava me acostumar com o mundo real.

Cheguei ao meu castelo na segunda noite de dura cavalgada e nos três dias seguintes pus tudo em ordem. Meu pai já tinha sido enterrado. Minha mãe tinha morrido há muito tempo. Precisavam de uma mão forte no timão do governo e logo deixei bem claro para todos que essa mão era a minha.

Mandei açoitar os soldados que tinham abusado das moças da vila nos poucos dias de anarquia. Instruí meus irmãos e orientei-os quanto aos seus deveres com ameaças terríveis. Reuni o exército para inspeção e dei generosas recompensas para os que tinham amado meu pai e que agora dedicavam o mesmo amor a mim.

Nada disso foi difícil, mas eu sabia que muitos reinos europeus caíam porque o novo monarca não era capaz. E vi a expressão de alívio no rosto dos meus súditos quando eles entenderam que seu jovem rei exercitava a autoridade com facilidade e naturalidade, que conduzia todas as questões do governo, grandes e pequenas, com atenção e força pessoais. O lorde tesoureiro real ficou grato de ter alguém para ajudá-lo e o capitão do exército atendeu ao comando dele com ânimo redobrado e eu por trás dele.

Mas quando passaram as primeiras semanas frenéticas, quando as coisas se acalmaram no castelo, quando consegui dormir uma noite inteira sem ser interrompido por servos e familiares, comecei a pensar em tudo que tinha ocorrido. Não havia mais marcas no meu corpo. Eu era atormentado por um desejo infinito. E quando percebi que nunca mais seria um escravo nu, mal pude suportar. Não quis olhar para os presentes que a rainha tinha dado, ver os brinquedos de couro que agora não tinham nenhum significado para mim.

Mas depois fiquei envergonhado.

Não era meu destino, como Lexius teria dito, ser escravo de novo. Agora eu tinha de ser um bom e poderoso governante e a verdade era que eu adorava ser rei.

Ser príncipe era horrível.

Mas ser rei era ótimo.

Quando meus conselheiros me procuraram e disseram que eu precisava ter uma esposa e gerar um filho para garantir a sucessão, fiz que sim com a cabeça na mesma hora. A vida na corte ia me devorar e eu deveria dar tudo o que tinha para ela. Minha antiga existência era imaterial como um sonho.

– E quem são as prováveis princesas? – perguntei para meus conselheiros.

Eu estava assinando leis importantes e eles em volta da minha mesa.

– Quem são? – Levantei a cabeça e olhei para eles. – Falem!

Mesmo antes de qualquer um deles dizer qualquer coisa, um nome surgiu na minha cabeça, com toda a força.

– Princesa Bela! – murmurei.

Talvez não tivesse se casado! Não tive coragem de perguntar.

– Ah, sim, majestade – disse o lorde chanceler real. – Ela seria a escolha mais sábia, mas recusa todos os pretendentes. O pai dela está desesperado.

– Ela recusa? – perguntei e procurei conter a minha excitação. – Por que ela faz isso? – eu disse com ar inocente. – Mandem selar meu cavalo agora.

– Mas nós devíamos mandar uma carta oficial para o pai dela...

– Não. Selem o meu cavalo – eu disse, e levantei da mesa.

Fui para os aposentos reais para me vestir com as melhores roupas e também para pegar outras coisinhas.

Já ia sair correndo, mas parei. Senti um repentino golpe invisível no peito. Era como se realmente me faltasse ar, afundei na cadeira.

Bela, minha querida Bela. Eu a vi na cabine do navio com os braços estendidos, me chamando. E senti uma onda de desejo que me deixou nu como nunca fiquei. Outros pensamentos loucos vieram à minha cabeça, de dominar Lexius sozinho em seu quarto no palácio do sultão, de possuir Jerard completamente, da ternura que saía de mim naqueles preciosos momentos em que via a pele avermelhada sob a minha mão aberta, o despertar perigoso do amor por aqueles que eu punia sem piedade, por aqueles que eram meus.

Bela!

Precisei de muita coragem para levantar da cadeira. E eu estava tão ansioso! Bati com a mão nos bolsos onde tinha guardado as coisas que ia levar para ela. Então me vi de relance no espelho ao longe. Sua majestade de veludo roxo e botas pretas, a capa com bordas de arminho esvoaçando atrás de mim e pisquei para o meu reflexo.

– Laurent, seu demônio – eu disse com um sorriso malicioso.

Chegamos ao castelo sem sermos anunciados, exatamente como eu esperava, e o pai de Bela ficou felicíssimo quando nos recebeu no grande salão. Ultimamente não andava recebendo muitos pretendentes. E ele queria muito uma aliança com o nosso reino.

– Mas, majestade, preciso avisar uma coisa – ele disse educadamente –, minha filha é muito orgulhosa e temperamental, não quer receber ninguém. Fica sentada à janela e sonha o dia inteiro.

— Majestade, rogo que satisfaça essa minha vontade – eu disse. – Sabe que minhas intenções são honradas. Apenas aponte para a porta da sala de visitas dela e deixe o resto comigo.

Ela estava sentada à janela, de costas para a sala e cantava baixinho. Seu cabelo, refletindo a luz do sol, parecia fios de ouro.

Minha querida. O vestido dela era de veludo rosa com folhas prateadas cuidadosamente bordadas nas barras. Caía muito bem nos ombros estreitos e nos braços. Braços suculentos como todo o resto, pensei. Era tão doce apertar aqueles bracinhos... E deixe-me ver os seios, agora, por favor... e aqueles olhos, aquele espírito.

Mais uma vez senti aquele golpe invisível e totalmente imaginário no peito.

Esgueirei-me por trás e, justo quando ela pulou de susto, pus a mão enluvada sobre os seus olhos.

— Quem ousa fazer isso? – ela sussurrou, um som assustado, que implorava.

— Quieta, princesa – eu disse. – Seu mestre e senhor está aqui, o pretendente que não ousará recusar!

— Laurent! – ela exclamou.

Eu a soltei, ela se levantou, deu meia-volta e se jogou nos meus braços. Eu a beijei mil vezes, quase machuquei seus lábios. Ela estava maravilhosa e dócil como tinha sido no porão do navio, suculenta, febril e livre.

– Laurent, você não veio me propor casamento de verdade, veio?

– Propor, princesa, propor? – eu disse. – Eu vim dar uma ordem.

Abri os lábios dela com a língua, apertei os seios dela com força por cima do veludo.

– Você vai se casar comigo, princesa. Será minha rainha e minha escrava.

– Oh, Laurent, jamais ousei sequer sonhar com este momento! – ela disse.

O rosto dela ficou lindo, ruborizado, os olhos brilhavam. Senti seu calor nas minhas pernas, através das saias. E a onda de amor veio de novo, avassaladora e misturada com uma sensação enlouquecedora de posse e de poder. Fez com que eu a apertasse muito.

– Vá dizer ao seu pai que casará comigo, que iremos agora para o meu reino, e volte para mim!

Bela obedeceu na mesma hora e quando voltou fechou a porta e ficou olhando para mim indecisa, encolhida contra a madeira.

– Tranque a porta – eu disse. – Vamos partir em poucos minutos e guardarei você para minha cama real, mas quero prepará-la adequadamente para a viagem. Faça o que eu mandei.

Ela empurrou o ferrolho para trancar a porta. Era uma imagem muito linda quando se aproximou. Enfiei a mão no bolso e tirei dois presentes que tinha levado, da rainha Eleanor, dois pequenos grampos de ouro. Bela cobriu a boca com as costas da mão. Charmosa, mas inútil. Eu sorri.

– Não me diga que vou ter de treiná-la de novo – eu disse piscando para ela e dando-lhe um beijo rápido.

Enfiei a mão dentro do corpete apertado e prendi o grampo bem firme em um mamilo. Depois no outro. Um tremor percorreu o tronco e chegou à boca de Bela. Desconforto maravilhoso.

Tirei outro par de grampos do bolso.

– Abra as pernas – eu disse.

Ajoelhei, levantei a saia dela e estendi a mão até encontrar o sexo nu e molhado. Eu estava faminto, pronto. Ah, ela era tal maravilha, que bastaria uma olhada para aquele rosto radiante que eu ficaria louco. Apliquei os grampos com cuidado nos lábios secretos e molhados.

– Laurent – ela sussurrou. – Você é impiedoso.

Ela já estava sofrendo como devia, meio com medo, meio tonta. Mal consegui resistir a ela.

Peguei um pequeno frasco com um líquido cor de âmbar, um dos presentes mais importantes da rainha Eleanor. Abri o frasco e senti o aroma picante. Mas tinha de usar isso com parcimônia. Afinal, minha terna queridinha não era um cavalo forte e musculoso, acostumado com tais coisas.

– O que é isso?

– Psiu! – Toquei nos lábios dela. – Não me provoque a açoitá-la antes de levá-la para o meu quarto e poder fazer isso direito. Fique quieta.

Virei o frasco e derramei uma gota no dedo enluvado, levantei de novo a saia de Bela e passei o líquido no pequeno clitóris, nos lábios trêmulos.

– Ah, Laurent, é...

Ela voou para os meus braços e eu a abracei. Sofria muito tentando não apertar as pernas, ela tremia.

– Sim – eu disse quando a segurei.

Aquilo era doçura pura.

– E vai coçar dessa maneira até chegarmos ao meu castelo, então vou tirar tudo lambendo, cada gota, e possuí-la como você merece.

Ela gemeu, moveu o quadril sem querer quando a poção cumpria sua função de coçar, esfregou os seios no meu peito como se isso pudesse salvá-la de alguma forma, colou a boca na minha.

– Laurent, eu não aguento – ela disse, respirando as palavras através dos beijos. – Laurent, estou louca por você, sou capaz de morrer. Não me deixe sofrer muito tempo, por favor, Laurent, não faça isso...

– Psiu, não é você que decide – eu disse carinhosamente.

Enfiei a mão nos bolsos de novo e peguei um delicado cabresto com um falo preso a ele. Ela botou as mãos sobre a boca quando descobri o falo, suas sobrancelhas se juntaram num franzir de pânico. Mas não resistiu quando me ajoelhei para introduzir o falo no seu rabo, para prendê-lo bem no seu ânus e amarrar as correias em volta das suas coxas e cintura. Claro que eu podia ter posto o líquido que provocava coceira no falo, mas isso teria sido duro demais. E era apenas o começo, não era? Haveria bastante tempo para isso.

– Venha, querida, vamos embora – eu disse, ao me levantar.

Ela ficou radiante e cedeu completamente. Peguei-a no colo e a carreguei para fora da sala de visitas, descemos a escada até o pátio, onde o cavalo dela nos esperava, já com a sela de amazona no lugar. Mas não a pus naquele animal.

Sentei Bela na minha montaria, na minha frente e quando partimos pela floresta, enfiei a mão por baixo das saias dela, toquei nas tiras do pequeno arreio e na parte molhada e macia dela que agora era minha, toda minha, espremida com grampos e coçando de desejo, realmente por mim. E eu soube que possuía uma escrava que nenhuma rainha, ou senhor, ou senhora, ou capitão da guarda poderia tirar de mim de novo.

Então esse era o mundo verdadeiro, Bela e eu livres para termos um ao outro, todos os outros no passado. Apenas nós dois no meu quarto, onde eu envolveria sua alma desnuda em rituais e torturas muito além das nossas experiências passadas, dos nossos sonhos. Não havia ninguém para salvá-la de mim. Ninguém para salvar-me dela. Minha escrava, minha pobre e indefesa escrava.

Parei de repente. Aquela pancada no peito de novo. Sabia que tinha empalidecido.

– O que houve, Laurent? – ela perguntou assustada, agarrada em mim.

– Pânico – sussurrei.

– Não! – ela gritou.

– Ah, não se preocupe, minha querida. Vou surrá-la bastante quando chegarmos em casa e vou adorar isso. Farei com que esqueça o capitão da guarda e o príncipe herdeiro e todos que já possuíram você, que a usaram, que a satisfizeram. Mas é que... é só que vou passar a amá-la demais.

Olhei para o rosto dela, virado para cima, olhando para mim, e para o corpo miúdo se contorcendo por baixo do luxuoso vestido.

– Sim, eu sei – ela disse com a voz trêmula e tímida.

Então Bela beijou minha boca. E num sussurro suave e ardente, disse lenta e conscientemente.

– Eu sou sua, Laurent. Mas ainda não sei o significado dessas palavras. Ensine-me! É apenas o começo. Será a pior e a mais desesperada servidão de todas.

Se eu não parasse de beijá-la não chegaríamos ao castelo. E a floresta estava tão aconchegante e escura... ela estava sofrendo de verdade, meu tesouro...

– E viveremos felizes para sempre – eu disse em meio aos beijos –, como dizem nos contos de fadas.

– Sim, felizes para sempre – ela disse –, e bem mais felizes, eu acho, do que qualquer um poderia ser.

H C

Impressão e acabamento:
GRÁFICA STAMPPA LTDA.
Rua João Santana, 44 – Ramos – RJ